W0393401

Über den Autor:

Marcus Hünnebeck wurde 1971 in Bochum geboren und lebt inzwischen als freier Autor in Leipzig. Er studierte an der Ruhr-Universität Bochum Wirtschaftswissenschaften.
Im März 2001 erschien mit *Verräterisches Profil* sein erster Thriller, 2003 und 2004 folgten *Wenn jede Minute zählt* und *Im Visier des Stalkers*.
Dank der Möglichkeiten, die das E-Book-Publishing bietet, veröffentlichte er im Jahr 2013 seine alten Thriller als überarbeitete E-Books. *Im Visier des Stalkers* erhielt aus rechtlichen Gründen den Namen *Die Rache des Stalkers* und schaffte im Juli 2013 den Sprung in die Top 10 der Amazon-Bestseller-Charts. Dem Roman *Verräterisches Profil* gelang dies im Dezember 2013. *Wenn jede Minute zählt* erreichte im Juni 2014 die Spitzenposition der Kindle-Charts und gehörte 2014 zu den zehn meist verkauften E-Books bei Amazon. Die Fortsetzung um den Kommissar Peter Stenzel erschien im Juni 2015 (*Stumme Vergeltung*).
Als Erstausgabe erschien im Juni 2014 *Kainsmal* bei Amazon Publishing. Mit *Die Drahtzieherin* führte er die Serie um Oberkommissarin Katharina Rosenberg fort. Die Trilogie schloss der Roman *Tödlicher Komplize* ab.
Im September 2015 veröffentlichte Egmont-Lyx den ersten Band einer neuen Reihe, der den Titel *Im Auge des Mörders* trägt. Im Mittelpunkt dieser Serie stehen die Journalistin Eva Haller und der Leibwächter Stefan Trapp.
Der zweite Band folgte im September 2016 und heißt *Abschaum*.
In *Sommers Tod* taucht zum ersten Mal Oberkommissar Lukas Sommer auf. *Sommers Schuld* ist sein zweiter Solo-Fall.
Die Namen des Todes bildet den Auftakt einer neuen Serie um den BKA-Kriminalkommissar Robert Drosten und sein Team. *Schuld vergibt man nie* ist der Folgeband. Die Romane sind genau wie der dritte Teil *Rudelfänger* und der vierte Teil *Rudeljagd* unabhängig voneinander zu lesen.
In *Die Todestherapie* ermitteln Lukas Sommer und Robet Drosten zum ersten Mal für eine neue Polizeibehörde namens KEG (Kriminalermittlungstaktische Einsatzgruppe). *Der Wundennäher, Der Schädelbrecher, Blut und Zorn, Die TodesApp,* Muttertränen und *Todesschimmer* setzen diese Zusammenarbeit

fort. In Vaters Rache stößt die Oberkommissarin Verena Kraft zum Team hinzu. *Rachekrieger, Der Geisterfahrer und Nesthäkchens Schrei* setzen die Reihe fort. Der Thriller *Der Wundennäher* war 2018 Finalist beim *Kindle Storyteller Award*.
Außerdem ist Hünnebeck noch als Autor mit dem ersten Band *Rampensau* an der ersten Staffel der vierteiligen Serie *Mordkommission Leipzig* beteiligt und ebenso mit dem ersten Band *Blender* an der zweiten Staffel.
Mit Chris Karlden zusammen hat er den Thriller *Im Namen der Vergeltung* veröffentlicht.
So tief der Schmerz bildet den Auftakt einer neuen Serie um den Personenfahnder Till Buchinger.

Über das Buch:

Eine traumatisierte Psychologin sinnt auf Rache. Jahre zuvor ist sie geschändet worden; nun bestraft sie nahestehende Personen ihrer Peiniger mit dem Tod. Als die Polizei durchschaut, nach welchem Muster die Opfer ausgewählt werden, verhindert sie im letzten Moment einen weiteren Mord. Doch der Täterin gelingt während des Zugriffs die Flucht, und sie taucht spurlos unter.

Hauptkommissar Krumm bittet den Personenfahnder Till Buchinger um Unterstützung. Buchinger kennt die Tricks, mit denen Menschen von der Bildfläche verschwinden. Obwohl er Krumm nicht vertraut, erklärt er sich mit der Zusammenarbeit einverstanden, denn die Mörderin hat auch einen seiner engsten Freunde brutal umgebracht. Aber seine Suche nach der skrupellosen Psychologin löst eine Kettenreaktion aus, die sein Leben und das vieler anderer Unschuldiger gefährdet.

Marcus Hünnebeck

So tief der Schmerz

Thriller

Impressum

So tief der Schmerz: Thriller

1. Auflage, Januar 2020

Covergestaltung: © Artwize
Im Cover Design wird ein Photo von unsplash.com verwendet.
"beige and brown" von Matthew Henry - cc-zero Lizenz
url: https://unsplash.com/photos/kq3MXXDGeOM
CC 0 Lizenz :
https://creativecommons.org/publicdomain/zero/1.0/

Lektorat: Ruggero Leò
Korrektorat: Kirsten Wendt

Herausgeber:
Marcus Hünnebeck
Hainstr. 26, 04109 Leipzig

ISBN: 979-8602323542

November

1

Früher ein Opfer – heute eine Täterin.

Kriminalhauptkommissar Ludger Krumm hielt das Foto der Verdächtigen in der Hand. Seine Theorie bestätigte sich. Das Böse war wie ein Virus. Manche Menschen bekämpften ihn erfolgreich, wenn sie ihn spürten. Sie stellten sich vor, einen Kiosk auszurauben, die Nachbarin zu vergewaltigen oder den Ehepartner zu töten und schafften es, ihren Trieben zu widerstehen. Andere hingegen unternahmen nichts dagegen, und irgendwann brach die Krankheit in ihnen aus. Einige Bedauernswerte bekamen den Virus gewaltsam eingepflanzt und würden ihn bloß besiegen, indem sie sich in lebenslange Quarantäne begaben. Krumm dachte an seinen eigenen schwarzen Abgrund. Ausgelöst von hellblauen Augen, die ihn flehentlich angesehen hatten. Wie stark wäre die Krankheit in ihm ausgebrochen, wenn nicht ...

»Versuchst du, das Bild zu hypnotisieren?«, fragte sein Partner Bastian Dorfer.

Krumm musterte den Mann, der soeben das Büro des LKA Hamburg betrat. Seit vier Jahren teilten sie sich den Raum. Nicht wenige Kollegen behaupteten, Krumm und Dorfer seien sich mit der Zeit immer ähnlicher geworden, äußerlich wie innerlich. Krumm hatte für solche Aussagen kein Verständnis. Zwar waren sie beide mit ihren eins siebenundachtzig exakt gleich groß und hatten dunkelblondes Haar, viel mehr Gemeinsamkeiten sah er jedoch nicht. Vielleicht abgesehen vom Alter. Krumm war siebenunddreißig, sein Partner neununddreißig. Dorfer war verheiratet und hatte zwei schulpflichtige Kinder, die er gern als Ausrede dafür anführte, warum er später als Krumm im Büro auftauchte. Oder früher gehen musste, falls es die Ermittlungslage zuließ. Ihre Vorliebe für Jeanshosen und Lederjacken teilten sie mit vielen Polizisten, die sich nicht in Anzüge stecken ließen. Also kein Grund, ausgerechnet ihnen eine Angleichung zu unterstellen. Vermutlich hatte das mehr mit ihrer Freundschaft zu tun, die sich trotz ihrer unterschiedlichen Lebensweisen über die Jahre vertieft hatte.

Dorfer hängte seine braune Lederjacke über die Stuhllehne. Er trat an Krumms Seite und legte ihm zur Begrüßung eine Hand auf die Schulter. »Hat die Hypnose neue Erkenntnisse gebracht?«

»Sie tut mir leid.«

»Spannberg?«, fragte Dorfer überrascht. »Sie hat sieben Menschen auf dem Gewissen.«

»Als wüsste ich das nicht. Sie hat sich das nicht ausgesucht.«

»So kenne ich dich gar nicht. Normalerweise bist du nicht so verständnisvoll.«

Krumm trank einen Schluck Kaffee. »Was macht das mit einer Frau, wenn sie während einer Gefängnisrevolte von drei Schwerverbrechern stundenlang brutal vergewaltigt wird und die Tortur nur knapp überlebt?«

Franka Spannberg hatte als Gefängnispsychologin im härtesten Hamburger Knast gearbeitet, der im Volksmund den Namen Santa Fu trug. Als einige Insassen gegen eine neu eingeführte Maßnahme des Gefängnisdirektors rebelliert hatten, war es drei Mördern gelungen, die Psychologin in einen Raum zu schleppen und ihn von innen zu verriegeln. Die Justizbeamten hatten in den Wirren der Revolte zwei Stunden benötigt, um das überhaupt zu bemerken, und zwei weitere Stunden, um Spannberg zu befreien. Vier Stunden in den Händen dreier sexuell ausgehungerter Krimineller. Das Ganze lag fünf Jahre zurück.

Vor achtzehn Monaten war ein 23-Jähriger auf dem Nachhauseweg von einer Disko mit einem Stein erschlagen worden. Krumm und Dorfer hatten die Ermittlungen übernommen. Es gab keine Zeugen, keine Verdächtigen. Weitere Morde folgten, stets mit anderen Tatwaffen. Wäre die Täterin nicht versessen darauf gewesen, ein vertrocknetes Rosenblatt an der Leiche zu platzieren, hätte das LKA länger gebraucht, um den Zusammenhang herzustellen. Nach dem sechsten Opfer hatten sie endlich begriffen, nach welchen Kriterien die Täterin ihre Opfer auswählte. Alle sechs Getöteten standen in einer Beziehung zu einem der drei Vergewaltiger. Die Vermutung, Spannberg könnte die Mörderin sein, kam rasch auf – zumal die ehemalige Gerichtspsychologin nicht an ihrer Meldeadresse anzutreffen war. Es gelang ihr, ein siebtes Opfer zu töten.

Die Soko *Rosenblatt* zäumte das Pferd von hinten auf. Die Ermittler analysierten die Beziehungen der Toten zu den Gefängnisinsassen. Je weiter die Mordserie voranschritt, desto enger war die Bindung.

Seit einigen Tagen war sich das LKA sicher, wen Spannberg als Nächstes töten würde. Ganz oben auf der Liste stand der 17-jährige Flo Werner – der einzige Neffe eines Inhaftierten.

Nicht sicher hingegen waren die Polizisten, ob Spannberg allein mordete oder einen Komplizen hatte. Krumm tendierte zur Einzeltätertheorie, Dorfer hielt einen Komplizen für wahrscheinlich. Doch in Spannbergs Leben – zumindest soweit sie es bis zum ersten Mord rekonstruieren konnten –, kam niemand als potenzieller Komplize in Frage. Andererseits war es so aufwendig, die Opfer vor der Tat zu beobachten, dass ein Gehilfe nur logisch erschien. Doch wer könnte das sein? Spannberg hatte vor der Tortur in keiner festen Beziehung gelebt. Seit die Beamten die Mittätertheorie diskutierten, hatten sie die Vergangenheit der Psychologin umgekrempelt, ohne auf einen potenziellen Verdächtigen zu stoßen. Falls sie einen Helfer hatte, war es vermutlich jemand, den sie nach der Vergewaltigung kennengelernt hatte. Aber wieso sollte ihr jemand helfen?

»Hast du dir schon die Berichte von den Observationsteams durchgelesen?«, fragte Dorfer.

Seit mehreren Tagen beschattete die Soko das Mehrfamilienhaus, in dem das mutmaßlich nächste Opfer, Florian Werner, mit seinen Eltern lebte. Am gestrigen

Vormittag waren die Eltern zu einem einwöchigen Urlaub nach Madeira aufgebrochen. Das Urlaubsziel hatten die Polizisten aus den sozialen Medien erfahren, in denen Florians Mutter aktiv war. Deswegen vermuteten sie, dass die Mörderin die nächsten Tage nutzen würde.

Krumm schaute auf seine Armbanduhr. »Gestern Nacht keine Auffälligkeiten. Aber ich bin sicher, das wird sich noch heute ändern. Der Junge ist bis ein Uhr in der Schule. Wir postieren uns um halb eins vor dem Gymnasium und folgen ihm auf dem Nachhauseweg. Danach müssen wir nur warten, bis Spannberg auftaucht, und sie festnehmen.«

Mürrisch verzog Dorfer den Mund. »Wenn dabei etwas schiefgeht, skalpiert uns die Presse. Stell dir vor, wir irren uns, und sie schlägt ganz woanders zu. Oder sie tötet Werner trotz unserer Maßnahmen. Hoffentlich überreizen wir unser Blatt nicht.«

Krumm zuckte die Achseln. »Hast du Alternativen?«

2

Florian Werner rief den Inkognito-Modus des Browsers auf. Zwar glaubte er nicht, dass seine Eltern oder sogar Clara jemals einen Blick in den Browserverlauf werfen würden – trotzdem wollte er sichergehen.

Er öffnete die Suchmaschine und gab als Anfrage ›Tipps fürs erste Mal‹ ein. Das Internet lieferte unzählige Antworten, in denen sich Florian verlor. Seine Aufregung wuchs. Clara würde am späten Nachmittag zu ihm kommen und sogar über Nacht bleiben. Ihren Eltern gegenüber hatte sie behauptet, bei ihrer besten Freundin zu übernachten. Seine Eltern waren gerade erst in Urlaub gefahren. Manchmal musste man einfach Glück haben.

Florian verlor sich in den Artikeln und saugte die Informationen auf wie ein nasser Schwamm. Einige seiner Klassenkameraden hatten mit ihren sexuellen Erfahrungen geprahlt, doch wusste er nicht, wie viel er davon ernst nehmen konnte. Deswegen waren ihm die Tipps im Internet wichtiger. Vor allem solche, die sich mit der idealen Sexposition oder den nötigen Vorbereitungen beschäftigten.

Als er mitten in der Recherche steckte, klingelte sein Handy. Florian zuckte zusammen. Genervt stöhnte er auf, ehe er das Gespräch annahm.

»Hallo, Mama.«

»Hallo, Flo! Alles in Ordnung bei dir?«

»Natürlich! Seit gestern Abend alles unverändert.«

Seine Mutter ignorierte die Stichelei und erkundigte sich, was er gegessen hatte und wie sein Schultag verlaufen sei. Sie wollte wissen, was er am Freitagabend vorhatte.

»Zocken und chillen«, behauptete er. »Jonas, Marvin und ich werden nachher online Zombies jagen. Keine Sorge, mit Kopfhörern, damit ich die Nachbarn nicht störe.«

»Oh, Kind«, stöhnte seine Mutter. »Kannst du nichts Sinnvolleres mit deiner Zeit anstellen?«

Sie redeten noch ein paar Minuten, bis sie ihn schließlich ermahnte, nicht zu spät ins Bett zu gehen. Florian versprach es ihr und wünschte seinen Eltern einen schönen Abend. Er legte das Handy beiseite und vertiefte sich wieder in die Sucherergebnisse.

Eine Stunde später schaltete er den Computer aus. Mit kritischem Blick wanderte er durch die Räume, die Clara zu Gesicht bekäme. Sein Zimmer, das Wohnzimmer, Bad und Küche. Überall war es aufgeräumt. Unter seinem Bett – versteckt und trotzdem jederzeit griffbereit –, stand eine Glasschüssel, in der er die Kondome aufbewahrte. Florian zog die Jeanshose aus und legte sich auf die Matratze. Um heute Abend Startschwierigkeiten auszuschließen, konnte ein bisschen Übung nicht schaden. Er griff unters Bett und bekam eines der verpackten Kondome zu fassen. In seiner Vorstellung beobachtete Clara ihn dabei. Deswegen riss er die Packung lässig auf. Nur das Überrollen des

Gummis war nicht ganz so leicht wie erhofft. Das musste nachher unbedingt besser funktionieren.

Pünktlich klingelte es an der Wohnungstür. Clara war schon öfter hier gewesen, daher musste er ihr nicht durch die Gegensprechanlage erklären, dass sie in die zweite Etage kommen sollte.

Florian drückte ihr auf und wartete an der Tür. Obwohl das Haus über einen Aufzug verfügte, nahm sie die Treppen.

»Hi«, begrüßte er sie.

Sie verbarg ihr langes, blondes Haar unter der Mütze, die sie abnahm, als sie oben ankam. Fasziniert sah er zu, wie sie ihre Mähne schüttelte.

»Oh Flo, meine Eltern töten mich, wenn sie das herausfinden.«

»Komm schnell rein, bevor uns die Nachbarn sehen.« Er trat in die Diele, und sie folgte ihm. Rasch schloss er die Tür. »Hast du Lilly eingeweiht?«

»Ja, sie deckt mich, falls Mama bei ihr anruft. Dafür erwartet sie einen ausführlichen Bericht.«

Die beiden umarmten sich.

»Ich bin so aufgeregt«, gestand sie.

»Ich auch. Wir haben den ganzen Abend Zeit. Außerdem zwingt uns keiner dazu.« Auf einer der Internetseiten hatte er gelesen, dass Jungs rücksichtsvoll sein mussten. Genau das hatte er vor.

»Ich bin aufgeregt, aber ich freue mich darauf.« Sie streichelte sein Gesicht und küsste ihn.

3

Das Haus, in dem Florian Werner mit seinen Eltern lebte, war in vielerlei Hinsicht ideal für ihre Observierung. Es lag an einer gut befahrenen Verkehrsstraße, in der man an unterschiedlichen Stellen Teams platzieren konnte. Außerdem verfügte das Gebäude in jeder Etage über eine Fensterfront, durch die man den Flur im Auge behalten konnte.

Als ein Mädchen in Florians Alter an der Haustür stehen blieb und klingelte, ahnte Dorfer Schlimmes. Die Besucherin betrat den Flur und lief zügig nach oben. Er konzentrierte sich auf die Fenster in der zweiten Etage. Dort öffnete sich die Tür der Werners.

»Scheiße!«, fluchte Dorfer.

Das Mädchen kam bei Florian an und zog die Mütze ab. Sekunden später verschwand es aus ihrem Blickfeld.

»Jetzt liegt das Leben zweier junger Menschen in unserer Hand.« Erwartungsvoll sah er Krumm an.

»Wir machen weiter wie geplant«, entschied der nach kurzer Bedenkzeit.

»Das gefällt mir gar nicht.«

»Was soll passieren? Wenn Spannberg hier auftaucht, sehen wir das. Sie muss durch den Hausflur, außerdem beobachten die Kollegen auch die Rückseite. Wir können jederzeit eingreifen.«

»In der Wohnung sind jetzt zwei Teenager, die ...«

»... sich vermutlich in Abwesenheit der Eltern einen schönen Abend machen. Wir schnappen Spannberg, bevor sie ihnen etwas antun kann.«

Dorfer rieb sich übers Gesicht. Im Gegensatz zu seinem Partner behagte es ihm gar nicht, zwei Minderjährige wie Lockvögel zu nutzen, ohne sie darüber zu informieren. Doch Krumm war vom Polizeipräsidenten zum Leiter der Soko *Rosenblatt* ernannt worden. Ihm oblagen die endgültigen Entscheidungen.

»Lass uns den Jungen vorwarnen. Ihn anrufen. Wir haben seine Handynummer. Er könnte trotzdem noch den Lockvogel spielen und würde nicht ahnungslos in die ...«

»Nein. Stell dir vor, wir warnen ihn, und ein paar Minuten später kontaktiert die Mörderin ihn unter fadenscheinigen Gründen. Der wird niemals gut genug schauspielern.«

»Ludger, er ist siebzehn, verdammt!«

»Und Spannberg hat sieben Menschen auf dem Gewissen. Wir müssen sie endlich stoppen. Außerdem wissen wir nicht, ob sie heute Abend zuschlägt. Vielleicht versucht sie ihr Glück erst nächste oder übernächste Woche. Dann haben wir den Teens umsonst den Abend versaut.«

Dorfer schüttelte den Kopf. Krumm würde niemals so leichtfertig agieren, wenn er selbst Kinder hätte. Leider wusste Dorfer, wie stur sein Partner war. »Ich geh spazieren!«

Bevor Krumm reagieren konnte, verließ Dorfer das Überwachungsfahrzeug, das wie ein weißer Lieferwagen aussah. Er wollte sich draußen umsehen. Da es an diesem Novembertag beißend kalt war, zog er den Reißverschluss hoch. Sein Atem kondensierte. Ob die Mörderin ebenfalls die Gegend beobachtete? Vielleicht konnte er sie ausfindig machen. Zielstrebig ging er die Straße hinunter und nahm jedes einzelne Auto in Augenschein. Saß jemand im Inneren, der nicht zu den Überwachungsteams gehörte? Unversehens vernahm er hinter sich schnelle Schritte.

»Bleib stehen!«, erklang Krumms Stimme.

»Warum?«

»Du gefährdest die Observierung.«

»Und du das Leben zweier Minderjähriger.« Dorfer hielt an.

Krumm schloss zu ihm auf. »Ich weiß, dass wir hoch pokern. Aber wie viele Tote sollen wir noch beklagen, bevor wir sie festnehmen? Florian ist unser goldenes Ticket, um das endlich zu beenden.«

»Er ist siebzehn!«

»Und wenn wir uns nicht total irren, stehen demnächst eine Vierzehnjährige und ein Zehnjähriger auf der Todesliste. Wir müssen sie stoppen!«

Die beiden Freunde sahen sich in die Augen.

»Komm zurück in den Wagen«, bat Krumm.

4

Till Buchinger eilte über den Wochenmarkt. Für seine Verhältnisse war er spät dran – zumindest an diesem kalten Novembertag. Grundsätzlich machte ihm Kälte nichts aus. Als Hamburger lernte man schnell, dass es kein schlechtes Wetter, sondern nur die falsche Kleidung gab. Er war vor zwanzig Jahren gleich nach der Bundeswehrzeit vom Rheinland nach Hamburg gezogen, um dort zu studieren. Das Studium hatte er zwar nach vier Semestern abgebrochen, doch die Liebe zur Hansestadt hatte der ständige Regen nicht wegspülen können. Schon gar nicht, nachdem er Antje kennengelernt hatte.

Aus einigen Metern Entfernung sah er, dass der Blumenhändler ins Gespräch mit einer Kundin vertieft war und ihr einen in Papier eingewickelten Strauß überreichte. Der Händler bat die Frau, ihrem Gatten schöne Grüße auszurichten, und sie verabschiedete sich. Als sie Till entgegenkam, lag ihr ein glückliches Lächeln auf den Lippen. Hatte das der Strauß oder der Verkäufer herbeigezaubert?

»Till!«, sagte der Blumenhändler freudig.

»Moin, Marco!«

Die beiden begrüßten sich mit einem festen Handschlag.

»Hab gar nicht mehr mit dir gerechnet.«

»Hatte vorhin eine neue Klientin, die befürchtet, dass ihr Ehemann einer anderen Frau Blumen mitbringt.«

Marco schüttelte den Kopf. »Bei deinem Job verliert man bestimmt den Glauben an die Liebe.«

»Ausgeschlossen. Ich weiß schließlich, dass es die große Liebe gibt. Außerdem musste ich ihr klarmachen, dass ich kein klassischer Detektiv bin, der untreuen Ehemännern nachspioniert. Ich habe sie zu jemand anderem geschickt.«

»Dein Job bleibt für mich ein Buch mit sieben Siegeln.« Der Blumenhändler drehte sich zu seiner Ware um und begann, einen Strauß zusammenzustellen. Sorgfältig wählte er verschiedene Blumen aus. Till vertraute ihm blind. Kurz dachte er über seinen eigenen Beruf nach. Zwar hatte er als Privatdetektiv angefangen, war aber schnell ins Metier der Personenfahndung umgestiegen. Er spürte vermisste Personen auf oder half Menschen, für immer unterzutauchen. Das Aufspüren machte den größten Teil seiner Tätigkeit aus.

»Was hältst du hiervon?«, fragte Marco.

Till bewunderte den herbstlichen Strauß. »Sehr schön.«

»Gehst du heute oder morgen hin?«

»Bin schon auf dem Weg zu ihr.«

»Der Strauß müsste trotz der Temperaturen ein paar Tage durchhalten. Morgen soll es ja wieder ein bisschen wärmer werden. Gib mir einen Zehner.«

Till zückte einen passenden Schein aus seinem Portemonnaie. Blumenstrauß und Geld wechselten die Besitzer.

»Mach dir noch einen schönen Abend«, verabschiedete er sich.

»Hol du dir keine Erkältung, weil du zu lange in der Kälte sitzt.«

»So lange wird es heute gar nicht. Bin gleich mit einem guten Freund verabredet.«

Zwanzig Minuten später erreichte Till Antjes Grab. Er stellte den Strauß in eine leere Vase.

»Hallo, mein Liebling.«

Da Allerheiligen erst wenige Tage her war, flackerten noch einige Kerzen auf den Gräbern der Umgebung. Auch bei Antje. Zudem sorgten von der Friedhofsverwaltung strategisch gut aufgestellte Laternen für genügend Licht.

In der Nähe des Grabs setzte er sich auf eine Bank. Er bemerkte eine Witwe, die drei Stellen weiter mit der Grabpflege beschäftigt war.

»Hallo, Frau Keller«, sagte er halblaut.

Die Angesprochene richtete sich aus ihrer gebückten Haltung auf und fasste sich ans Kreuz. »Herr Buchinger!«

»Sie sind spät dran.«

»Ich war die letzten Tage bei meiner Tochter und dem Enkel in Bremen. Und Sie? Um diese Uhrzeit hätte ich mit Ihnen nicht mehr gerechnet.«

»Der Job hat mich aufgehalten.«

»Ich komme gleich zu Ihnen.« Die Rentnerin bückte sich wieder, um das Grab herzurichten.

Till schaute ihr gedankenverloren zu. Volker Keller war nur drei Tage nach Antje gestorben, vor sieben Jahren. Während Antje jedoch bloß neunundzwanzig geworden war, ehe der Brustkrebs sie dahinraffte, hatten Volker und Gisela Keller ein halbes Leben gemeinsam verbringen können. Aus ihrer Ehe waren zwei Töchter und inzwischen drei Enkelkinder hervorgegangen.

Verstohlen wischte er sich über die Augen. Nach wie vor bereute er am meisten, zu lange mit der Familienplanung gewartet zu haben.

Um der Traurigkeit keinen zu großen Platz einzuräumen, rief er sich die schönen Erinnerungen ins Gedächtnis. Immerhin hatte ihm das Schicksal acht Jahre mit seiner Traumfrau gegönnt, sieben Jahre davon als Ehemann. Unbewusst spielte er mit seinem Ehering, den er nach Antjes Tod nicht abgenommen hatte.

Frau Keller musterte ihr Werk, nickte zufrieden und kam zu ihm. »Schöne Blumen.«

»Sie wissen doch, ich habe den besten Blumenhändler der Welt. Wie war es bei Ihrer Tochter?«

Die Rentnerin erzählte von den Schwierigkeiten, in denen die Alleinerziehende steckte, seit der Schwiegersohn mit einer anderen Frau durchgebrannt war.

»Vielleicht sollte sie nach Hamburg zurückziehen. Dann wären Sie in ihrer Nähe, und Ihre Tochter würde wieder in der schönsten Stadt der Welt leben.«

»Das habe ich ihr auch vorgeschlagen. Sie denkt drüber nach. Julius kommt im Sommer in die weiterführende Schule. Das wäre der ideale Zeitpunkt. Andererseits hat sie Bedenken, ihn aus seinem gewohnten Umfeld herauszureißen. Der Junge verkraftet das Desinteresse seines Vaters eh schlecht.«

Till verstand das Dilemma. Manchmal übernahm er Aufträge, bei denen er untergetauchte Familienväter aufspüren sollte. Gerade den Kindern war stets unbegreiflich, warum sich die Väter nicht mehr meldeten. Oft genug gaben sie sich selbst die Schuld daran, wodurch sie die Trennung noch schwerer verkrafteten.

»Waren Sie Allerheiligen hier?«, fragte Keller.

»Als katholischer Ex-Rheinländer? Ehrensache!«

Keller schmunzelte. »Geht doch nichts über liebgewonnene Traditionen. Apropos. Ich habe Sie schon seit Wochen nicht mehr gefragt: Wann gibt es eine neue Frau in Ihrem Leben? Tut sich da etwas?«

Till zögerte mit der Antwort, die sich wohl niemals ändern würde. »Ich kann es keiner Frau antun, sie ständig mit Antje zu vergleichen. Selbst wenn es bloß unterbewusst wäre.«

»Herr Buchinger, Sie sind noch so jung. Der Mensch ist ein Herdentier. Am liebsten würde ich Sie meiner Tochter vorstellen. Vielleicht mache ich das sogar eines Tages.«

Er lächelte. »Ich bin überzeugt, Ihre Tochter ist eine tolle Person. Tun Sie ihr das nicht an. Sonst würdigen Sie mich in naher Zukunft keines Blickes mehr.«

Keller seufzte. »Ich hoffe, Sie finden noch einmal eine neue Partnerin, die Ihr Herz erobert. Was sagen Sie zu St. Pauli? Sieht diese Saison gar nicht schlecht aus.«

Till grinste. Nicht nur über den abrupten Themenwechsel, sondern auch darüber, dass Frau Keller ein riesiger Pauli-Fan war. Sie und Ihr Mann hatten früher sogar Dauerkarten besessen und den Fußballverein durch verschiedene Ligen begleitet.

Die beiden redeten über den bisherigen Verlauf der Saison, dann schaute Till auf die Uhr und erhob sich. »Soll ich Sie zum Ausgang begleiten?«

»Nur, wenn ich mich bei Ihnen unterhaken darf.«

Galant streckte Till seinen Arm aus.

Jonathan Albrecht saß bereits an dem zwei Tage zuvor reservierten Tisch im Restaurant und hob die Hand. Till nickte ihm zu, zog sich die gefütterte Jacke aus und hängte sie an der Garderobe auf. Eine Empfangsdame begrüßte ihn.

»Schönen guten Abend. Haben Sie reserviert?«

»Mein Freund hat das übernommen. Er ist schon da.« Till zeigte ins Restaurant hinein.

»Wunderbar. Dann wünsche ich Ihnen einen exquisiten Abend.«

»Danke!«

Till betrat den maritim eingerichteten Raum. Blauweiß war die dominierende Farbe. In den Regalen standen Buddelschiffe, an den Decken hingen

Fischernetze. Auch die Motive der Bilder an den Wänden kreisten um die Seefahrt.

Jonathan erhob sich. »Hallo, mein Freund.«

Die beiden Männer nahmen sich in den Arm.

»Sorry«, entschuldigte sich Till für die fünfminütige Verspätung. »Hab mich ein bisschen verkalkuliert.«

»Die Kellnerin hat sich schon um mein Wohl gekümmert.« Jonathan deutete auf einen Brotkorb mit drei Dips, an denen er sich bereits bedient hatte. Daneben stand ein bereits halb leeres Weizenbierglas.

Jonathan und Till hatten sich vor fünfzehn Jahren kennengelernt. Jonathan war im selben Alter gewesen wie Till heute. Till hatte damals sein Studium abgebrochen und sich mit Gelegenheitsjobs als Privatdetektiv über Wasser gehalten. Es war Jonathan gewesen, der ihn unter seine Fittiche genommen hatte, um ihm den Weg in die Personenfahndung zu weisen. Obwohl er wusste, dass sie irgendwann Konkurrenten sein würden, hatte er ihm alle Kniffe beigebracht. Im Laufe der Jahre war aus der Arbeitsbeziehung eine tiefe Freundschaft entstanden. Till hatte keine Sekunde gezögert, um Jonathan zu bitten, sein Trauzeuge zu werden. Und an Antjes letzten Tagen hatte Jonathan viele Nächte auf der Couch bei den Buchingers verbracht, um seinen Freunden den Rücken zu stärken.

Eine Kellnerin trat zu ihnen, und Till bestellte sich ein Schwarzbier.

»Jetzt, wo du endlich da bist, kann ich eben zum Klo. Muss seit ein paar Minuten ziemlich dringend pinkeln.«

Till grinste. »Geh schon, du alter Sack! Bevor wir uns hier nie wieder blicken lassen können.«

»Pass bitte auf mein Handy auf.«

Till sah seinem Freund hinterher. Dabei fiel ihm auf, dass ein breitschultriger Mann von der Theke aufstand und Jonathan folgte. *Hoffentlich ist eine der Kabinen frei*, dachte er amüsiert. Till wusste, dass sein Freund Pissoirs nur nutzen konnte, wenn niemand neben ihm stand.

5

Jonathan Albrecht betrat den Vorraum der Toilette. Er hatte auf dem Weg hierher einen Mann bemerkt, der ebenfalls die Waschräume ansteuerte. Doch der war zu weit entfernt, als dass er ihm aus Höflichkeit die Tür hätte aufhalten wollen. Jonathan durchquerte den Raum, von dem aus sowohl der Herren- als auch der Damenbereich abging. In der Herrentoilette warf er einen Blick auf die drei Kabinen, die alle unbesetzt waren. Hinter ihm hörte er eine Tür ins Schloss fallen. Er betrat die mittlere Kabine. Gerade, als er sich umdrehte, um sie abzuschließen, stieß jemand von außen gegen die Tür.

Sogleich warnten ihn alle Instinkte – das war kein Versehen! Sofort drückte er von innen dagegen und schaffte es, sie komplett zu schließen, ehe sich der Gegner Zutritt verschaffen konnte. Stöhnend verriegelte er die Tür.

»Was wollen Sie von mir?«, rief Jonathan.

Der Fremde schlug mit der Faust gegen die Kabine. »Ich werd's dir zeigen.«

Im nächsten Moment erzitterte die Tür in den Angeln, weil sich der Mann dagegen warf.

»Was wollen Sie?«, wiederholte Jonathan.

Sollte es dem Kerl gelingen, sich gewaltsam Zutritt zu verschaffen, säße er in der Falle.

»Du hast meiner Frau geholfen, unterzutauchen. Die Alte hat mein Konto leergeräumt und mich ans Finanzamt verpfiffen. Dafür wirst du büßen. Du wirst mir sagen, wo die Fotze ist.«

Wieder wackelte die Kabinentür. Jonathan musste nicht lange nachdenken. Er hatte in den letzten Monaten nur einer Kundin beim Untertauchen geholfen und dabei ein Telefonat miterlebt, in dem der Ehemann seine Frau vulgär beschimpft hatte. Die Information mit dem leergeräumten Konto war allerdings neu für ihn.

Er lehnte sich von innen an die Tür. Hätte er bloß sein Handy nicht auf dem Tisch liegen gelassen.

Voller Wucht schmiss sich der verlassene Ehemann gegen die Kabine. »Ich bring dich um!«

»Selbst wenn Sie mich foltern, könnte ich nicht sagen, wohin Ihre Frau verschwunden ist«, appellierte Jonathan an die Vernunft des Mannes.

»Feiger Lügner!«

»Das ist die Wahrheit. Ich habe Melanie lediglich Tipps gegeben. Den Ort suchen die Klienten selbst aus, ohne mich einzuweihen. Um genau solche Situationen wie mit Ihnen zu vermeiden.«

»Ich glaube dir kein Wort!«

Als die Tür erneut in der Fassung erbete, schaute sich Jonathan verzweifelt um. Toilettenpapier, eine Klobürste aus Plastik – nichts, was sich als Waffe nutzen ließe. Ob er ihm die Bürste ins Auge stechen könnte?

6

Verwundert schaute Till Buchinger zu den Waschräumen. Jonathan war schon ziemlich lange verschwunden für jemanden, der nur dringend pinkeln musste. Auch der Mann, der gleich nach Jonathan die Toiletten angesteuert hatte, war noch nicht zurückgekehrt.

Till schürzte die Lippen. Hätte er nicht zufällig den Verfolger bemerkt, wären seine Instinkte weniger alarmiert. Aber so ...

In ihrem Beruf machte man sich leicht Feinde. Till beschloss, nach dem Rechten zu sehen. Er steckte Jonathans Handy ein und ging eiligen Schrittes zu den Waschräumen. Schon als er die erste Tür öffnete, hörte er das laute Poltern und Jonathans Stimme.

»Was ist hier los?«, rief Till.

Der breitschultrige Mann warf sich gegen die mittlere Kabine, die in den Angeln erzitterte.

»Hilfe!«, erklang Jonathans Stimme.

»Verpiss dich!« Der Breitschultrige schaute den Neuankömmling feindselig an.

Till musterte seine Körperhaltung. Der Kerl schien vor Kraft zu strotzen. Doch gerade Muskelpakete waren oft eher langsame Kämpfer. »Alles klar. Geht mich nichts an.« Till hob die Hände.

»Zisch ab!«

Till wich einen Schritt zurück. Der Unbekannte

beging den Fehler, sich wieder auf die Kabinentür zu konzentrieren. Abrupt schoss Till vor. Der Muskelberg reagierte wie erwartet viel zu langsam. Till rammte ihm leicht gebückt die Schulter gegen den massigen Leib, hob ruckartig den Kopf und traf das Kinn des Angreifers. Der taumelte nach hinten und verlor das Gleichgewicht.

»Jonathan, komm raus!«

Till stürzte sich auf den benommenen Angreifer, der sich aufzurappeln versuchte. Er schaffte es, ihn auf den Bauch zu drehen und ihm schmerzhaft den Arm auf den Rücken zu drehen.

Jonathan verließ die Kabine. »Hast du ihn unter Kontrolle?«

»Ja«, behauptete Till, obwohl sich der Mann noch heftig wehrte.

»Hol einen Kellner! Die sollen die Polizei rufen.«

Sofort verließ Jonathan den Raum.

»Runter von mir!«, zischte der Mann unterdessen.

Till verkrallte seine freie Hand im Haarschopf des Gegners. »Bleib liegen, bis die Polizei da ist. Sonst ramme ich dein Gesicht auf die Fliesen. Das tut höllisch weh und bringt dir eine gebrochene Nase ein.«

Frustriert heulte der Mann auf. Sein Widerstand erlahmte. Im nächsten Moment kehrte Jonathan zurück, gefolgt von einem Kellner.

»Was ist hier los?«, fragte der Restaurantmitarbeiter.

7

Franka Spannberg kehrte nach Hause zurück. In ihrem Einkaufskorb lagen zwei Pizzakartons. Sie hatte die Pizzen aus der Pizzeria abgeholt, würde sie jedoch nicht essen. Sie stellte den Korb in der Küche ab und zog ihre Daunenjacke aus. Danach ging sie ins Bad, wo sie den Spiegelschrank über dem Waschbecken öffnete. Darin lagerten ihre einzeln verpackten Seifenstücke. Ihr Bestand schwand allmählich: Sie hatte nur noch gut zwei Dutzend Packungen vorrätig. Darum würde sie sich morgen Früh kümmern. Spannberg nahm eine Seife heraus. Sie öffnete zuerst die Umverpackung und riss dann die Folie auf. Pappe und Plastikfolie landeten im Müll. Spannberg drehte den Wasserhahn auf. Sie seifte ihre Hände ein, bis sie das Gefühl hatte, den Schmutz entfernt zu haben, den sie sich unterwegs eingefangen hatte. Anschließend warf sie das Seifenstück ebenfalls in den Müll und kehrte in die Küche zurück. Sie schaltete den Backofen auf niedriger Temperatur ein und stellte die Pizzakartons ungeöffnet hinein. Sie setzte sich an den Küchentisch und dachte über Florian Werner nach. Der Teenager war der Neffe des Mörders und Vergewaltigers Karsten Hansen. Während der Therapiestunden hatte Hansen den Namen erwähnt. Florians Mutter war seine Schwester, zu der er eine normale Verbindung gepflegt hatte – bis er verhaftet worden war. Der Junge schien ihm ans Herz gewachsen zu sein. Weshalb er heute Nacht sterben würde. Spannbergs Opfer – die bisherigen und künftigen – standen in einer Beziehung zu den drei Männern, die ihre Seele gebrochen hatten. Bei den ersten Morden waren die Verbindungen schwach gewesen, die folgenden Opfer jedoch hatten den Inhaftierten immer nähergestanden. Spannbergs Peiniger würden im Knast hilflos von den Toden erfahren und nichts dagegen tun können. Spannberg hatte ein fantastisches Namensgedächtnis und außerdem Protokoll geführt, in jeder einzelnen Therapiestunde, die sie vor der Revolte mit den Insassen abgehalten hatte. So war sie an die Namen gekommen und hatte ihren Racheplan gesponnen. Heute Abend wäre der 17-jährige Flo dran – wie ihn seine Freunde und Hansen nannten. Florians Eltern waren für eine Woche auf Madeira, und der Kleine nutzte die fehlende Aufsicht, um sich mit seiner Freundin zu amüsieren. Spannberg hatte die beiden vor dem Schulgebäude belauscht, als sie die Pläne besprachen und dabei keine Augen für heimliche Zuhörer hatten. Mit dem Verlauf der nächsten Stunden würde allerdings niemals rechnen.

Spannberg griff zu ihrem Laptop und startete ihn. Sie rief eine Internetseite auf, über die man SMS verschicken konnte. Dort tippte sie zunächst Florians Handynummer ein, dann die eigene Nummer – ein Prepaidanschluss, den sie nur für diesen Zweck nutzen würde. Zuletzt verfasste sie die Nachricht, die hoffentlich verlockend genug klingen würde.

8

Statt sich sofort ins Bett zurückzuziehen, wie Florian gehofft hatte, wollte Clara lieber ein bisschen am Computer zocken. Florian hatte häufig gelesen, dass das Mädchen beim ersten Mal das Tempo vorgeben müsste, daher erklärte er sich einverstanden. Er startete den Computer, und sie legten gleich los.

Nach einer Weile brummte sein Telefon. Florian pausierte das Spiel. »Hab eine Nachricht bekommen.«

»Von wem?«

»Weiß nicht.« Er griff zu seinem Handy. Den Absender der SMS kannte er nicht. Er öffnete die Nachricht und überflog die wenigen Zeilen. »Cool. Hast du Bock auf Pizza? Wir kriegen sie umsonst.«

»Von wem?«

»Lieber Florian!«, las er die Nachricht vor. »Für dich als registrierten Kunden haben wir heute ein unwiderstehliches Angebot. Bestelle bis zwanzig Uhr zwei Pizzen gratis unter dieser Rufnummer. Alle weiteren Produkte, die du orderst, kosten die normalen Preise. Es gibt keinen Mindestbestellwert, und du zahlst keine Liefergebühr. Ab zwanzig Uhr verfällt das Angebot. Viele Grüße, dein Lieferhelden-Team.«

»Warum machen die das?«

»Bestimmt hoffen Sie darauf, dass man noch mehr bestellt. Hast du Lust auf Pizza?«

»Immer. Für mich eine Tonno ohne Zwiebeln.«

Florian wählte die Handynummer. Nach wenigen Sekunden meldete sich eine weibliche Stimme.

»Lieferhelden, Claudia am Apparat. Sie rufen wegen unseres Gratis-Angebots an?«

»Genau. Ich hätte gerne eine Tonno ohne Zwiebeln und eine Pizza Salami.«

»Sonst noch Wünsche?«, fragte die Frau.

»Das war's.«

»Ihre Lieferadresse bitte.«

Florian nannte seine Adresse, und die Telefonistin versprach ihm eine Lieferung innerhalb von fünfundzwanzig Minuten.

»Genial!«, sagte Florian. »Das ist wirklich kostenlos. In einer halben Stunde bringen sie uns die Pizza.«

»Dann lass uns bis dahin weiterzocken! Danach können wir ja etwas anderes machen.« Clara lächelte ihm zu.

9

Ein Moped hielt vor der observierten Adresse. Der rot gekleidete Fahrer dirigierte sein Gefährt in eine kleine Parklücke.

»Nein«, stöhnte Dorfer.

»Nur nicht die Nerven verlieren«, empfahl Krumm. »Das ist bloß eine Essenslieferung.«

Dorfer war nicht überzeugt. Der Lieferant stieg vom Moped ab, nahm aber den Helm nicht ab. Stattdessen holte er zwei Pizzakartons aus einem Motorradkoffer.

»Wie schon gesagt. Nur eine Pizzalieferung.«

»Warum nimmt der Fahrer den Helm nicht ab? Ist das ein Kerl oder eine Frau?«

»Keine Ahnung«, gestand Krumm. »Bei der Kleidung nicht zu erkennen.«

Dorfer dachte nach. Spannbergs Körpergröße betrug einen Meter vierundsiebzig. Damit konnte man sie leicht für einen kleinen Mann halten.

Der Lieferant ging auf die Haustür zu.

»Das ist sie!«, sagte Dorfer.

»Woran machst du das fest?«

»Instinkt! Das ist sie!« Er sah Krumm in die Augen.

»Wenn wir jetzt einen Unschuldigen festnehmen, fliegt die ganze Überwachung auf.«

»Unser Risiko. Gib den Teams den Zugriffsbefehl.«

Von ihrer Position sahen sie, dass sich die Tür der

Werners öffnete.

»Brauchst du noch mehr Beweise?«, fragte Dorfer.

»Es sind zwei Teenager. Haben die nicht immer Hunger auf Pizza? Mir erscheint das logisch.«

»Entweder gibst du den Zugriffsbefehl, oder ich mache das.« Dorfer griff zum Funkgerät.

»Ich habe eine andere Idee. Lass uns das ausprobieren.« Krumm nahm sein Telefon in die Hand.

»Wen rufst du an?«

»Den Jungen. Ich behaupte, dringend mit dem Lieferanten sprechen zu müssen.«

Krumm tippte die ihnen bekannte Handynummer von Florian Werner ein. In der Leitung erklang das Freizeichen. Im selben Moment erreichte die Person, die noch immer den Helm trug, die zweite Etage. Zu allem Überfluss betrat sie die Wohnung.

»Spannberg ist drin!«, schrie Dorfer. »Uns bleiben nur Sekunden!«

10

»Danke, dass ich reinkommen darf«, sagte Spannberg. »Ihr müsst mir bitte kurz bestätigen, die Pizzen kostenfrei erhalten zu haben. Keine Sorge, ich brauche nur eine Unterschrift.«

»Gehen wir in die Küche«, schlug Florian vor.

Spannberg folgte ihm. »Ich stelle die Tasche eben ab. Okay?«

»Na klar.«

Sie legte die Liefertasche auf den Boden und nahm den Helm ab. Die beiden Teenager beobachteten das ohne größeres Interesse.

»Wo habe ich das verdammte Formular hingesteckt?«

Spannberg griff unter die Pizzakartons und packte das Stromschockgerät, mit dem sie das Mädchen außer Gefecht setzen würde. Ihr ging es nur um Hansens Neffen. In diesem Augenblick vernahm sie das Klingeln eines Handys. Das Gerät steckte offenbar in Florians Jeanshose.

»Erwartest du einen Anruf?«, fragte Spannberg.

»Eigentlich nicht.« Er zog das Telefon aus der Hosentasche. »Unbekannte Nummer, da geh ich nicht dran.«

Spannbergs Misstrauen erwachte. Wieso erhielt er ausgerechnet jetzt einen Anruf? Das konnte kein Zufall sein. Observierten die Bullen das Haus? Für diesen Fall hatte sie vorgesorgt. Aber wie viel Zeit blieb ihr?

Spannberg richtete sich wieder auf. Sie hatte weder einen Zettel noch die Kartons in der Hand.

»Wollen Sie uns nicht die Kartons geben?«, fragte Florian. Er hatte den Anruf weggedrückt.

Spannberg griff in ihre Jackentasche und zog ihre Pistole heraus. Die Freundin des Jungen quiekte erschrocken auf.

Florian starrte auf die Waffe. »Was wollen Sie?«

»Dich umbringen. Leider kommen mir die Scheißbullen dazwischen. Du hast verdammtes Glück! Mädchen, du gehst nach draußen in den Hausflur.«

»Wa ... was?«

»In den Hausflur!«, schrie Spannberg. »Sofort!« Damit ihr Ablenkungsmanöver funktionierte, musste Florian vorläufig weiterleben. Nur so konnte sie sich Claras Kooperation sichern.

»Wieso?«, fragte Florian.

»Weil ich es sage. Beeilt euch! Außerdem brauche ich den Schlüssel zum Keller!«

»Der hängt in der Diele.«

»Vorwärts! Bewegung.« Spannberg scheuchte die Teenager im Flur vor sich her. Neben der Wohnungstür entdeckte sie einen Schlüsselkasten.

»Gib mir zuallererst den Kellerschlüssel.«

Zögerlich öffnete Florian den Kasten.

11

»Scheiße! Florian oder wer auch immer hat den Anruf weggedrückt!«, fluchte Krumm.

»Glaubst du mir jetzt?« Dorfer sah seinen Partner flehentlich an.

Krumm dachte fieberhaft nach. Sollte einer der beiden Teenager sterben, wäre das vermutlich der Sargnagel für seine Karriere. Lieber verscheuchte er die Mörderin, als sich dieser Gefahr auszusetzen. Er griff zum Funkgerät, mit dem er das gesamte Einsatzteam erreichen konnte.

»Teamleader Bravo, bitte melden.«

»Hier Teamleader Bravo.«

In diesem Moment öffnete sich die Wohnungstür von Familie Werner.

»Einen Augenblick!« Krumm starrte durch die Fensterfront zur zweiten Etage hoch.

Florians Freundin trat in den Flur. Trotz der Entfernung hatte Krumm den Eindruck, dass sie verängstigt wirkte. Außerdem schien sie nicht zu wissen, was sie tun sollte. Im Hausflur drehte sie sich um und schaute zu einer Person, die außerhalb des Sichtfelds der Polizisten stand.

»Teamleader Bravo. Wir haben ein Geiselnahmeszenario. Die Mörderin hat sich als Lieferant verkleidet und sich Zutritt zur Wohnung verschafft. Wir müssen

...«

Eine laute Explosion unterbrach ihn. Vom Moped stieg ein Feuerball auf. An umliegenden Fahrzeugen zersplitterten die Windschutzscheiben und sprangen Alarmanlagen an.

»Was zum Teufel war das?«, schrie Krumm.

»Sie hat eine Bombe in dem Moped gezündet«, rief Teamleader Bravo.

Abgelenkt durch die Explosion hatte Krumm ein paar Sekunden den Hausflur außer Acht gelassen. Im Inneren des Gebäudes rannte die rot gekleidete Person, die zwar keinen Helm mehr, aber dafür eine Kapuze trug, mit Florians Freundin die Treppe hinunter. Sie war bereits in der ersten Etage angekommen. Von dem Jungen fehlte jede Spur.

»Sie will fliehen!«, bellte Krumm ins Funkgerät. »Teamleader Bravo, ihr müsst sie aufhalten.«

»Wir rücken vorsichtig vor«, erwiderte der Einsatzleiter. »Eventuell zündet sie einen zweiten Sprengsatz.«

Krumm verstand das umsichtige Vorgehen des Teamleaders. Trotzdem wäre er am liebsten selbst losgerannt, um die Mörderin aufzuhalten. Ihre Flucht könnte ihn ebenfalls die Karriere kosten.

»Beeilt euch!«, befahl er. »Das Moped ist zerstört. Wo soll ein zweiter Sprengsatz versteckt sein?«

»Zum Beispiel im Hausflur«, mischte sich Dorfer ein.

Die rot gekleidete Person und ihre Geisel verschwanden aus ihrem Blickfeld. Sie hatten das Erdgeschoss erreicht. Durch die Milchglasscheibe der

Haustür waren sie nun vor neugierigen Blicken geschützt. Dafür starrten unzählige Anwohner auf das brennende Fahrzeug und auf die schwer bewaffneten Polizisten, die sich in Angriffsformation mit gezückten Maschinengewehren dem Haus näherten.

12

Ihre Recherchen hatten ergeben, dass das Haus, in dem die Werners lebten, mit dem Nachbargebäude durch eine Kellertür verbunden war. Die Häuser teilten sich den Fahrradraum und einen Raum für die Waschmaschinen. Dies war ihre beste Chance, von dort wegzukommen.

Spannberg stieß dem Mädchen in den Rücken. Nur mit Mühe hielt es sich auf den Beinen.

»Schneller!«

»Ich kann nicht schneller!«

Sie erreichten den Keller.

»Setz dich auf den Boden, Hände auf den Kopf.«

Das Mädchen folgte dem Befehl prompt. Spannberg rammte den Schlüssel in das Schloss und öffnete es.

»Für dich wäre es besser, dich nicht zu rühren und die Hände hochzuhalten. Gleich kommen die Bullen angestürmt. Nicht, dass sie dich für mich halten und dich aus Versehen erschießen.«

Ohne die Schülerin weiter zu beachten, stürmte sie vorwärts. Im Fahrradraum standen ein halbes Dutzend Räder. Zielstrebig steuerte sie das schwarze E-Bike an und schob es in den Gang. Dort entledigte sie sich der roten Lieferantenkluft, unter der sie schwarze Kleidung trug. Im Dunkeln wäre sie schlecht zu erkennen.

Aus dem Erdgeschoss drang ein Poltern an ihr Ohr. Offenbar stürmten die Bullen das Haus.

»Sie ist hier unten!«, schrie das Mädchen.

Spannberg rannte mit dem Fahrrad zum Hinterausgang des Nachbarhauses. Alle Kellertüren ließen sich mit demselben Schlüssel öffnen. Hektisch schob sie ihn ins Schloss und entsperrte es. Draußen warteten noch keine Bullen mit gezogener Waffe. Sie trug das Fahrrad fünf Stufen bis zu einem Bürgersteig hoch. Gut zwanzig Meter entfernt sah sie fünf Polizisten auf der Rückseite.

Sie schwang sich auf den Sattel und fuhr los. Der Motor des E-Bikes sprang an und verschaffte ihr einen Beschleunigungsschub. Die Bullen riefen ihr hinterher. Aufgrund ihrer beruflichen Erfahrung wusste sie, dass sie in einer solch unübersichtlichen Situation niemals schießen würden. Sie trat stärker in die Pedale, erreichte rasch die Hauptverkehrsstraße und preschte einfach weiter, ohne nach rechts und links zu schauen. Bremsen quietschten, Hupen ertönten. Ein Fahrzeug würde sie gleich erfassen. Sie sah den entsetzen Blick der Fahrerin. Es trennten sie nur Zentimeter von einem Zusammenstoß. Doch sie schaffte es, unbeschadet den Bürgersteig zu erreichen. Spannberg fuhr nach rechts. Durch den Richtungswechsel verlor sie an Geschwindigkeit, die sie jedoch dank des Motorantriebs rasch zurückgewann. Sirenen ertönten, Blaulicht erhellte die Dunkelheit. In einhundert Metern könnte sie von der Straße auf einen unbefestigten Trampelpfad abbiegen. Wenn sie den erreichte, wäre sie außer

Gefahr.

Sie keuchte vor Anstrengung, und der Motor des Bikes gelangte an sein Maximum. Als Spannberg den Lenker nach links riss, brach das Hinterrad aus. Nur mit Hilfe der Bremsen behielt sie es unter Kontrolle. Dann trat sie wieder in die Pedale und schoss den Trampelpfad entlang. Zweihundert Meter später gönnte sie sich einen Blick über die Schulter. Vorläufig hatte sie ihre Verfolger abgeschüttelt.

Januar

1

Jonathan Albrecht saß in seinem Lieblingssessel und starrte vor sich hin. Seit er vor vier Jahren die Fünfzig überschritten hatte, erwischte er sich nach anstrengenden Arbeitstagen immer öfter beim Nichtstun. Manchmal war sein Kopf komplett leer, meistens grübelte er über die Zukunft. Das neue Jahr war schon wieder drei Wochen alt, und natürlich hatte sich nichts geändert. Er hatte die Leute noch nie verstanden, die glaubten, ein Datumswechsel könnte irgendetwas Positives bewirken. *2019 war mies? Dann warte erst mal den Kübel Gülle ab, den 2020 für dich bereithält.* Das hatte er kurz vor Silvester einem Bekannten gesagt, der ausschweifend über die vergangenen zwölf Monate gejammert hatte. Wenn ein Mensch etwas verändern wollte, musste er bei sich selbst anfangen und nicht auf einen Jahreswechsel bauen.

Jonathan dachte zum Beispiel in letzter Zeit immer öfter darüber nach, schon mit Mitte Fünfzig sein Erspartes zu nehmen und nach Thailand auszuwandern. Dort würde er bestimmt eine wundervolle Thai-Frau treffen, die den Rest des Lebens mit ihm verbringen wollte. Hier in Deutschland hielten ihn keine Verwandten, sondern allenfalls Freunde wie Till oder Jessica. Da er seit fast einem halben Jahrzehnt Single war, hatte er mittlerweile garantiert so manche Marotten, die für deutsche Frauen unerträglich wären. Zum Beispiel dieses Herumsitzen im Sessel. Oder seine ausufernden Fußballmarathonsitzungen vor dem Fernseher, bei denen er sich praktisch jedes live übertragene Spiel anschaute.

Das Handy auf dem Wohnzimmertisch klingelte und riss ihn aus den Gedanken. Jonathan erhob sich schwerfällig und befürchtete schon, den Anrufer zu verpassen. Doch bevor sich die Mailbox anschaltete, hielt er das Telefon in der Hand, das keine Rufnummer übertrug.

»Hallo?«

»Herr Albrecht?«, fragte eine besorgt klingende Frau.

»Mit wem spreche ich?«

»Marlene Zimmermann. Ich wohne im Haus gegenüber Ihres Büros. Es brennt bei Ihnen.«

»In meinem Büro?«, vergewisserte er sich entsetzt.

»Genau. Ich habe die Feuerwehr schon alarmiert. Aber Sie wollen bestimmt so schnell wie möglich ...«

»Danke! Ich bin in fünf Minuten da. Vielen Dank!«

Ein Brand in seinem Büro war eine Katastrophe. Rasch schob Jonathan das Handy in die Hosentasche, lief in die Diele und zog sich die Winterstiefel an. Er riss die gefütterte Jacke vom Garderobenhaken. Ohne sie anzuziehen, öffnete er die Wohnungstür und zuckte erschrocken zurück. Im Hausflur stand jemand. Die Person holte mit einem Baseballschläger aus. Im nächsten Moment spürte er einen unfassbaren Schmerz. Er taumelte nach hinten, fiel zu Boden und verlor das Bewusstsein.

Pochende Schmerzen rissen Jonathan aus der Bewusstlosigkeit. Sein zertrümmertes Gesicht bereitete ihm Höllenqualen. Als er die Augen aufschlug, tastete er stöhnend mit der Hand nach seiner Nase, an der er verkrustetes Blut spürte. Gleichzeitig nahm er am anderen Handgelenk einen einschneidenden Schmerz wahr. Er versuchte, die Hand auszustrecken, und erzeugte dadurch ein Klappern. Eine Handschelle umschloss sein Gelenk, die zweite Schelle war am Heizkörper befestigt. Er schaute sich um. Auf dem Boden neben ihm lagen weiße Handtücher, mit denen jemand Blut abgewischt hatte.

»Willkommen zurück unter den Noch-Lebenden«, erklang eine weibliche Stimme.

Jonathan hob den Blick. Eine Frau betrat das Wohnzimmer. Sofort erkannte er sie wieder. Sie hatte ihn im November aufgesucht, weil sie so schnell wie möglich wegen ihres gewalttätigen Ex-Partners hatte untertauchen müssen. Er hatte ihr dabei geholfen.

War ihr der Ex auf die Schliche gekommen? Steckte Jonathan wegen ihm in dieser Lage? Er schaute an ihr vorbei, ohne sonst jemanden zu entdecken.

Sie schien seine Gedanken zu erraten. »Wir sind allein. Kein Grund zur Panik.«

Jonathan verstand das alles nicht. »Machen Sie mich los.«

»Bedaure. Den Wunsch kann ich nicht erfüllen.«

»Was soll das? Warum tun Sie das?«

»Ich bin Ihnen für den Rest Ihres Lebens dankbar. Wirklich! Versprochen.« Die Frau ging in die Hocke, weit genug entfernt, dass er keine Chance hatte, sie zu packen. »Vielleicht sollte ich mich vorstellen. Ich heiße Franka Spannberg.«

Fassungslos musterte er die Frau. »Das ist unmöglich!«

Sie zog sich die langen, blonden Haare vom Kopf und nahm das breite Brillengestell von der Nase. Beides hatte ihr eigentliches Aussehen deutlich verfremdet. Wenn Jonathan sich ihr übertrieben starkes Rouge und den schwarzen Lidschatten wegdachte, sähe sie noch viel gewöhnlicher aus.

»Unmöglich?« Lächelnd zog sich die Frau die falschen Zähne aus dem Mund.

»Scheiße!«

»Nicht fluchen! Die Perücke ist so echt, wie sie nur sein kann. Das erkennt nicht jeder.«

»Ich hätte das erkennen müssen.«

»Seien Sie ehrlich, Sie brauchen schon länger eine Brille, sind aber zu eitel, oder? Man merkt es Ihnen an, wenn man Sie ein bisschen beobachtet.«

Leider hatte sie mit ihrer Vermutung recht. »Was wollen Sie von mir?«

»Ihnen meine Dankbarkeit ausdrücken. Als ich den Bullen knapp entkam, war ich in Panik. Ich wusste, sie würden irgendwann meinen Unterschlupf finden. Einfach aus Hamburg zu verschwinden erschien mir zu gefährlich. Auf der Flucht macht man leicht Fehler. Sie haben mir so wunderbar geholfen unterzutauchen.

Dafür hat sich das Verweilen und ständige Wechseln der Adressen gelohnt.«

»Warum sind Sie zurückgekehrt?«

»Das ist nur ein kurzer Besuch. Wissen Sie, worüber ich am Jahreswechsel nachgedacht habe?«

Er schüttelte den Kopf.

»Ich hatte Angst, jemand könnte herausfinden, dass wir eine Geschäftsbeziehung hatten.«

»Selbst wenn, ich wüsste gar nicht, wohin es Sie verschlagen hat. Das weiß ich aus Sicherheitsgründen nie. Ich gebe meinen Klienten nur Tipps. Ratschläge.«

»Mit Ihrer Hilfe würden mich die Bullen bestimmt finden. Das muss ich verhindern.«

»Tun Sie das nicht! Ich verrate kein Wort. Niemandem. Das verspreche ich.«

»Das reicht mir nicht.«

»Bitte!«

Hektisch schaute er sich um. Gleichzeitig überlegte er, ob er um Hilfe schreien sollte. Doch er wohnte im Dachgeschoss, und die Mieter unter ihm waren derzeit im Urlaub.

Die Frau griff nach hinten. Sekunden später hielt sie ein Rasiermesser in der Hand. Langsam klappte sie es auf.

»Nein!«, bettelte Jonathan. »Verschonen Sie mich.«

Mit kalten Augen starrte sie ihn an. »Ich habe auch schon einmal um mein Leben und meine Unversehrtheit gebettelt. Es hat nichts geändert. Die Welt ist grausam.«

»Hilfe!«, schrie er laut.

Sie griff zu einem Handtuch und presste es ihm aufs Gesicht. Er versuchte, mit der freien Hand nach ihr zu schlagen, brachte aber nicht genug Kraft auf, um sie abzuwehren. Jonathan spürte die Klinge an der Kehle. Im nächsten Moment schnitt sie ihm ruckartig den Hals auf.

2

Mit einem Sprung nach hinten rettete sich Spannberg vor dem aus der Kehle spritzenden Blut. Albrecht schrie noch einmal um Hilfe, doch das Wort ging in einem Gurgeln unter. Sekunden später sackte sein Kopf nach vorne.

Spannberg empfand Mitleid für ihn. Der Tod des Personenfahnders war ein notwendiges Übel. Ein Kollateralschaden. Beinahe wünschte sie, es hätte eine Alternative gegeben. Allerdings lastete ein schwarzer Fleck auf Albrechts Seele. Vor rund zwanzig Jahren hatte er dem später zu lebenslänglich verurteiltem Mörder Thorsten Schütze geholfen, eine Frau aufzutreiben. Die hatte anschließend ein wochenlanges Martyrium erlitten, bevor die Polizei Schütze verhaftet hatte. Insofern war Albrecht nicht völlig unschuldig. Er hatte schon früher zu wenig darauf geachtet, welchen Klienten er seine Dienste anbot.

Achtlos warf sie das Handtuch zu Boden und erhob sich. Sie nahm die Perücke und die Brille und setzte beides wieder auf. Dann ging sie in die Diele, wo Albrechts Jacke lag. Darin steckte ein Schlüsselbund, den sie sich in die Hosentasche schob. Da Albrecht der einzige Mieter im Dachgeschoss war, konnte sie die Wohnung gefahrlos verlassen. Das Haus verfügte über einen Fahrstuhl, den sie anforderte. Auf dem Weg nach unten betete sie leise, dass ihr im Erdgeschoss niemand entgegenkäme. Tatsächlich erhörte das Schicksal ihre Gebete.

Zehn Minuten später betrat sie das Büro des Personenfahnders, das nicht in Flammen stand. Der Anruf hatte lediglich dazu gedient, Albrecht abzulenken und ihn leichter überwältigen zu können.

Nach kurzem Zögern entschied sie, das Licht einzuschalten. Immerhin war es erst halb sieben und daher gar nicht unwahrscheinlich, dass um diese Uhrzeit noch jemand arbeitete. Spannberg setzte sich an den PC und fuhr ihn hoch. Er war nicht passwortgeschützt. Effizient und schnell überprüfte sie die neu angelegten Dokumente der letzten Monate, ohne auf etwas zu stoßen, was Rückschlüsse auf sie zuließ. Sie fuhr den Computer wieder herunter und öffnete anschließend die Aktenregale, die sie nacheinander inspizierte. Sobald sie das erledigt hatte, entnahm sie der mitgebrachten Tasche den Brandbeschleuniger und verteilte ihn in den beiden Zimmern. Selbst wenn es irgendwo Spuren gab, die auf sie hindeuteten, würde das Feuer sie hoffentlich vernichten.

An der Tür entzündete sie ein Streichholz und warf es in den Raum. Dann verließ sie zügig den Ort. Vor ihr lag eine mehrstündige Autofahrt zu ihrem neuen Unterschlupf. Die nächsten Wochen würde sie im Verborgenen leben. Doch schon bald plante sie eine Rückkehr in die Hansestadt, um die Todesliste weiter abzuarbeiten.

3

Till Buchingers Büro lag in einer kleinen Seitenstraße unweit der Außenalster. Oft nutzte er die dortigen Spazierwege, um seine Gedanken zu sammeln. Manchmal lief er auch mit Klienten dort entlang, wenn er spürte, dass sie sich in einem geschlossenen Raum unwohl fühlten. Antje und er hatten kurz nach der Hochzeit jeweils Risikolebensversicherungen in Höhe von einer halben Million aufeinander abgeschlossen. Seit ihrem Tod musste er sich um seinen Kontostand keine großen Sorgen machen. Doch hätte er jederzeit dreimal so hart gearbeitet, um Antje zurückzubekommen, damit es gar nicht erst zur Auszahlung der Versicherungssumme gekommen wäre.

An diesem Montagmorgen saß er an seinem Schreibtisch und schrieb für einen Klienten einen Abschlussbericht. Der Mann hatte ihn beauftragt, seine verschwundene Tochter aufzuspüren, die sich nach einem Familienstreit abgesetzt hatte. Till hatte auf zwei Internetplattformen Profile von ihr entdeckt und auf diese Weise relativ leicht Kontaktadressen ermittelt. Allerdings würde er dem Vater nur die E-Mail-Adresse nennen. In seinen Augen hatte die erwachsene Tochter das Recht, selbst zu bestimmen, ob sie Besuch von ihren Eltern erhalten wollte.

Er begann gerade den letzten Absatz des Berichtes,

als es an der Bürotür klingelte. Till blickte zu dem kleinen Monitor, der durch das Klingeln automatisch ansprang. Vor der Haustür stand ein Mann, den Till sofort erkannte, obwohl die beiden noch nie zuvor miteinander gesprochen hatten.

Was wollte der bei ihm?

Till aktivierte die Gegensprechanlage. »Hallo?«

»Guten Morgen, ich bin Kriminalhauptkommissar Ludger Krumm. Haben Sie einen kurzen Moment Zeit für mich?«

Till erkundigte sich nicht nach dem Grund des Besuchs. Hätte ein anderer Kriminalkommissar vor der Tür gestanden, hätte er ebenfalls nicht nachgefragt. Er betätigte den Türöffner, ging zur Bürotür und wartete auf den Mann.

»Guten Morgen«, begrüßte der ihn erneut und reichte ihm die Hand.

Till erwiderte den festen Händedruck. »Zeigen Sie mir kurz Ihren Dienstausweis?«

Krumm zückte ihn.

»Kommen Sie herein.« Er führte den Polizisten zu einer gemütlichen Besucherecke. »Setzen Sie sich. Wie kann ich Ihnen helfen?«

»Es geht um den Mord an Jonathan Albrecht.« Krumm nahm auf dem Zweiersofa Platz.

Den Namen seines toten Freundes zu hören, traf Till unerwartet wie ein Schlag auf den Solarplexus. Er ließ sich in den Sessel fallen. Vor über einer Woche war seine Welt ein zweites Mal wegen eines Todesfalls stehen geblieben. Wegen der Ermittlungen lag Jonathan noch nicht unter der Erde, denn die Polizei hatte die Leiche bislang nicht freigegeben. Die bisherigen Gespräche hatte Till allerdings mit einem anderen Kriminalkommissar geführt.

»Mein Partner und ich haben den Fall übernommen«, erklärte Krumm.

»Wieso?«, krächzte Till. Er räusperte sich.

»Wir haben Spuren gefunden zu einer Ermittlung, für die ich zuständig bin.«

»Spannberg?«, schlussfolgerte Till.

»Sie haben im November die Pressekonferenz verfolgt?«

»War schließlich das Gesprächsthema in der Stadt.«

Krumm nickte betrübt. »Ja, wir haben in Herrn Albrechts Wohnung Spuren entdeckt, die wir eindeutig Franka Spannberg zuordnen können. Man hat mir am Freitag den Fall übertragen.«

»Sie glauben, Spannberg hat ihn ermordet?«

»Dessen sind wir uns sicher.«

»Was verbindet die beiden?«

»Was ich Ihnen jetzt sage, müssen Sie streng vertraulich behandeln. Habe ich darauf Ihr Wort?« Krumm fixierte Tills Augen.

»Selbstverständlich.«

In einer prägnanten Zusammenfassung erklärte der Hauptkommissar ihm, wie die Täterin ihre Opfer auswählte, und verriet damit tatsächlich Informationen, die der Öffentlichkeit derzeit vorenthalten wurden.

»Und Jonathan stand zu einem der Inhaftierten in einer solchen Beziehung?«

»Er hat vor über zwanzig Jahren einmal einen Auftrag von einem der Verbrecher angenommen«, sagte Krumm. »Ich halte ihm zugute, dass er nicht unbedingt wissen konnte, wie sehr er damit jemand anderem schadet.«

»Aber er stand in keiner persönlichen Beziehung zu ihm, oder?«

Der Hauptkommissar nickte. »Zu demselben Ergebnis sind wir auch gekommen. Wir haben Spannbergs Fluchtroute nachstellen können und schließlich das Haus entdeckt, in dem sie untergekommen war. Leider zu spät. Sie war schon ausgeflogen. In den Wochen danach haben wir zwei weitere Unterschlüpfe aufgestöbert. Ebenfalls zu spät.«

Till dachte an die Ereignisse im November zurück. »Zumindest hat der Junge überlebt.«

»So sehen wir das auch. Das Wohl von Florian Werner stand bei unseren Überlegungen von Anfang an an oberster Stelle.«

Till bemerkte den kurzen Seitenblick des Hauptkommissars. Log er?

»Spannberg hat Florian nicht getötet, um sich die Kooperation der Freundin zu sichern. Mit dieser Geisel ist es ihr gelungen, sich im letzten Moment dem Zugriff zu entziehen. Sie wusste, in einem Geiselszenario gehen wir langsamer vor als bei der Verfolgung einer Flüchtigen. Dass sie vorab in dem Nachbargebäude ein E-Bike platziert hat, zeigt, wie strategisch sie vorgeht. Und ich glaube, genau an der Stelle ist Herr Albrecht in ihren Fokus geraten. Wir vermuten, Spannberg hat seine Dienste in Anspruch genommen, um komplett unterzutauchen.«

»Gibt es Beweise dafür?«

»Nichts Handfestes.«

»Wieso erzählen Sie mir das alles?« Till ahnte, worum es dem Hauptkommissar ging.

»Hat Herr Albrecht in den Wochen vor seiner Ermordung Ihnen gegenüber von einer neuen Klientin gesprochen?«

»Wir sind in unserer Branche sehr verschwiegen, vor allem, wenn wir Leuten helfen, von der Bildfläche zu verschwinden. Also nein, er hat diesbezüglich nichts erwähnt. Bestimmt haben Sie sich schon bei Jessica Sturm erkundigt, oder?«

»Natürlich. Herr Albrecht und Frau Sturm sind zwar als Partner eingetragen, betreiben aber zwei verschiedene Büros. Sie wusste angeblich auch nichts. Ich finde das alles sehr merkwürdig.«

»Wenn Jessica das sagt, stimmt es. Merkwürdig ist daran nichts. Unsere Klienten sind oft verängstigt. Manche Frauen, die von einem gewaltbereiten Ex gestalkt werden, fassen allenfalls Zutrauen zu einer einzelnen Person, nicht aber zu zwei Fremden gleichzeitig. Das ist der Grund für die getrennten Büros gewesen.«

»Hat Frau Sturm mir auch so erklärt. Sie haben den Job des Personenfahnders bei Herrn Albrecht gelernt?«

»Er hat mich vor vielen Jahren unter seine Fittiche genommen. Das stimmt.«

»Wie ging er vor, wenn er jemandem half, für immer unterzutauchen?«

Till schürzte die Lippen. Was konnte er Krumm anvertrauen? Seine Skepsis gegenüber dem Hauptkommissar hatte einen Grund, der über ein Jahr in der Vergangenheit lag und mit Tills Beruf zu tun hatte.

4

Nachdenklich musterte Till die Klientin. Die Geschichte, die sie ihm in der letzten halben Stunde erzählt hatte, klang für ihn leider nicht neu. Eine stürmische Liebe, die verheißungsvoll und leidenschaftlich begann. Aber Leidenschaft hatte manchmal Schattenseiten. Krankhafte Eifersucht. Besitzansprüche. Kontrollverluste. Er hatte so etwas schon zu oft erlebt. Sobald sich ein Partner aus den Fesseln der Beziehung befreite, lief der andere mitunter sprichwörtlich Amok.

Genau das erlebte momentan die attraktive Endzwanzigerin, die ihm verzweifelt gegenübersaß. Ihre strahlend blauen Augen sahen ihn hilfesuchend an.

»Was sagt die Polizei? Die raten Ihnen doch bestimmt zu einer Anzeige? Bislang haben Sie diesbezüglich nichts erwähnt.«

»Sie verstehen das nicht. Ich kann nicht zur Polizei.«

Till hob die Augenbrauen. »Sie haben ihn noch nicht angezeigt? Das möchte ich Ihnen dringend ans Herz legen. Die meisten Stalker lassen sich davon abschrecken. Vielleicht gibt er Ruhe, sobald er Post erhält.«

»Das ist ausgeschlossen.« Sie klang völlig verängstigt.

»Wieso?«

»Ludger ist ein Bulle. Kriminalhauptkommissar.

Wenn ich ihn anzeige, schade ich mir nur selbst. Er würde die Anzeige vernichten und mich noch stärker drangsalieren. Sie müssen mir helfen! Bitte! Ich muss von Ludgers Radar verschwinden. Für immer.«

5

»Wenn Menschen zu uns kommen, die untertauchen wollen, muss der Background stimmen. Insofern hat sich Spannberg eine überzeugende Geschichte ausgedacht«, erklärte Till dem Hauptkommissar. »Natürlich wollen wir niemanden helfen, vor der Strafverfolgung zu fliehen.«

Krumm lachte spöttisch. »Klappt ja super.«

»Im Regelfall schon. Aber wenn jemand gut genug lügt, kann er uns aufs Kreuz legen.«

»Spannbergs Gesicht war in allen Medien. Albrecht hätte sie erkennen müssen.«

»Offenbar beherrscht sie die Kunst der Verkleidung. Oder wieso haben Sie die Mörderin noch nicht verhaftet, wenn es so einfach ist, sie zu durchschauen?«

»Sei's drum! Reden Sie weiter.«

»Wir geben den Klienten Tipps und helfen ihnen bei der Organisation. Aber wir suchen niemals den Ort aus, an dem sie untertauchen.«

»Wieso nicht?«

»Um die Klienten nicht in Gefahr zu bringen. Sonst könnte ein gewalttätiger Stalker auf die Idee kommen, uns zu entführen und den Aufenthaltsort aus uns herauszupressen.«

»Scheiße!«, fluchte Krumm. »Ich hatte gehofft, Sie könnten mir Anhaltspunkte liefern, wo wir nach

Spannberg suchen müssen.«

»Vielleicht kann ich die Suche eingrenzen.«

»Inwiefern?«

»Jonathan hat seinen Klienten grundsätzlich empfohlen, in Großstädten unterzutauchen.«

Der Hauptkommissar wirkte genervt. »Verarschen Sie mich? Was soll das für ein Hinweis sein? Großstädte? Toll! Dann kann ich also die Suchtrupps aus den Dörfern zurückpfeifen.« Er stand abrupt auf, setzte sich jedoch fast im selben Atemzug wieder. »Entschuldigung. Dass Spannberg die Flucht gelungen ist, macht mich wahnsinnig. Erst laufe ich ihr wie beim Hase-und-Igel-Spiel hinterher, dann stoße ich auf eine weitere Leiche. Der Polizeipräsident hängt mir im Nacken, und ich muss endlich Ergebnisse liefern. Entschuldigung.« Er strich sich durchs Haar.

»Kein Problem. Sie haben nicht ernsthaft gehofft, ich schnippe mit dem Finger und sage Ihnen, wo sich Spannberg versteckt hält.«

»Wenn es so leicht wäre, hätten wir sie längst verhaftet. Ich muss wissen, mit welchen Maßnahmen genau Sie einem Klienten helfen.«

Um anschließend deine Ex aufzustöbern?

»Folgender Vorschlag«, sagte Till. »Ich schließe mich mit Jessica Sturm kurz, und wir überlegen gemeinsam, wie Jonathan vorgegangen sein könnte. Sobald wir etwas herausgefunden haben, sage ich Ihnen Bescheid.«

Erneut stand Krumm auf und streckte ihm die Hand entgegen. »Zugegeben, ich hatte auf mehr gehofft, aber ich nehme Ihr Angebot selbstverständlich an.«

Till erwiderte den Händedruck. Gemeinsam gingen sie zur Tür.

»Wundern Sie sich nicht, wenn ich schnell nachhake«, sagte der Polizist. »Geduld gehört nicht zu meinen Stärken.«

Till lächelte. »Ich kann mit Ungeduld umgehen.« Er öffnete ihm die Bürotür. *Außerdem wusste ich das schon.*

Till sah dem Polizisten nach und schloss die Tür. Unter keinen Umständen wollte er ihm Hinweise über ihre Arbeitsweise liefern. Trotzdem wünschte er sich, dass Jonathans Tod gesühnt würde. Er beschloss, zweigleisig zu fahren. Er würde Hauptkommissar Krumm mit Brotkrümeln ablenken und gleichzeitig auf eigene Faust nach Spannberg suchen. Sobald er sie gefunden hätte, würde er Krumm Bescheid geben. Sollte der ruhig die Lorbeeren einkassieren – Hauptsache, er fand anschließend nicht heraus, wo sich seine Ex vor ihm versteckt hielt.

6

Jessica Sturm wartete auf der Bank vor Antjes Grabstätte. Nach einem unerwartet kalten Intermezzo kurz nach Jahreswechsel hatte sich typisch norddeutsches Winterwetter eingestellt. Morgens neblig, zudem auch tagsüber immer wieder feucht, aber bei erträglichen Temperaturen. Jessica trug einen langen Wollmantel und hatte auf Schal oder Mütze verzichtet.

»Am liebsten würde ich ihn neben Antje beerdigen«, sagte Till zur Begrüßung und nahm Platz.

Jessica strich sich über die Augen. »Ich kann das einfach nicht glauben. Morgens wache ich auf und denke, das muss ein Albtraum gewesen sein.«

Er reichte ihr eine Hand, die sie dankbar umklammerte. Wortlos schauten sie auf Antjes Grab. Der Moment verflog, als eine Krähe in ihrer Nähe landete, sie kurz anstarrte und dann weiterflog.

»Ich hatte heute Besuch von Hauptkommissar Krumm«, sagte Till schließlich.

»Bei mir war er am Wochenende. Er wollte alles Mögliche wissen. Hat mir Fragen gestellt, die ich ihm unmöglich beantworten konnte. Als er ging, schien er sauer zu sein.«

»Nimm's nicht persönlich. Der Typ hat ein Frauenproblem.«

Jessica sah ihn an. »Woher weißt du das?«

Till erzählte ihr von der Klientin, der er vor gut einem Jahr beim Untertauchen geholfen hatte, und erläuterte, welche Rolle der Hauptkommissar ihrem toten Freund bei Spannbergs Untertauchen beimaß.

»Scheiße!«, fluchte Jessica. Dann wurde sie sich des Ortes bewusst, an dem sie sich gerade aufhielten. »Tschuldigung«, fügte sie leise hinzu.

»Ich befürchte, wenn ich ihm zu viele Details über unser Vorgehen verrate, könnte er das nutzen, um seine Ex aufzustöbern.«

»Hältst du das für realistisch?«

»Du weißt, niemand, dem wir helfen, verschwindet für immer. Wir geben unseren Klienten Hinweise, wie sie es ihren Verfolgern schwer machen können. Aber sie werden nicht unsichtbar. Zumal er als Polizist über Mittel verfügt, die andere nicht haben.«

»Also hilfst du ihm nicht?«

»Ich will Spannberg im Knast sehen. Sie muss für Jonathans Tod büßen.«

»Das nennt man wohl Zwickmühle.«

Till nickte betrübt. »Aber ich hab mir was überlegt. Ich versuche, die Mörderin aufzustöbern. Sobald ich sie gefunden habe, gebe ich Krumm Bescheid.«

»Spinnst du? Was ist, wenn sie das bemerkt? Ich will nicht noch einen Freund verlieren.«

»Keine Sorge. Ich bin vorsichtig.«

Jessicas Skepsis stand ihr deutlich ins Gesicht geschrieben.

»Hat Jonathan eine neue Klientin erwähnt?«, fragte er, um sie auf andere Gedanken zu bringen.

»Ja. Das war Mitte November. Eine Frau, die vor einem gewaltbereiten Ex untertauchen will. Aber nicht zur Polizei gehen kann.«

»Hat er erwähnt, warum?«

»Wollte er nicht sagen. Ich hab ihm dringend von dem Auftrag abgeraten.«

»Wieso hat er ihn dann trotzdem angenommen?«

»Jonathan wollte sich demnächst zur Ruhe setzen. Auswandern. Nach Thailand. Er hat in letzter Zeit immer öfter davon gesprochen. Ich fürchte, er ist deswegen unkritisch geworden, was die Auswahl neuer Klienten anbelangt.«

»Und hat dafür teuer bezahlt.«

Jessica nickte betrübt. »Auch wenn ich kein gutes Gefühl dabei habe, einer Mörderin hinterherzujagen, helfe ich dir.«

Till drückte ihre Hand. »Wir schaffen das. Jonathans Tod bleibt nicht ungesühnt.«

Jessica erhob sich. »Dann lasse ich dich mal mit Antje allein. Komm vorbei, wann immer du willst.« Wieder strich sie sich über die Augen. Sie warf einen Blick auf die Grabstätten, schluckte und ging ohne ein weiteres Wort rasch zum Ausgang.

7

Wie schnell man sich an völlig fremde Umgebungen gewöhnt, schoss es Franka Spannberg durch den Kopf. Sie stand im Wohnzimmer der Wohnung, in der sie zur Untermiete lebte. Der Mieter war aus beruflichen Gründen für ein knappes Jahr im Ausland. Sein Einrichtungsstil entsprach gar nicht ihrem Geschmack. Trotzdem fühlte sie sich mittlerweile wohl. Die meiste Zeit verbrachte sie in der Wohnung, von der Stadt selbst hatte sie noch nicht viel gesehen. Sie las stundenlang, surfte im Internet und vertrieb sich die Abende mit Dokumentationen aus verschiedenen Mediatheken.

In Hamburg musste Gras über die Sache wachsen. Trotzdem hoffte sie, spätestens im März in der Hansestadt weitermachen zu können.

Spannberg dachte an Florian Werner. War es ein Fehler gewesen, ihn nicht zu töten? Würde sie bei ihm eine neue Chance bekommen? Sie hatte damals intuitiv entschieden, Clara als Ablenkungsmanöver zu nutzen, um in den Keller zu gelangen – ihre geplante Fluchtoption. Bei jedem Mord hatte sie sich eine solche Option geschaffen – und redete sich ein, beim letzten Mal alles richtig gemacht zu haben. Bestimmt würde sich eine neue Gelegenheit ergeben, Florian zu exekutieren.

Sie ging ins Bad. Im Waschbeckenunterschrank stapelten sich die Seifenstücke, deren Zahl jedoch bedrohlich abgenommen hatte. Also müsste sie wohl zu dem gut fünf Minuten entfernten Drogeriemarkt laufen.

Spannberg schaute auf ihre Uhr. Da der Laden um zwanzig Uhr schloss, blieben ihr vier Stunden. Sie würde noch ein bisschen warten, um nicht im letzten Rest Tageslicht ins Freie zu treten. Obwohl sie eigentlich warme Temperaturen liebte, war sie froh über die dunkle Jahreszeit.

Um siebzehn Uhr nahm sie einen der Jutebeutel des Mieters und trat an die Wohnungstür. Sie warf einen Blick durch das Schlüsselloch. Der Hausflur lag im Dunkeln. Sie vergewisserte sich, dass der Schlüssel in der Daunenjacke steckte und verließ die Erdgeschosswohnung. Ohne abzuschließen, ging sie auf die Haustür zu. In diesem Moment öffnete sich die Wohnungstür, die in dem länglichen Flur gleich am Ausgang lag. Heraus trat ein Mann, einen Wäschekorb mit frisch gewaschener Bettwäsche in Händen.

»Hallo«, sagte er.

»Tag.« Sie senkte den Kopf und wollte an ihm vorbeigehen.

»Sie wohnen vorübergehend bei Marcel, oder?«

Ihre Hoffnung, dass er sie für eine Besucherin halten würde, verpuffte. Nun musste sie ihre charmante Seite hervorkehren.

»Genau. Ich bin Theresa.«

Er stellte den Waschkorb ab und reichte ihr lächelnd die Hand. »Freut mich sehr. Ich bin Ronald Bäcker. Mit Ä. Also der Bäcker, nicht der Ronald.« Er lachte über seinen schlechten Scherz.

Sie drückte ihm sanft die Hand.

»Gefällt es Ihnen hier? Marcel hat ja das große Los gezogen. Ein Jahr in Schottland und dann noch den vollen Lohn erhalten.«

»Ja, das klingt super. Mir gefällt's. Ich schreibe gerade an meiner Habilitation und bin über einen Rückzugsort, an dem mich niemand kennt, dankbar.«

Der Mann runzelte die Stirn, schien etwas fragen zu wollen, überlegte es sich aber offenkundig anders. Er räusperte sich. »Ist Ihnen denn nie langweilig?«

»Nein. Ganz im Gegenteil. Ich weiß nicht, ob Marcel es erwähnt hat: Eigentlich lebe ich in Hannover. Meine Zeit hier soll der Konzentration dienen.«

»Bier ist Bier und Schnaps ist Schnaps, richtig?«

»So ist es. Ich muss weiter. War schön, Sie kennengelernt zu haben. Bis bald!«

»Wenn Ihnen doch mal langweilig ist, klingeln Sie bei mir. Ich zeige Ihnen gern die Kneipen der Stadt.«

»Mache ich.«

Sie hob die Hand zum Gruß und verließ das Gebäude. Draußen atmetet sie einmal tief durch. Diese Begegnung war ärgerlich. Dank ihrer psychologischen Kenntnisse waren ihr an dem Mann gleich mehrere Merkmale aufgefallen. Er war einsam und von ihrem Äußeren durchaus angetan. Bestimmt würde er versuchen, eine erneute Begegnung zu arrangieren. Falls er hartnäckig bliebe, könnte sich das als Problem erweisen. Doch vorläufig beschäftigte sie ein anderer Gedanke. Hatte er die Stirn gerunzelt, weil er mit dem Ausdruck Habilitation nichts anfangen konnte? Oder hatte er sich für einen Moment gefragt, ob sie ihm bekannt vorkam?

8

Ludger Krumm kehrte nach einem langen Arbeitstag zurück in seine Dreizimmerwohnung im Hamburger Stadtteil Eppendorf. Kurz vor Feierabend hatte der Polizeipräsident ihn für den Folgetag zum Gespräch geladen, das gleich vor Dienstbeginn stattfinden sollte. Er wollte von seinem leitenden Beamten einen persönlichen Bericht über die Fortschritte der Ermittlung. Trotz der Aussicht, den nächsten Tag mit einer Ermahnung wegen ausbleibender Erfolge beginnen zu müssen, fühlte sich Krumm beschwingt. Das Gespräch mit Buchinger hatte ihm Auftrieb verschafft.

Krumm ging in die Küche und öffnete sein Feierabendbier, mit dem er sich an den Schreibtisch setzte. Er startete den Computer und dachte an seine Ex Sandra. Sie hatten eine leidenschaftliche Zeit miteinander genossen – bis die Dinge zwischen ihnen aus dem Ruder gelaufen waren.

Der Browser war einsatzbereit. Krumm gab als Suchbegriff ihren Namen ein. Leider erschienen nur Ergebnisse, die er bereits kannte. Nachdenklich trank er einen Schluck Bier. In den Wochen nach ihrem Verschwinden hatte er sich gefragt, wie es ihr gelungen war, unsichtbar zu werden. Insgeheim hatte er seine beruflichen Mittel genutzt, um herauszufinden, wohin sie abgetaucht war – kurioserweise ohne ihr auch nur einen Schritt näherzukommen. Zwischendurch hatte er sogar befürchtet, ihr könnte etwas zugestoßen sein. Doch seit dem Gespräch mit Buchinger ahnte er, wie Sandra vorgegangen war. Da er es ihr nicht zutraute, alles allein organisiert zu haben, nahm er an, dass sie sich Hilfe besorgt hatte.

Krumm wechselte zu Instagram und suchte dort nach ihrem Nutzernamen, wobei er verschiedene Kombinationen ausprobierte. Doch auch diese Suche blieb ergebnislos. Er stützte sein Kinn auf den wie zum Gebet gefalteten Händen ab, um besser nachdenken zu können. Buchinger könnte ihm auf zweierlei Weise von Nutzen sein. Zum einen, um Spannberg aufzutreiben. Zum anderen, um seine eingeschlafene Suche nach Sandra wieder aufzunehmen. Falls sich zwischen ihm und dem Personenfahnder ein vernünftiges Arbeitsverhältnis entwickelte, könnte er ihm Fotos von Sandra zeigen. Anhand seiner Reaktion ließe sich herausfinden, ob seine Ex ihn engagiert hatte. Wenn man Menschen überraschte, erkannte man innerhalb von Sekundenbruchteilen die Wahrheit in ihren Gesichtszügen. Nur die besten Pokerspieler hatten ihre Mimik zu jedem Zeitpunkt unter Kontrolle, und Krumm war ein Meister darin, Gesichter zu lesen. In den Tagen vor Sandras Verschwinden hatte er gemerkt, dass etwas nicht stimmte. Doch schon damals hatte ihn Spannbergs Rachefeldzug in Atem gehalten, weswegen er es versäumt hatte, Sandra Daumenschrauben anzulegen. Dafür war er abends zu müde gewesen. Ein unverzeihlicher Fehler, der ihm nicht noch einmal unterlaufen durfte. Er stellte sich ihre panische Reaktion vor, wenn er unangekündigt in ihrem neuen Leben auftauchen würde. Um sich zu nehmen, was sie ihm seit einem Jahr verwehrte. Krumm trank einen Schluck Bier. Mit dem Handrücken fuhr er sich über die Mundwinkel. Sobald Spannberg in Haft saß und er Sandra aufgespürt hatte, würde er Überstunden abfeiern, um mit seiner Ex viel Zeit zu verbringen.

9

Till saß seit fünf Minuten an seinem Arbeitsplatz, als es an der Bürotür klingelte. Erneut stand Hauptkommissar Krumm vor der Haustür, und erneut öffnete er ihm, ohne nach dem Grund des Besuchs zu fragen.

»Ich hätte nicht erwartet, Sie so bald wiederzusehen.« Wie schon am Tag zuvor führte Till ihn zur Besucherecke, wo sich der Kommissar sofort hinsetzte.

»Ich habe gestern Abend viel nachgedacht. Und dann habe ich heute Morgen mit dem Polizeipräsidenten ein interessantes Gespräch geführt. Die Öffentlichkeit erwartet Ergebnisse. Spannberg könnte in irgendeinem verfickten Drittweltland sein, aber ich soll sie so schnell wie möglich aufstöbern.« Er klang beleidigt.

»Sie glauben hoffentlich nicht, ich hätte seit gestern Abend etwas herausgefunden. Ehrlich gesagt habe ich noch gar keine Zeit gefunden, darüber nachzudenken. Meine Klienten haben Vorrang, es sei denn, die Hamburger Polizei engagiert mich.« Till trat an das schwarz lackierte Sideboard, auf dem ein Kaffeevollautomat stand. »Koffein gefällig?«

»Das wäre nett!«

Während die Maschine arbeitete, beobachtete Till den Hauptkommissar unauffällig. Der schaute sich unverhohlen in dem Büro um. Hoffte er, Spuren seiner Ex zu entdecken?

Mit zwei gefüllten Kaffeebechern kehrte Till zur Couch zurück, reichte seinem Gast einen davon und setzte sich hin. Ohne sichtbaren Genuss trank Krumm den ersten Schluck.

Er griff Tills Anspielung, ihn kostenpflichtig zu engagieren, nicht auf. »Wie helfen Sie Klienten, wenn die untertauchen wollen?«

Till pustete leicht in den Becher und nippte daran. Es bereitete ihm Freude, den Polizisten warten zu lassen. »So allgemein gibt es darauf keine Antwort.«

»Wieso nicht?«

»Weil ich zunächst unterscheiden muss, ob ein Mann oder eine Frau untertauchen will.«

»Wo ist da für Sie der Unterschied?«

»In den Beweggründen für diesen radikalen Schritt. Bedenken Sie eins: Unterzutauchen bedeutet, das bisherige Leben komplett hinter sich zu lassen. Männer machen das meistens, um sich vor Verpflichtungen zu drücken. Rückzahlungen alter Schulden, Unterhaltsforderungen, solche Sachen. Frauen hingegen wollen sehr häufig vom Radar eines gewaltbereiten Ex-Partners verschwinden.« Till suchte den Blick des Hauptkommissars, der jedoch rasch in seinen Kaffeebecher schaute.

»Wie intensiv prüfen Sie die Hintergrundgeschichten Ihrer Klienten? Zum Beispiel, um zu verhindern, dass Sie einer Mörderin zur Flucht verhelfen?«

»Natürlich überprüfe ich gewisse Einzelheiten. Aber in erster Linie verlasse ich mich auf meinen Instinkt. So wie Sie als Kriminalkommissar im Umgang mit

Kriminellen habe auch ich ein Gespür dafür entwickelt, wann Menschen lügen.«

Krumm schnaubte ungläubig. »Das reicht Ihnen?«

Till lächelte. »Ohne Menschenkenntnis kann man unseren Job nicht ausüben.«

»Albrecht ist vermutlich ähnlich fahrlässig vorgegangen. Er hat mit seinem Leben dafür bezahlt.«

Till setzte zu einer bissigen Bemerkung an, unterdrückte sie jedoch schweren Herzens. Er wollte den Hauptkommissar nicht zu sehr verärgern. Einen Feind bei der Polizei zu haben könnte seinen Berufsalltag unnötig erschweren.

Krumm trank den letzten Rest Kaffee aus. »Okay. Folgendes Gedankenspiel. Zu Ihnen kommt eine Frau, die behauptet, von ihrem Ex gestalkt zu werden.«

»Zuerst würde ich Sie fragen, ob sie den Mann angezeigt hat.«

»Das wird Spannberg kaum bejaht haben.«

»Stimmt. Jonathan hätte sich die Anzeige vorlegen lassen. Gehen wir also davon aus, dass dieses vermeintliche Stalkingopfer einen guten Grund nennt, warum es keine Anzeige erstatten kann.«

Krumm nickte.

»Dann würde ich ihr Ratschläge für die nächsten Wochen geben. Einkäufe bar bezahlen, soziale Netzwerke meiden, Falschinformationen streuen. Ich würde ihr helfen, Prepaidtelefone zu besorgen, temporäre E-Mail-Adressen zu benutzen, virtuelle Telefonnummern zu beantragen.«

»Herrje!«, entfuhr es Krumm. »Ist das alles, was Sie

mir sagen können? So finde ich sie niemals.«

Auch Till leerte seinen Kaffee. Ob der Polizist in diesem Moment an die Mörderin oder an seine Ex dachte? »Dann brauche ich konkrete Auskünfte über die Person, die Sie suchen.« Er nannte absichtlich keinen Namen.

Krumm zögerte. »Sie bringen mich in eine Zwickmühle. Das sind sensible Ermittlungsergebnisse.«

»Soll ich eine Verschwiegenheitserklärung unterzeichnen?«

Der Hauptkommissar seufzte. »Ich verlasse mich auf Ihr Wort. Wir vermuten, dass Spannberg einen Komplizen hat.«

»Wow! Davon weiß die Öffentlichkeit noch gar nichts. Wie kommen Sie darauf?«

»Sie scheint die Opfer und ihre Gewohnheiten über Wochen oder Monate auszuspionieren. Das funktioniert ziemlich schlecht, wenn man alles allein erledigen muss. Zum Beispiel wusste sie im aktuellen Fall, dass Florian Werners Eltern verreist waren. Außerdem hat sie im Keller des Nachbarhauses ein E-Bike deponiert. Es gehörte definitiv niemanden aus der Hausgemeinschaft. Mit diesem Wissen haben wir die alten Tatorte noch einmal inspiziert und sind auf Hinweise gestoßen, die ebenfalls für Fluchtpläne sprachen.«

»Aber Sie haben keine Ahnung, wer ihr hilft? Immerhin tötet sie Menschen, deren einziges Verbrechen darin besteht, eine wie auch immer geartete Verbindung zu drei inhaftierten Mördern zu haben.«

Krumm kniff die Augenbrauen zusammen, wodurch sich seine Stirn in Falten legte. »Nein. Wir haben keine Hinweise darauf gefunden, dass es in der Zeit vor der Vergewaltigung Menschen in ihrem Leben gab, die als Komplizen infrage kämen. Und was sie nach der Gefängnisrevolte getan hat, liegt für uns weitgehend im Dunkeln. Sie ist mehrfach umgezogen. Ehemalige Nachbarn erinnern sich kaum an sie. In den Wohnungen, die wir seit der Flucht als ihre Rückzugsorte identifiziert haben, gab es keine Hinweise auf einen Komplizen.«

»Jemand, der ihr bei der Ausübung von Morden hilft, muss ihr sehr nahestehen.«

Krumm nickte. »Wir sind sicher, wenn wir ihn oder sie finden, zappelt auch Spannberg in unserem Netz.«

»Was können Sie mir sonst noch sagen? Persönliches?«

»In allen Unterkünften haben wir eine Menge unverpackter Seife gefunden. Außerdem kaum gebrauchte Seifenstücke, die sie im Müll entsorgt hatte. Sie scheint einen Hygienetick zu haben.«

»Ausgelöst durch die Vergewaltigung?«

»Das vermuten wir.«

»Ist die Seife von einer bestimmten Marke?«

»Die Eigenmarke einer bekannten Drogeriekette.«

»Dann wird sich ihre Wohnung nicht weit von dem nächsten Laden dieser Kette entfernt befinden.«

»Das traf zumindest für die Unterkünfte der letzten Zeit zu.«

»Was haben Sie sonst noch für mich?«

Krumm kratzte sich kurz am Hinterkopf. »Sie stammt aus Niedersachsen, nicht aus Hamburg.«

»Kleinstadt oder Großstadt?«

»Hannover.«

»Von Hannover nach Hamburg. Jonathan hat seinen Klienten ohnehin oft empfohlen, in Großstädten unterzutauchen. Bei Spannbergs Vergangenheit ist er davon garantiert nicht abgewichen. Wissen Sie, welchen Hobbys sie vor der Gefängnisrevolte nachging?«

»Früher besaß sie eine Reitbeteiligung hier in Hamburg. Die hat sie vor zwei Jahren gekündigt.«

»Dann hat sie damals begonnen, konkrete Rachepläne zu schmieden.«

»Wir vermuten, die Kündigung hatte finanzielle Gründe.«

»Nein«, widersprach Till. »Frauen und Pferde, das ist ein ganz spezielles Thema. Ich habe Klientinnen kennengelernt, die sich eher nichts zu essen gekauft hätten, als aufs Reiten zu verzichten. Was haben Sie sonst noch?«

»Sie hatte vor dem traumatischen Einschnitt einige Kabarett- und Kleinkunstabonnements. Die hat sie allerdings nach der Vergewaltigung rasch gekündigt.«

»Wahrscheinlich, weil sie keine lachenden Menschen mehr ertrug. Leben ihre Eltern noch?«

»Nein.«

»Geschwister?«

»Sie war Einzelkind.«

»Spuren von Haustieren in den letzten bekannten Wohnungen?«

»Negativ.«

Till erkundigte sich nach weiteren Details, doch die Informationen, die Krumm ihm gab, waren nicht sehr aufschlussreich.

»Okay, ich denke darüber nach. Ich werde ein bisschen im Internet recherchieren und mich bei Ihnen melden. Allerdings dürfen Sie keine Wunder von mir erwarten. Jemand, der Jonathans Hilfe in Anspruch genommen hat, wird nicht so leicht zu finden sein.«

Der Klingelton eines Handys erklang. Krumm griff in die Innentasche der Lederjacke und zog es heraus. »Da muss ich rangehen. Das ist mein Partner«, erklärte er. »Was gibt's, Bastian?« Er lauschte und wirkte mit jeder Sekunde unzufriedener. »Scheiße! So war das nicht vereinbart. Ich bin in zehn Minuten im Büro.« Krumm beendete grußlos das Telefonat und schob das Handy zurück in die Jackentasche. »Ich muss los. Je eher Sie sich melden, desto besser.«

»Ich tue, was ich kann.«

Der Kommissar verließ eilig das Büro.

Till sah ihm hinterher. Hatte er ihm zu viel verraten? Krumms Ex hatte sich unter anderem als passionierte Volleyballspielerin ausgewiesen. Ob Krumm nun alle Volleyballvereine Deutschlands ab einer gewissen Spielklasse durchforsten würde? Till hoffte, dass Sandra seinen Tipp beherzigt hatte, den Sport aufzugeben.

Er wartete fünf Minuten ab, ob Krumm zurückkehren würde. Als weder der Hauptkommissar noch ein anderer Klient auftauchte, setzte sich Till an den PC und rief Facebook auf. Fast alle Polizisten, die er persönlich oder berufsbedingt kannte, nutzten die sozialen Medien nicht unter ihrem Klarnamen. Trotzdem wollten viele nicht auf den Austausch über solche Plattformen verzichten. Von Krumms Ex wusste Till, unter welchem Namen der Hauptkommissar sein Profil betrieb. *Gerade Aus 82*. Eine Verballhornung seines Nachnamens in Kombination mit dem Geburtsjahr. Till tippte den Namen in das Suchfeld ein. An erster Stelle der Ergebnisse erschien das Profil des Polizisten, in dem kein einziges Foto seines Gesichts hinterlegt war. Allerdings hatte er sich zweimal mit nacktem Oberkörper von hinten beim Sport fotografieren lassen. Viel interessanter jedoch war der erst am Vorabend gepostete Link zu einer Videoplattform. *Gerade Aus 82* hatte das Video zu dem alten *Police*-Klassiker *Every breath you take* verlinkt.

»Shit«, flüsterte Till leise.

Er überflog die Postings der letzten Monate. Seit Weihnachten hatte er nichts mehr gepostet. Ohnehin hatte er im vergangenen Jahr nur wenig öffentlich geteilt. Krumm hatte lediglich siebenundachtzig virtuelle Freunde. Vielleicht teilte er seine Postings nur mit ihnen. Doch in der Zeit vor der Trennung war er viel aktiver gewesen. Till fand sogar ein Posting, das zwei ineinander verschränkte Hände zeigte. Ob das Krumm und Sandra waren?

Er kehrte zu dem verlinkten Video zurück. Das Lied, das manche Menschen irrtümlich für ein romantisches Liebeslied hielten, erzählte von einer Person, die jeden

Atemzug und jede Bewegung ihres Partners überwachte.

War es Zufall, dass Krumm den Link gestern gepostet hatte? Oder hoffte er, seine Ex bald wieder kontrollieren zu können?

10

Till Buchinger und Jessica Sturm trafen sich zu einer gemeinsamen Mittagspause bei ihrem Lieblingsitaliener im Hamburger Stadtteil St. Georg. Nachdem sie aus der Mittagskarte ausgewählt und Mineralwasser bestellt hatten, berichtete Till von dem erneuten Besuch des Hauptkommissars.

»Können wir mit den Informationen etwas anfangen?«, fragte Till. »Du kanntest Jonathans Vorgehensweise besser als ich. Dir hat er viel mehr beigebracht.«

Die Kellnerin brachte ihnen neben der großen Flasche Mineralwasser ofenwarmes Brot und einen hausgemachten Dip. Sie schenkte ihnen ein und versprach, dass das Essen in spätestens zehn Minuten serviert würde.

Jessica griff zuerst zu dem Brot, tunkte ein Stück in die Auberginen-Soße und kaute genüsslich. »Spannberg stammt gebürtig aus Hannover? Nirgendwo spricht man so akzentfreies Deutsch wie in der dortigen Gegend.«

»Das heißt, sie könnte sich überall in Deutschland verbergen. Im Gegensatz zu jemanden mit einem plattdeutschen Akzent, der in Bayern wie ein bunter Hund auffallen würde.«

»Gut für sie, schlecht für uns.«

Till nickte. »Konzentrieren wir uns auf ihre Hobbys.

Reitsport, Kabarett, Kleinkunst.«

»Reiten kann man wohl in jeder größeren Stadt.«

»Stimmst du mit mir überein, dass er ihr eine Großstadt empfohlen hat?«

»Hundertprozentig. Eine Großstadtpflanze wie sie. Da gibt es keine Alternative.«

Till aß ebenfalls ein Stück Brot. Die Ansatzpunkte waren nicht vielversprechend. Trotzdem fischte er nicht völlig im Trüben. Doch möglicherweise gab es eine weitere Komplikation. »Ich habe von Jonathan gelernt, meinen Klienten Wohnungen zu empfehlen, für die ein Untermieter gesucht wird.«

Jessica nickte. »Den Tipp hat er mir auch gegeben. Und die Klienten sollen sich nicht über Immobilienportale oder bei Maklern melden, sondern nach Aushängen in Supermärkten suchen. Oder Zeitungsanzeigen im Auge behalten. Idealerweise im ersten Jahr ihres Untertauchens die Adresse mehrfach ändern. Von einer Untermiete zur nächsten.«

»Krumm befürchtet, Spannberg könnte einen Komplizen haben.«

»Der könnte dann die betreffende Wohnung anmieten. Das macht es uns nicht einfacher.«

Till stöhnte. »Das wird schwer.«

»Zeitaufwendig. Du weißt, ich stecke momentan in diesem vertrackten ...«

Er griff über den Tisch und streichelte ihre Hand. Jessica sollte kein schlechtes Gewissen haben, weil sie wegen ihrer aktuellen Klienten keine Zeit für die Suche nach der Mörderin aufbringen konnte. »Ich bin ihm eh mehr schuldig als du.«

»So ein Quatsch! Er war mein Partner.«

»Ohne seinen Beistand hätte ich damals Antjes Tod nicht ertragen. Ich werde Spannberg finden. Das verspreche ich. Und sobald ich weiß, wo sie untergetaucht ist, sage ich Krumm Bescheid.«

Jessica runzelte die Stirn, widersprach ihm jedoch nicht. Till ahnte, wie sehr ihr dieser Alleingang Sorgen bereitete. Trotzdem teilte sie seine Einschätzung. Krumms Posting vom Vorabend hatte einen bedrohlichen Charakter. Till musste unter allen Umständen vermeiden, dem Hauptkommissar Ansätze dafür zu liefern, seine Ex aufzuspüren.

Er ging alle bisherigen Hinweise erneut durch. Großstadt, Pferdesport, Drogeriekette, Kleinkunstszene. Vielleicht ein Supermarkt in der Nähe, in dem Wohnungsangebote aushingen. Nicht viel für den Anfang. Trotzdem besser als nichts.

11

Sie lag auf dem Holztisch, der unter der Belastung gehörig wackelte. Einer der Männer umklammerte mit seinem muskulösen Unterarm ihre Kehle, seine freie Hand hielt ihren rechten Arm fest.

»Los, Schütze! Du kannst bei ihr ins Schwarze treffen.« Er lachte hämisch.

Der zweite Mann hielt ein Bein der Frau fest und fasste ihr immer wieder grob an die Brust.

»Beeil dich, Alter! Ich will auch ran.«

Der Angesprochene trat an den Tisch heran. »Rasiert sind sie mir lieber, aber in der Not frisst der Teufel Fliegen. Ich mache ihre enge Möse mal ein bisschen weiter für uns.« Seine fleischige Hand näherte sich ihrem Unterleib.

Schweißgebadet erwachte Spannberg aus dem immer wiederkehrenden Albtraum. Desorientiert schlug sie nach der imaginären Faust, die sie brutal missbrauchte. Atemlos setzte sie sich im Bett auf.

Ob die Träume jemals der Vergangenheit angehören würden?

Spannberg befreite sich aus der dicken Bettdecke. Ihr Nachthemd war verschwitzt, und durch den Traum fühlte sie sich beschmutzt. Sie ging ins Badezimmer, wo sie in der Dusche das heiße Wasser aufdrehte. Da es ziemlich lange dauerte, bis es die gewünschte

Temperatur hatte, benutzte sie zuvor die Toilette und zog dann das Nachthemd aus, das im Wäschekorb landete. Aus dem Unterschrank holte sie ein Stück Seife, das sie auspackte und auf die Duschablagefläche legte. Endlich trat sie unter den heißen Wasserstrahl, der das Frösteln fast augenblicklich vertrieb. Während sie ihren Körper einseifte, dachte sie an die drei Gefängnisinsassen. Sie hatte zu allen ein Vertrauensverhältnis aufgebaut und viel Persönliches von ihnen erfahren. Trotzdem hatten die Mistkerle keine Sekunde gezögert, um ihre Triebe an ihr zu befriedigen. Dafür würden sie leiden. Hilflos zusehen, wie immer mehr Menschen aus ihrem Umfeld starben. In der Gewissheit, nichts dagegen ausrichten zu können. So wie sie damals in dem Raum die Vergewaltigung nicht hatte verhindern können.

Spannberg nahm den Duschkopf in die Hand und ließ den Strahl jeden Zentimeter ihrer Haut massieren. Von der Bildfläche zu verschwinden war absolut notwendig gewesen, obwohl fast alle potenziellen Opfer in Hamburg lebten. In der Hansestadt hätten die Bullen sie irgendwann gefunden. Hier in Sachsen konnte sie unbehelligt ausharren. Um dann glorreich zurückzukehren und die übrigen Auserwählten hinzurichten. Sie fragte sich bloß, wie lange sie warten müsste. Noch Tage? Wochen? Oder schlimmstenfalls sogar Monate? Bis es so weit war, musste sie unter dem Radar leben. Doch vielleicht erholte sich in dieser Zeit ja ihre Seele wieder ein kleines Stück.

Anderthalb Stunden später hatte sie ihr tägliches Sportprogramm absolviert und zum zweiten Mal an diesem Tag geduscht. Ein Blick in den Kühlschrank verriet ihr, dass es Zeit wurde, für Nachschub zu sorgen. Außerdem wollte sie in die Leipziger Innenstadt fahren, um Karten für eine Kabarettveranstaltung zu erwerben. Leider kam es nicht infrage, sie per E-Mail zu bestellen. Einen Tipp des verstorbenen Jonathan Albrecht beherzigte sie ganz besonders penibel: Immer bar bezahlen, nie mit einer Kreditkarte.

Draußen herrschten Temperaturen knapp unter der Zehn-Grad-Grenze. Mitten im Winter schien der Frühling einen ersten Anlauf zu starten.

Sie entschied sich für eine gefütterte Kapuzen-Sweatjacke. Zuerst würde sie zu Fuß in die Stadt gehen. Die Kassen des Kabarettveranstalters öffneten um zehn Uhr. Vormittags würden ihr vermutlich die wenigsten Leute begegnen. Auf dem Rückweg könnte sie die benötigten Lebensmittel einkaufen.

Spannberg setzte die Kapuze auf und musterte sich im Spiegel. In Verbindung mit dem Schal, für den es noch nicht zu warm war, sah man nur ihre Augenpartie. Zufrieden wandte sie sich ab und trat an die Wohnungstür. Sie warf einen Blick durch den Türspion. Niemand zu sehen. Spannberg verließ die Wohnung und durchquerte rasch den Flur. An der Haustür schaute sie nach links und rechts. Kein Mensch war unterwegs. Mit gesenktem Kopf stiefelte sie los.

12

Ronald Bäcker saß nach dem Arztbesuch noch in seinem Wagen und informierte seinen Arbeitgeber, dass er den Rest der Woche leider arbeitsunfähig sei. Gerade als er das Telefonat beendete, sah er, wie sich die Haustür öffnete. Marcels Untermieterin kam heraus. Angesichts des Wetters war sie erstaunlich warm angezogen. Sie trug eine Kapuze und einen Schal, der ihr Gesicht größtenteils verdeckte. Zudem schaute sie auffällig nach links und rechts, ehe sie auf den Bürgersteig trat und schnellen Schrittes die Straße entlangging.

Bäcker beobachtete sie, bis sie aus seinem Sichtfeld verschwand. Wieso verhielt sich die Frau so seltsam? Sie wirkte wie ein Mensch, der sich versteckte. Vor wem? Vor einem Ex-Partner, der sie stalkte?

Seine neue Nachbarin hatte ihm bei ihrer zufälligen Begegnung ausgesprochen gut gefallen. Sie war ganz nach seinem Geschmack. Seine letzte Beziehung lag schon eine Weile zurück und hatte in der Endphase einige unschöne Wendungen genommen. Außerdem wäre es äußerst praktisch, mit einer Frau etwas anzufangen, die im selben Haus wohnte. Er könnte ihr ein guter Freund sein. Falls seine Vermutung zutraf, hatte sie einen Vertrauten dringend nötig. Jemanden, der sich um sie kümmerte. Der sie in einer kritischen Situation beschützte.

Doch bevor er sich auf ein solches Wagnis einließe, müsste er mehr über sie herausfinden. Idealerweise sogar, vor wem sie auf der Flucht war. Nicht, dass er sich mit einem miesen Schlägertypen anlegen müsste, der Besitzansprüche mit den Fäusten untermauerte.

Im letzten Herbst hatte der eigentliche Mieter Marcel ihm einen Schlüssel gegeben, weil er während der Heizungszählerablesung nicht zu Hause gewesen war. Danach hatten sie sich darauf geeinigt, dass Bäcker die Zweitschlüssel behielt. Ob die Untermieterin das wusste? Zumindest hatte sie ihn nicht darauf angesprochen, und es sähe Marcel ähnlich, das Ganze vergessen zu haben.

Sollte Bäcker ihre Abwesenheit nutzen, um ein bisschen in ihren Sachen herumzuschnüffeln? Nachdenklich stieg er aus dem Wagen. Wie lange würde sie fortbleiben? Von ihr überrascht zu werden war ein zu großes Risiko. Er hatte sie schon mehrfach morgens das Haus verlassen sehen. Immer in Laufbekleidung, und es hatte jeweils eine Stunde gedauert, ehe sie verschwitzt zurückgekehrt war. Sechzig Minuten reichten völlig, um sich einen Überblick über das Leben der Frau zu machen.

Pfeifend ging Bäcker auf den Hauseingang zu. Neben der arbeitsfreien Woche brachte ihm die Krankschreibung einen unerwarteten weiteren Vorteil ein. Schon morgen früh könnte er ein bisschen herumspionieren. Ein Gedanke, der Vorfreude in ihm weckte.

13

Um einem erneuten unangekündigten Besuch des Hauptkommissars zuvorzukommen, drehte Till den Spieß um und tauchte Mittwochvormittag im LKA-Gebäude auf. Nach einem kurzen Anruf durfte er sich unbegleitet durch die Gänge bewegen. Krumms Büro lag in der zweiten Etage. Till klopfte an, und eine Stimme forderte ihn auf einzutreten.

Neben Krumm saß ein weiterer Mann im Raum.

»Was wollen Sie hier?«, fragte der Hauptkommissar.

Als er keine Anstalten machte, seinen Besucher vorzustellen, übernahm Till das selbst. »Hallo. Ich bin Till Buchinger. Freut mich.«

»Bastian«, sagte Krumm zu seinem Bürogenossen, »das ist sozusagen ein Arbeitskollege des letzten Mordopfers. Ich hab dir von ihm erzählt.«

Der andere Mann nickte. »Hauptkommissar Dorfer, hallo.«

Dorfer und Till reichten sich die Hände.

»Setzen Sie sich!«, forderte Krumm seinen Besucher auf. »Was führt Sie zu uns?«

Till nahm auf einem Besucherstuhl Platz. »Ich hab lange darüber nachgedacht. Die Informationen, die wir über Spannberg haben, reichen nie und nimmer aus, um sie aufzuspüren.«

»Scheiße!«, fluchte Krumm. »Aber das hätten Sie mir

ruhig am Telefon sagen können.« Sein Blick huschte zwischen Till und Dorfer hin und her. Till gewann den Eindruck, dass der zweite Hauptkommissar nicht über jeden Schritt seines Partners informiert war.

»Wir müssen die Sache also anders angehen«, fuhr Till fort. »Spannberg hat es nicht nur für nötig gehalten, Jonathan zu ermorden, sondern auch sein Büro niedergebrannt. Ich frage mich, warum. Die einzig logische Erklärung lautet: Sie befürchtete, dass die Polizei einen Hinweis im Büro finden könnte, der sie auf ihre Spur brächte.«

»Erzählen Sie mir etwas Neues!«

»Wir müssen nachstellen, was Jonathan in den letzten Wochen getan hat. Ich kannte ihn ziemlich gut. Wir waren befreundet. Könnten Sie mir zum Beispiel eine Liste beschaffen, aus der hervorgeht, mit wem er in den Tagen – oder besser Wochen – vor der Ermordung telefoniert hat?«

Till fiel auf, wie Dorfer die Stirn runzelte und seinem Partner einen kritischen Blick zuwarf.

Krumm verschränkte die Arme vor der Brust. »Unmöglich!«

»Wieso?«

»Solche Informationen teilen wir während einer laufenden Ermittlung sicher nicht mit einem Zivilisten.«

»Wenn Sie diese Einstellung haben, warum sind Sie überhaupt zu mir gekommen?« Bewusst erwähnte Till nicht die anderen Einzelheiten, die sie besprochen hatten.

»Um Hinweise auf die Arbeitsweise von Herrn Albrecht zu erhalten. Bedauerlich, dass das ins Leere führt. Aber ich kann Ihnen versichern, dass wir die angerufenen Anschlüsse überprüft haben. Leider ohne Ergebnis.«

Abrupt stand Till auf und tippte sich an die Stirn. »Ich finde es allein heraus. Danke!«

Er verließ das Büro und ließ die letzten Minuten gedanklich Revue passieren. Offenbar hatte Krumm seinen Partner nicht darüber informiert, wie detailliert Till in den Fall eingeweiht war. Das ließ nur einen Schluss zu: Krumm hatte Till konsultiert, weil er vornehmlich Anhaltspunkte darauf finden wollte, wie er seine Ex aufstöbern konnte.

Im eigenen Büro dachte Till über das weitere Vorgehen nach. Zu den wichtigsten Aufgaben eines Personenfahnders gehörte die Ermittlungsphase. Dabei verließ man oft legale Wege und kam mitunter nur durch kleine Lügen ans Ziel. Er griff zum Telefon und wählte mit unterdrückter Rufnummer die Hotline des Mobilfunkanbieters an, mit dem Jonathan seit vielen Jahren seine Mobilfunkverträge schloss. Till wurde von einer Computerstimme aufgefordert, Jonathans Nummer einzugeben, und wartete gespannt. Hatte die Soko daran gedacht, den Anschluss stillzulegen? Oder zumindest dafür gesorgt, dass im Kundenkonto des Anbieters ein Hinweis erschien, der jedem Kundenberater Auskünfte verbot?

Nach einer Weile meldete sich eine Frau mit

angenehmer Telefonstimme.

»Jonathan Albrecht hier. Guten Tag.«

»Guten Tag, Herr Albrecht. Wie kann ich Ihnen helfen?«

»Haben Sie meine Daten vorliegen?« Till hielt den Atem an.

»Verraten Sie mir noch Ihr Kundenkennwort?«

Jonathan war ein großer Fußballfan gewesen und hatte Till früher anvertraut, manchmal ein Passwort zu benutzen, das ihn an den größten Vereinsmoment seiner Lieblingsmannschaft erinnerte. Auch für den Mobilfunkanschluss?

»HSV250583.«

»Goldrichtig. Was kann ich für Sie tun?«

»Ich habe eine neue E-Mail-Adresse. Könnten Sie die im System hinterlegen und mir die aktuelle Verbindungsübersicht nachträglich dorthin schicken?«

Falls die Polizei das Kundenkonto gesperrt hatte, würde er spätestens jetzt keine weiteren Informationen mehr erhalten.

»Überhaupt kein Problem. Wie lautet Ihre neue E-Mail-Adresse, Herr Albrecht?«

Till ballte die freie Faust und nannte der Mitarbeiterin eine E-Mail-Adresse, die kein Misstrauen wecken würde.

»Soll ich nur für die genannte Rufnummer die Verbindungsdaten neu herausschicken oder auch für die mit dem Konto verbundene Partnerkarte?«

Fast wäre es ihr gelungen, ihm eine ungeschickte Erwiderung zu entlocken. Doch die Frage ›welche

Partnerkarte?‹ hätte wohl ihr Misstrauen geweckt.

»Super, dass Sie daran denken. Auch für den Zweitanschluss.«

»Das ist mein Job«, erwiderte sie mit einem Lächeln in der Stimme. »Die Daten sind verschickt. Wie kann ich Ihnen noch weiterhelfen?«

»Das war es schon. Haben Sie vielen Dank.«

Till beendete das Gespräch und startete das E-Mail-Programm, mit dem er die Nachrichten sämtlicher Konten abrufen konnte. Tatsächlich war die Auflistung bereits eingetroffen. Er druckte sie aus. Neugierig warf er zuerst einen Blick auf die vierte Seite, auf der gesondert der Anschluss aufgeführt war, von dessen Existenz Till nichts gewusst hatte. Mit dieser Karte hatte Jonathan im letzten Abrechnungszeitraum nur einen einzigen Anruf getätigt, genau vier Tage vor seinem Tod.

Zunächst überprüfte er die von der Hauptnummer angerufenen Anschlüsse. Er benötigte fast eine Stunde, um alle zuzuordnen. Leider brachten ihn die Ergebnisse auf keine neue Spur. Also wandte er sich der einzigen Rufnummer zu, die Till von der Partnerkarte angewählt hatte. Das Telefonat hatte nur sieben Sekunden gedauert. Till tippte die Telefonnummer ins Google-Suchfeld ein. Die Suchmaschine lieferte ihm lediglich das Resultat, dass der Anschluss zu einem Prepaidanbieter gehörte.

Sollte er einfach anrufen? Sein Instinkt hielt ihn zurück. Er fragte sich, ob er gerade Spannbergs Nummer vor sich hatte. Falls er richtig lag, würde ein Telefonat ohne Anruferkennung sie alarmieren. Till ging die übrigen Möglichkeiten durch. Die Polizei könnte eine Ortung veranlassen. Doch es widerstrebte ihm, Krumm einzuschalten. Nicht zuletzt deshalb, weil er sich die Verbindungsübersicht illegal beschafft hatte. Damit durfte er nicht hausieren gehen.

Till entschied sich für ein anderes Vorgehen und wählte die Hotline des Prepaidanbieters an. Vielleicht würde er mit seinem Talent, Leuten am Telefon Informationen zu entlocken, den Namen des Anschlussinhabers herausfinden. Die ersten fünf Versuche scheiterten krachend. Jedes Mal behauptete er, das Kennwort zur Legitimation vergessen zu haben. Die Kundenberater reagierten alle gleich.

»Zur Alternativabfrage nennen Sie mir bitte den Namen des Anschlussinhabers, das Geburtsdatum und die hinterlegte Adresse.«

»Ich bin gerade unsicher, auf wen der Anschluss läuft«, antwortete Till und gab sich zerknirscht. »Bin das ich? Klaus Haase?«

»Nein. Tut mir leid. Sie müssen mir den richtigen Anschlussinhaber sagen. Sonst kann ich Ihnen nicht weiterhelfen.«

Dass die ersten Versuche scheiterten, frustrierte ihn keineswegs. Aus beruflicher Erfahrung wusste er, dass man über kurz oder lang immer einen schlecht geschulten oder wenig motivierten Mitarbeiter erwischte.

Diesmal war es schon nach dem sechsten Anruf so weit.

»Bin das ich?«, fragte er erneut. »Klaus Haase.«

»Nein. Der Anschluss läuft auf den Namen Frank Müller.«

»Ah, das ist mein Kollege. Dann kann der sich selbst drum kümmern. Ich danke Ihnen.« Bevor die Mitarbeiterin reagieren konnte, legte er auf und drückte die Wahlwiederholung. Im nächsten Schritt wollte er herausfinden, ob eine E-Mail-Adresse im System hinterlegt war. Er meldete sich mit der Nummer und dem richtigen Namen des Anschlussinhabers.

»Ist bei meinem Vertrag schon eine E-Mail-Adresse aktiviert?«

»Nennen Sie mir bitte das Kundenkennwort.«

»Das habe ich gerade nicht zur Hand.«

»Dann kann ich Ihnen solche Auskünfte nicht geben.«

»Wieso das nicht? Ich will doch nur wissen, ob eine E-Mail-Adresse hinterlegt ist. Frankmueller at web dot de?«

»Das darf ich Ihnen nicht sagen.«

»Na ja, wird schon passen. Ich wünsche Ihnen einen schönen Tag.« Bei jedem erfolglosen Telefonat verabschiedete sich Till äußerst freundlich, um zu verhindern, dass der Kundenbetreuer einen Vermerk hinterlegte und seine Kollegen zur Vorsicht mahnte.

Beim nächsten Durchgang benötigte er nur vier Versuche. Kaum hatte er die E-Mail-Adresse genannt, erklärte ihm ein Kundenbetreuer, dass eine andere eingetragen sei.

»Sie nutzen unsere E-Mail-Adresse.« Der Mann

nannte im gebrochenen Deutsch die Handynummer, die um das at-Zeichen und den Namen des Mobilfunkanbieters ergänzt war. »Soll ich das ändern?«, fragte er hilfsbereit.

»Das passt schon. Ich gebe das so an meine Kollegen weiter. Haben Sie vielen Dank.«

Till legte das Telefon beiseite. Er hatte eine Handynummer und eine E-Mail-Adresse. Mit diesen Informationen sollte es in den nächsten Tagen möglich sein, mehr herauszufinden.

14

Franka Spannberg schnürte die Laufschuhe fest zu. Zum Glück spielte das Wetter seit ihrer Flucht nach Leipzig mit. Bisher hatte es morgens weder Schnee noch Eis gegeben, sodass sie ihre in Hamburg liebgewonnene Laufroutine schon nach wenigen Tagen wieder aufgenommen hatte.

Vor der Gefängnisrevolte hatte sie kaum Sport getrieben. Ein bisschen Yoga, außerdem eine Mitgliedschaft im Fitnessklub, wo sie meistens durch Abwesenheit geglänzt hatte. Als sie von den körperlichen Folgen der Vergewaltigung genesen war, hatte sie einen bis dahin unbekannten Bewegungsdrang verspürt. Eines Tages hatte sie sich spontan Laufbekleidung gekauft und war zur Außenalster gefahren. Der dortige Rundweg war siebeneinhalb Kilometer lang. Sie hatte nicht einmal einen Kilometer geschafft. Doch das hatte ihren Ehrgeiz geweckt. Nach neun Tagen kontinuierlichen Trainings lief sie die Strecke durch, nach drei Wochen erreichte sie das doppelte Pensum.

Die Joggingroute, die sie sich in Leipzig ausgesucht hatte, war nicht ganz so schön wie der Weg in Hamburg, trotzdem konnte sie sechzig Minuten am Stück laufen. Am Wendepunkt der Strecke legte sie jeweils eine kurze Pause ein. Ihre körperliche Fitness hatte ihre Flucht erst ermöglicht, denn trotz des E-Bike-

Motors war dabei Kondition gefragt gewesen.

Da an diesem Morgen die Temperatur nur knapp über dem Gefrierpunkt lag, setzte sie eine Mütze auf und zog eine leicht wärmende Jacke an. Das Aufwärmprogramm absolvierte sie in der Wohnung. Sie dehnte ihre Beinmuskulatur und dachte über ihr weiteres Vorgehen nach. Jede Nacht, die sie in ihrem Exil verbrachte, erschien ihr wie ein Verrat an den eigenen Plänen. Sie wollte nicht länger warten als absolut nötig.

Den Teenager hatten die Bullen im Vorfeld offenbar als potenzielles Anschlagsziel identifiziert. Spannberg glaubte nicht an Zufall. Anscheinend hatten sie ihr Auswahlverfahren durchschaut. Wie sollte sie darauf reagieren? Sie hatte verschiedene Möglichkeiten. Florian erneut anvisieren, das nächste Opfer in der Reihenfolge töten oder willkürlicher vorgehen.

Spannberg steckte ihr Handy und den Schlüssel in die Jackentasche, bevor sie ins Freie trat. Vor der Haustür atmete sie dreimal tief durch, um sich an die kalte Luft zu gewöhnen. Der Gedanke, willkürlich vorzugehen, behagte ihr gar nicht. Die Reihenfolge der Opfer stellte eine Botschaft an ihre inhaftierten Peiniger dar, die ihr wichtig war. Also musste sie sich zunächst darüber klar werden, ob es eine Chance gab, zum alten Muster zurückzukehren. Spannberg lief los.

15

Hinter seinen Wohnzimmergardinen beobachtete Ronald Bäcker die Straße. Auf seine neue Nachbarin war Verlass. Zur üblichen Zeit trat sie aus dem Haus und lief im langsamen Tempo los.

Bäcker stellte einen Countdown am Handy ein. Normalerweise war sie knapp über eine Stunde unterwegs. Damit sie ihn unter gar keinen Umständen erwischte, kalkulierte er eine deutlich verkürzte Sporteinheit ein. Er startete den fünfundzwanzigminütigen Countdown, von dem er die ersten fünf Minuten in seiner Wohnung bleiben würde.

Unruhig lief er auf und ab. Die Vorstellung, gleich in ihren Sachen herumzuwühlen, erregte ihn. So etwas hatte er bei einer fremden Frau noch nie getan.

Nach der Hälfte der selbst gesetzten Zeit ging er ans Fenster zurück und schaute in die Richtung, in die seine Nachbarin verschwunden war. Theresa. Wie sie wohl mit Nachnamen hieß? Sie war nirgends zu sehen. Er beschloss, sich ein bisschen mehr zeitlichen Spielraum zu verschaffen und schon jetzt hinüberzugehen.

In der Diele hing ein silberfarbener Schlüsselschrank. Bäcker nahm Marcels Schlüssel vom Haken und warf einen Blick durch den Türspion. Niemand zu sehen. Vorsichtig öffnete er die Wohnungstür und lauschte. Da alles still war, huschte er zu Marcels

Wohnung und steckte den Schlüssel ins Schloss. Seine Sorge, Theresa könnte das Schloss heimlich ausgetauscht haben, erwies sich als unbegründet. Die Tür war nicht abgeschlossen. Er betrat die fremde Wohnung und atmete tief durch. Theresa benutzte anscheinend kein Parfüm, denn er roch nichts, was der Diele eine weibliche Note verlieh. Auch dekomäßig hatte sie in diesem Vorraum nichts verändert. Alles wirkte so, wie er es von Marcel kannte. Bäcker vermutete, die interessanten Einblicke im Schlafzimmer zu finden. Dennoch ging er zuerst ins Wohnzimmer.

Auf dem Couchtisch stand ein Laptop. Daneben entdeckte er ein Portemonnaie. Er fotografierte mit seinem Handy die genaue Position der Geldbörse, bevor er sie öffnete. Darin steckten über dreihundert Euro Bargeld, außerdem eine schwarze Kreditkarte, die er anhand des Anbieters gleich als Prepaidkarte erkannte. Seine erste Kreditkarte war ebenfalls von der Firma gewesen. Wieso nutzte sie eine Karte, auf die man Guthaben einzahlen musste? War sie nicht kreditwürdig? Oder bloß genauso misstrauisch gegenüber Kreditkartenfirmen wie er damals? Der aufgedruckte Name lautete Erwin Schumann. Um wen mochte es sich dabei handeln? Ihren Ex-Partner? Vielleicht sogar um den Ex-Ehemann? Hieß Theresa mit Nachnamen Schumann?

Zu seiner Enttäuschung bewahrte sie in dem Portemonnaie weder einen Ausweis noch andere Karten auf. Er legte es zurück, fotografierte den Tisch erneut und verglich die beiden Bilder. Sie waren identisch.

An einem Sideboard öffnete Bäcker verschiedene Schubladen, in denen er nur Gegenstände fand, die Marcel gehörten – unter anderem ein Schachspiel und ein hölzernes Mühlespielbrett.

Wo waren Theresas Sachen? Bäcker prüfte den Countdown. Noch vierzehn Minuten. Zwar hätte er gern ihren Nachnamen erfahren, doch war das nicht sein Hauptanliegen. Er betrat das Schlafzimmer und öffnete den Kleiderschrank. Endlich stieß er auf Gegenstände, die eindeutig einer Frau gehörten. Um sich einen besseren Überblick zu verschaffen, trat er zwei Schritte zurück. Auf dem Boden des Schranks lag ein breiter Koffer. Blusen, Hosen und Röcke hatte sie auf Bügel aufgehängt. Pullover und T-Shirts lagen gefaltet in drei Ablagefächern. In einem weiteren Fach sah Bäcker Slips liegen. Er zog einen dunkelblauen Schlüpfer heraus und brummte unzufrieden. Keine Spitze, kein Tanga. Einfach ein bequemes Teil, wie es auch eine Oma tragen könnte. Die anderen Exemplare enttäuschten ihn ebenfalls. Sie schien die langweiligen Stücke im Vorratspack gekauft zu haben. Er hielt sich zwei davon an die Nase. Sie waren frisch gewaschen.

Bäcker wandte sich den BHs zu. Theresa besaß keine ausgeprägte Oberweite und legte offenbar auch bei ihren Brüsten keinen Wert auf eine ansehnliche Verpackung. Er hatte sich von dem heimlichen Besuch mehr versprochen. Sie schien eine Langweilerin ohne Sexleben zu sein. Konnte ihm dieser Umstand in die Karten spielen? Vielleicht sehnte sie sich nach einem Mann, für den sie sich sexy anziehen könnte.

Das Bett war aufgeschlagen, ein Nachthemd oder einen Pyjama sah er nicht. Also ging er weiter ins Badezimmer. An Türhaken hingen tatsächlich zwei Nachthemden. Eines, das auch seiner Mutter hätte gehören können. Das zweite Exemplar war dunkelgrün, wies Spagettiträger auf und sah zumindest ein bisschen aufreizender aus.

Er öffnete den kleinen Spiegelschrank, in dem sie Zahnpasta, ein paar Cremes und überraschend viele Schminkutensilien verstaut hatte. Wenigstens in dieser Hinsicht schien sie zu verstehen, was Männer erwarteten. Als er sich bückte und den Unterschrank inspizierte, blinzelte er verwirrt. Wieso benötigte sie so viel Seife? Oder gehörte die Marcel?

Bäcker wandte sich dem Wäschekorb neben der Waschmaschine zu. Er nahm den Deckel ab. Der Korb war halb gefüllt. Vorsichtig schob er das obenauf liegende T-Shirt beiseite und entdeckte darunter einen weiteren dunkelblauen Slip. Er nahm ihn heraus und hielt ihn sich an die Nase. Bäcker sog tief den Atem ein und nahm einen schwachen Geruch wahr. Er lächelte. Seit er die Wohnung betreten hatte, war das hier sein erstes Erfolgserlebnis. Ob sie den Slip vermissen würde? Er wühlte in den dreckigen Sachen und bemerkte zwei weitere gleichfarbige Exemplare. Eins von ihnen packte er unter das oberste T-Shirt. Dafür steckte er den zuerst gefundenen Slip in seine Hosentasche. Sie würde wohl kaum eine Strichliste führen. Er hingegen hätte schon in wenigen Minuten eine ganz besondere Verwendung für das Kleidungsstück.

16

Nach der Hälfte ihrer Laufstrecke legte Spannberg eine Pause ein und zog das Handy aus der Jackentasche. Sie wollte etwas überprüfen. Das hatte sie sich angewöhnt, seit sie jederzeit mit einem Zugriff der Polizei rechnen musste. In Hamburg hatte sie sich kleine Spionagekameras besorgt und in verschiedenen Zimmern angebracht. Am Tag ihres Einzugs in Leipzig hatte sie die Kameras ebenfalls rasch verteilt und sofort in Betrieb genommen. Im Wohnzimmer, im Schlafzimmer und in der Diele. Über eine App konnte sie sich ein Livebild ansehen und auch die permanenten Aufzeichnungen überprüfen. Den Bullen würde es niemals gelingen, sie in ihren eigenen vier Wänden zu überraschen. Durch diese Maßnahme wäre sie immer vorab informiert, wenn ungebetene Gäste auf sie lauerten. Daher verzichtete sie meistens darauf, die Tür abzuschließen. Ein Schloss gaukelte Sicherheit nur vor, die Kameras sorgten für den wahren Schutz, den sie benötigte.

Spannberg öffnete die App und rief zunächst die drei verschiedenen Livebilder auf. Alles war in Ordnung. Sie wechselte zu der Aufzeichnung und gab als Zeitpunkt eine halbe Stunde früher ein. Gewohnheitsmäßig klickte sie auf vierfache Geschwindigkeit. Kurz darauf schreckte sie zusammen und stellte wieder auf

Normalgeschwindigkeit um. Die Kamera fing den Nachbarn aus dem Erdgeschoss ein, der ihre Wohnung betrat, dann ins Wohnzimmer ging und dort herumzuwühlen begann. Anschließend wechselte er ins Schlafzimmer. Sie beobachtete, wie er sich ihren Slip an die Nase hielt. Unkontrolliert zitterte Spannberg. Das hier kam ihr wie eine erneute Vergewaltigung vor. Er begutachtete ihre BHs, bevor er den Raum verließ. Dank der Kamera in der Diele sah sie ihn ins Bad gehen, wo er erstaunlich viel Zeit verbrachte. Erst nach drei Minuten kehrte er mit einem zufriedenen Lächeln auf den Lippen zurück.

Kälte kroch in ihren Körper. Sie begann, auf der Stelle zu laufen, um sich ein bisschen aufzuwärmen.

Diesmal nicht!, dachte sie wütend. *Diesmal nicht! Dafür wirst du bezahlen.*

Sie rannte los. Unterwegs fragte sie sich, wie er in ihre Wohnung gelangt war. Zu Hause müsste sie die Bilder am größeren Bildschirm genau überprüfen. Hatte er einen Schlüssel, von dem sie nichts wusste? Letztlich war das nur ein kleines Problem. Dringlicher war ihr Wunsch, ihn zu bestrafen. Sobald sich ihre Zeit in Leipzig dem Ende zuneigte, würde er teuer dafür bezahlen, ihre Privatsphäre verletzt zu haben.

Februar

1

»Der Ausstieg am Leipziger Bahnhof befindet sich in Fahrtrichtung rechts«, informierte die Computerstimme die Bahnreisenden.

Till Buchinger griff nach seiner Reisetasche und hievte sie aus der Gepäckablage des ICE. In den letzten Wochen hatte er einige Spuren entdeckt, die auf die sächsische Großstadt hindeuteten. Handfeste Beweise hatte er allerdings noch nicht, weswegen er seit seinem Besuch in Krumms Büro nicht mehr mit dem Hauptkommissar gesprochen hatte. Till reihte sich in die Schlange der Fahrgäste ein, die in Leipzig aussteigen wollten. In den letzten Jahren hatten ihn zwei Aufträge hierhergeführt. Er freute sich darauf, den eindrucksvollen Bahnhof wiederzusehen. Der gehörte in seinen Augen zu den schönsten Hauptbahnhöfen, die Deutschland zu bieten hatte. Gewohnheitsmäßig musterte er die Mitreisenden, die in Gespräche vertieft waren. Manche erkannte man anhand ihres Akzentes als Sachsen, andere schienen Touristen zu sein. Für eine Frau wie Franka Spannberg wäre Leipzig eine ideale Option. Die Stadt hatte 2019 die Einwohnergrenze von sechshunderttausend überschritten, was es erheblich erleichterte, anonym zu bleiben. Außerdem herrschte hier noch kein nennenswerter Wohnraummangel.

Till wollte vor Ort recherchieren. Er konnte nicht

ausschließen, dass er mit seiner Vermutung daneben lag. Vielleicht hatte er aber auch recht und würde sie trotzdem nicht aufspüren, weil sie inzwischen weitergezogen war. Dass er überhaupt einen Ansatzpunkt gefunden hatte, erfüllte ihn mit Stolz.

Der ICE blieb stehen, und Sekunden später öffneten sich zischend die Türen. Till stieg aus, unternahm ein paar Schritte auf dem Bahnsteig und genoss erst einmal das Ambiente. Die hohe Halle des Kopfbahnhofs in Verbindung mit der geringen Zahl an Reisenden verströmte eine entspannte Stimmung. Im Gegensatz zu Leipzig ging es in Hamburg oder anderen Großstadtbahnhöfen chaotisch wie in einem Taubenschlag zu.

Till hatte – zunächst für eine Woche – ein Apartment gebucht, das im Stadtteil Gohlis lag und über drei Zimmer verfügte. Er liebte es, Platz zur Verfügung haben, daher stieg er selten in Hotels ab. Um nach Gohlis zu kommen und sich später in der Stadt frei bewegen zu können, hatte er einen Leihwagen reserviert. Er orientierte sich vom Bahnsteig nach links, verließ das Gebäude und ging auf den nur wenige Meter entfernten Autoverleiher zu.

Drei Mitarbeiter bedienten ihre Kunden. Till stellte sich am mittleren Schalter an. Als sich die Kundin rechts von ihm mit Vertragskopie, Autoschlüssel und Parkhauskarte in der Hand abwandte, lächelte ihm der Mann hinter dem Tresen auffordernd zu.

»Herzlich willkommen. Was kann ich für Sie tun?«

»Buchinger. Ich habe reserviert.«

Der Mitarbeiter tippte den Namen ein. »Und ich

habe Sie gefunden. Ich bräuchte einmal Ihren Führerschein.«

Till legte ihn auf den Tresen. Nach wenigen Sekunden wandte sich der Mann einem Schrank hinter sich zu, öffnete eine Schublade und holte drei Schlüssel heraus.

»Sie haben die Kategorie ›Golf oder vergleichbar‹ ausgewählt. Ich könnte Ihnen einen Golf anbieten, einen Astra oder einen C4. Da Sie an unserem Treueprogramm teilnehmen, habe ich zudem günstige Upgradeangebote.«

»Die Golfklasse reicht. Welche Farben haben die Autos?«

Der Mitarbeiter runzelte verblüfft die Stirn. »Äh, Moment. Er griff zu den Schlüsseln und gab die Kennzeichen in seinen PC ein. »Der Golf ist schwarz, der Astra grau und der ...«

»Dann hätte ich gern den Astra. Ich mag graue Autos am liebsten.« Till lächelte. Seine Erfahrung lehrte ihn, dass man mit solchen Fahrzeugen im Stadtverkehr am wenigsten auffiel.

Eine halbe Stunde später betrat Till das geräumige Apartment. Auf den ersten Blick wirkte es wie im Internet angepriesen. Till stellte seine große Reisetasche ins Schlafzimmer und holte den Laptop heraus. Im Wohnzimmer lag der Zettel mit dem WLAN-Kennwort. Till startete den Computer und überprüfte die Qualität des Netzes. Nach einem kurzen Test der Verbindungsgeschwindigkeit fuhr er den Laptop zufrieden wieder herunter. Der Besitzer des Apartments verfügte über schnelles Internet.

Im Schlafzimmer packte er seine Kleidungsstücke in die freien Fächer des Kleiderschranks. In den letzten Wochen war es ihm nach intensiver Recherche gelungen, einen Namen herauszufiltern. Geholfen hatte dabei die E-Mail-Adresse, die er beim Telefonat mit dem Mobilfunkanbieter erfahren hatte. Bei der betreffenden Person handelte es sich vermutlich um einen Leipziger, der seine Wohnung zur Untermiete anbot. Gewissheit hatte Till diesbezüglich allerdings nicht. Außerdem kamen vier Leipziger mit demselben Nachnamen infrage. Er würde jede Adresse aufsuchen und sich umsehen. Zwar hatte ihm das Streetview-Angebot von Google schon einige Hinweise geliefert, doch ein Besuch vor Ort konnte das Internet nicht ersetzen.

Nachdem er alles verstaut hatte, griff er zum Telefon und rief Jessica an. Sie war in den nächsten Tagen seine Lebensversicherung.

»Bist du angekommen?«, fragte sie ihn.

»Hab mich gerade im Apartment eingerichtet und fahre jetzt gleich zur ersten Adresse. Ich halte mich an den ausgearbeiteten Plan. Sobald ich von da wegfahre, melde ich mich wieder.«

»Sei vorsichtig«, bat sie ihn.

Till beendete das Gespräch. Die Vereinbarung zwischen ihnen war unmissverständlich. Er würde Jessica regelmäßig anrufen oder ihr eine Nachricht schreiben. Sollte seine Rückmeldung ausbleiben, würde sie sofort Hauptkommissar Krumm aufsuchen, damit der alles

Weitere in die Wege leitete.

Für jede der Adressen hatte Till einen einstündigen Aufenthalt eingeplant und noch eine Viertelstunde Fahrtzeit einkalkuliert. Nach einer zehnminütigen Fahrt parkte er den Leihwagen rund fünfhundert Meter vom ersten Zielort entfernt. Den Countdown seines Handys stellte er auf fünfundfünfzig Minuten ein. Er stieg aus und schaute sich um. In diesem Stadtteil reihten sich fünfgeschossige Mehrfamilienhäuser aneinander. Von seinem Standort konnte er bis zu einem Park schauen. Vor den Häusern waren viele Fahrräder an Ständer gekettet, teilweise handelte es sich dabei um Kindermodelle. Offenbar eine familienfreundliche Gegend. Eine einzelne Frau würde hier auffallen. Falls sie jedoch mit einem Komplizen untergetaucht war, könnte ein solches Viertel ideal sein.

Till näherte sich langsam der ermittelten Adresse. Auf dem Weg kam er an einer Bäckerei und einem kleinen Bioladen vorbei, aber an keiner Filiale der Drogeriekette, auf die Krumm hingewiesen hatte. Die Haustür des anvisierten Gebäudes war geschlossen. Er zückte sein Handy und fotografierte die Klingelschilder, obwohl ihm ein Blick auf die innen befindlichen Briefkästen lieber gewesen wäre. Da ihm genügend Zeit zur Verfügung stand, schaute er sich weiter in der Gegend um und nutzte später eine Handynavigationssoftware. Er fand einen größeren Supermarkt, jedoch keinen Drogeriemarkt. Till betrat den Laden. Weder im Eingangs- noch im Kassenbereich entdeckte er eine

Pinnwand, auf der Kunden Suche-Biete-Angebote aufhängen konnten. Nachdenklich verließ er den Supermarkt. Sein anfängliches Gefühl, dass Spannberg nicht in diesem Viertel gelandet war, verstärkte sich. Gemütlich schlenderte er zurück und kam erneut an der Haustür vorbei. Sie war noch immer verschlossen. Er ärgerte sich ein wenig darüber, dass die Briefkästen im Hausflur hingen. Fremde Post zu inspizieren war in seinem Beruf oft sehr hilfreich. Vorläufig wollte er jedoch noch bei keinem Nachbarn klingeln, um sich unter einem Vorwand Zutritt zum Flur zu verschaffen.

An der dritten Station seiner Rundreise durch Leipzig wuchs Tills Zuversicht, in der richtigen Gegend gelandet zu sein. Nicht zuletzt deshalb, weil er auf dem Weg an einem kleinen Einkaufszentrum vorbeikam, in dem sowohl die Drogeriemarktkette als auch ein Supermarkt untergebracht waren. Die einzelnen Häuser wirkten nicht so homogen wie in den beiden vorherigen Stadtteilen. Hier würde eine neu hinzugezogene Frau weniger auffallen. Er parkte erneut einen halben Kilometer entfernt und startete den Countdown. Dann schlenderte er in aller Ruhe los.

Am zweiten Haus, das er kontrolliert hatte, waren die Briefkästen außen angebracht gewesen, hatten ihm aber keine weiteren Hinweise geliefert. Beim dritten hingen sie wieder im Hausflur. Er fotografierte die Klingelschilder. Um keinem Nachbarn aufzufallen, steuerte er danach das Einkaufszentrum an. Till betrat zuerst den Drogeriemarkt und ging in den Gang mit den Seifenprodukten. Von der Eigenmarke lag momentan nur ein einziges Päckchen im Regal. Andere Marken schienen weniger begehrt zu sein. Till nahm das Seifenstück und stellte sich damit an die Kasse. Vor ihm packte eine Mutter mit Kleinkind ihren Großeinkauf aufs Band.

»Sie dürfen vor«, bot sie ihm an.

»Danke.«

Die Kassiererin scannte den Artikel ein. »Macht vierzig Cent.«

»Ich hätte gern mehr gekauft, aber im Regal lag nur eine Packung. Ist mir da heute jemand zuvorgekommen?«

»Das weiß ich nicht«, sagte die Frau, ohne ihn anzusehen.

Von ihr weitere Informationen zu erhalten erschien aussichtslos. Till bezahlte und verließ den Laden. Kurz darauf betrat er den Supermarkt und musterte den Eingangsbereich. Bei den Reihen mit Einkaufswagen hing auch eine Pinnwand, an der Karteikärtchen angeheftet waren. Da sich momentan niemand in der Nähe aufhielt, musterte er die Karten in aller Ruhe. Auf den meisten boten Supermarktkunden Dinge zum Verkauf an. Kinderwagen, Schlittschuhe oder einen Kinderanorak. Deutlich weniger Kunden suchten ihrerseits vergleichbare Alltagsgüter, manche sogar eine Nebentätigkeit als Putzkraft. Dann bemerkte er eine Karteikarte, auf der jemand eine günstige Zweizimmerwohnung zur Miete anbot.

Till wandte sich ab und verließ den Supermarkt. Er

hätte Klienten den Tipp gegeben, hier nach Untervermietungsangeboten Ausschau zu halten. Untervermietungen hatten den Vorteil, dass man sich nicht zwangsläufig beim Amt anmelden musste, obwohl das gesetzlich vorgeschrieben war und nirgendwo der eigene Name auftauchte.

In seinem Apartment recherchierte er online nach Informationen über die Bewohner des Hauses, das ihm für Spannbergs Abtauchen am besten geeignet erschien. Er hatte die Klingelschilder fotografiert und gab die Namen nacheinander in der Onlineausgabe des Telefonbuchs ein. Bei allen Treffern durchforstete er das Netz nach weiteren Informationen. Am vielversprechendsten erschien ihm eine Frau namens Agnes Weller. Sie wohnte in der obersten Etage des Hauses und lud regelmäßig Fotos auf ihrem Facebook-Profil hoch. Bei ihr handelte es sich um eine ältere Dame, die zwei Katzen besaß und eine große Leseratte war. Außerdem gehörte das Haus, in dem sie lebte, zur Leipziger Wohnungsbaugesellschaft. Till griff zum Telefon.

»Hallo?«, meldete sich eine weibliche Stimme nach wenigen Sekunden Freizeichen.

»Guten Abend, hier spricht Theo Klein. Bin ich mit Frau Weller verbunden?«

»So ist es.«

»Wunderbar. Ich hoffe, ich störe nicht. Frau Weller, ich rufe im Auftrag der LWB an, also Ihres Vermieters. Aber keine Sorge, das werden keine schlechten Nachrichten.«

Seine Gesprächspartnerin lachte nervös. »Na, hoffentlich.«

»Ich versprech's Ihnen. Fühlen Sie sich als unsere Mieterin wohl?«

»Ja, ich wohne wirklich gern hier.«

»Wunderbar! Werden anstehende Reparaturen zu Ihrer Zufriedenheit durchgeführt?«

»Bei mir war zum Glück lange nichts defekt.«

»Umso besser. Wie macht der Hausmeister seinen Job?«

»Herr Körner? Ganz toll. Ein netter Mann. Wir kennen uns inzwischen seit zehn Jahren.«

»Prima. Da haben wir wohl den richtigen Mitarbeiter eingestellt.« Till beschloss, auf das eigentliche Ziel hinzuarbeiten. Die ersten Fragen hatten lediglich dazu gedient, ihr potenzielles Misstrauen zu zerstreuen. »Was können Sie uns über die Hausgemeinschaft sagen? Gibt es Schwierigkeiten mit einem Mieter? Fällt jemand unangenehm auf? Ich versichere Ihnen übrigens, dass wir alle Angaben vertraulich behandeln.«

»Nein, im Haus wohnt niemand, der sich nicht an die Regeln hält.«

»Da haben Sie wirklich Glück. Wir hören hier oft Geschichten, da graust es einen schon beim Zuhören. Sind denn auch alle Mieter regelmäßig anwesend? Das ist ja gerade in der Winterzeit nicht unwichtig. Heizungen sollten in Kaltphasen nicht zu lange ausgeschaltet sein. Manchmal verschwinden Mieter für einen längeren Urlaub, um zum Beispiel im Süden zu überwintern, und dann platzen die Heizungsrohre, weil sie bei

Minusgraden einfrieren.«

Weller zögerte mit ihrer Antwort. »Ich weiß gar nicht, ob der Herr Mohr momentan anwesend ist. Er hatte erwähnt, für ein knappes Jahr beruflich ins Ausland zu müssen. Dabei hat er mich gefragt, ob ich jemanden wüsste, der vorübergehend an seiner möblierten Wohnung interessiert wäre. Das war vor Weihnachten, falls ich mich nicht irre. Ehrlich gesagt habe ich ihn seitdem nicht mehr gesehen.«

»Gut, dass Sie uns darauf hinweisen. Das werde ich überprüfen. Haben Sie denn mal jemand Unbekannten im Hausflur angetroffen?«

»Nein. Nicht, dass ich mich erinnere. Wenn Sie möchten, kann ich bei ihm klingeln. In Erfahrung bringen, wer da gerade wohnt.«

»Lieb von Ihnen, aber das ist unsere Aufgabe. Sie haben mir schon wirklich sehr weitergeholfen. Um den Rest kümmern wir uns. Haben Sie noch Anregungen oder Bitten an Ihren Vermieter?«

»Keine Nebenkostennachzahlung. Gegen eine Rückzahlung hätte ich nichts einzuwenden.«

Till lachte. »Das vermerke ich in Ihren Unterlagen. Frau Weller, ich wünsche Ihnen einen zauberhaften Abend.«

»Ihnen auch.«

Till beendete das Gespräch. Er lächelte zufrieden. Natürlich hatte er noch keinen Beweis dafür, dass er Spannberg aufgestöbert hatte, aber er war zuversichtlich. Es bestand noch kein Grund, den Hauptkommissar zu informieren, zumal es schon reichlich spät geworden war. Er würde sich an den beiden Folgetagen auf die Lauer legen, um Fotos der Bewohner zu schießen. Mit ein wenig Glück würde er auch seine Zielperson zu Gesicht bekommen. Erst dann wäre es an der Zeit, Krumm Bescheid zu geben.

Till überprüfte den Status des Handyakkus. Noch zwanzig Prozent Energie. Genug, um ein weiteres Mal mit Jessica zu telefonieren.

2

Die Gewohnheiten ihres Nachbarn herauszufinden kostete Spannberg vierzehn Tage, weil sie ihn nur heimlich beobachten konnte. Da er sie auf den ersten Blick erkennen würde, war es zu riskant, ihn zu beschatten. Sie beschränkte sich darauf, hinter der Tür zu lauern oder am Fenster zu warten. Außerdem hatte sie ihre Sportroutine beibehalten, um nicht sein Misstrauen zu wecken. In der Woche, in der er ihre Privatsphäre verletzt hatte, war er tagsüber immer anwesend gewesen. Letzte Woche hatte er jeweils morgens das Haus verlassen und war erst spätnachmittags zurückgekehrt. Inzwischen war bereits wieder Montag, und er war vormittags daheim geblieben und nachmittags nur einmal einkaufen gegangen. Wenigstens hatte er den Schlüssel kein zweites Mal benutzt, um sich bei ihr umzusehen.

Sie befürchtete nicht länger, dass er ihre Identität aufgedeckt hatte. Er schien bloß ein Perverser zu sein, dem es gefiel, in den Sachen fremder Frauen herumzuwühlen und einen getragenen Slip einzustecken. Spannberg schauderte bei diesem Gedanken. Doch im Gegensatz zu vermutlich unzähligen anderen Schweinen, die Frauen auf ähnliche Weise terrorisierten, würde Bäcker seine Strafe erhalten.

Sie hatte schon letzte Woche eine Flasche Wein

besorgt – obwohl sie vermutete, dass er ein Biertrinker war. Der Weißwein gehörte zu ihrem Plan. Spannberg musterte sich im Spiegel. Die hellblaue Jeans betonte ihre schlanken Beine, die weiße Bluse war eines der wenigen Stücke, die sich körperbetont an ihren Oberkörper schmiegten. Außerdem schimmerte der schwarze BH leicht durch den Stoff der Bluse durch. Da der Saum über den Hosenbund hing, würde Bäcker die Ausbuchtung des Springmessers in ihrer Hosentasche nicht bemerken.

Sie hasste es, diesen Schritt zu unternehmen, doch noch länger mit ihm im selben Gebäude leben zu müssen, erschien ihr unerträglich. Mit seinem Eindringen in die Wohnung hatte er sie zum Opfer degradiert.

Spannberg betrat das Bad und trug als letzte Maßnahme den knallroten Lippenstift auf. »Du schaffst das«, flüsterte sie sich zu. »Wenn es gut läuft, ist das Schwein vor Mitternacht tot.«

Sie versuchte, den eiskalten Blick aus ihren Augen zu bannen, und setzte ein Lächeln auf. Zufrieden wandte sie sich ab, nahm die Flasche Wein in die Hand und steckte den Wohnungsschlüssel in die Hosentasche. Bevor sie die Wohnung verließ, schaute sie durch den Türspion. Der Hausflur lag im Dunkeln. Spannberg schaltete das Flurlicht ein, huschte zu Bäckers Wohnungstür und klingelte. Sie lächelte wieder, obwohl sie vor Zorn schäumte. Es dauerte ungewöhnlich lange, bis sie hinter dem Spion eine Bewegung wahrnahm. Weitere Sekunden verstrichen. Wollte er ihr nicht öffnen? Demonstrativ hielt sie die Weinflasche in die

Höhe.

»Moment«, drang seine gedämpfte Stimme durch die Tür.

Trotz seiner Ankündigung dauerte es, bis er ihr endlich öffnete.

»Hallo, Herr Nachbar«, sagte sie melodisch. »Ich hoffe, ich störe nicht.«

»Was gibt's?«

»Ich möchte mich entschuldigen.«

»Wofür?« Er klang verwundert.

»Jetzt wohne ich schon über einen Monat in Marcels Wohnung, und abgesehen von unserer kurzen Begegnung vor ein paar Wochen habe ich mich nie vorgestellt. Das war unhöflich. Ich bin Theresa Schumann.«

Sie streckte ihm die Hand entgegen.

»Hallo«, brummte er und erwiderte den Handschlag.

»Bitten Sie mich herein?«

Warum war er so reserviert? Immerhin hatte er neulich im Hausflur angeboten, ihr die Kneipen der näheren Umgebung zu zeigen.

Er schaute über seine Schulter. »Ihr Besuch kommt so überraschend, Frau Schumann.«

»Oh, nicht diesen Namen, bitte. Nach der Scheidung nehme ich wieder meinen Geburtsnamen an.«

»Scheidung?«

»Warum duzen wir uns nicht? Theresa.« Sie beugte sich zu ihm und hauchte ihm einen Kuss auf die Wange.

»Hey«, sagte er lachend. »Bei unserer letzten Begegnung kamst du mir viel reservierter vor.«

»Warst du schon einmal in einen Scheidungskrieg verwickelt?« Sie seufzte. »Da ist man nicht ganz so gesellschaftsfähig. Aber Erwin hat mir am Samstag endlich per E-Mail die Zustimmung zu den ausgehandelten Details geschickt. Seitdem ist eine Zentnerlast von mir abgefallen. Na ja, wir können das auch verschieben, und du sagst Bescheid, wann es dir besser passt.«

»Das hast du falsch verstanden. Komm rein.« Er trat zur Seite.

»Sicher?«

Bäcker nickte. Sie lächelte ihm zu. Er ging voran und führte sie ins Wohnzimmer. Auf dem Esstisch stand ein Laptop, den er zuklappte. Der Packung Taschentücher, die neben dem Computer lag, schenkte er keine Beachtung. Spannberg ahnte jedoch sofort, was er sich angesehen hatte. Ihr Abscheu gegen den Mann wuchs. Am liebsten hätte sie ihn mit der Flasche besinnungslos geschlagen. Doch bevor sie ihn erledigte, musste sie herausfinden, ob – und ab wann – jemand ihn vermissen würde.

»Schön hast du es hier«, sagte sie. »Dein Einrichtungsstil gefällt mir.«

Er lächelte stolz. »Ja, dafür habe ich ein Händchen. Du bist nicht die erste Frau, der das auffällt.«

Tatsächlich hätte sie bei einem Mann wie Bäcker Schlimmeres erwartet. Der Teppichläufer passte zum Eichenparkett, und an den Wänden hingen einige geschmackvolle Kunstdrucke. Sie hätte eher mit Playboy-Covern in Übergröße gerechnet. Die Möbel waren in die Jahre gekommen, doch auch sie stachen stilistisch nicht unangenehm hervor. Für ihren Geschmack hatte er zu viel Möbelstücke in den Raum gequetscht, mehr hatte sie nicht daran auszusetzen.

Bäcker deutete auffordernd zu einem Sessel. Statt sich sofort zu setzen, reichte sie ihm die Weinflasche.

»Ich war mir unsicher, ob du eher ein Wein- oder ein Bierliebhaber bist. Der Wein hätte schon die richtige Trinktemperatur.«

Er musterte das Etikett und nickte anerkennend. »Bei einem guten Weißwein sage ich nicht nein.«

Bäcker trat an einen der Schränke. Er holte zwei Weingläser heraus, die er prüfend gegen das Licht der Deckenlampe hielt. In einer Schublade fand er einen Korkenzieher. Er stellte die Gläser ab, bevor er die Flasche gekonnt entkorkte und ihr einen kleinen Schluck einschüttete.

Sie nahm das Glas entgegen, roch daran und kostete. »Mir schmeckt er.«

»Dann verlasse ich mich auf deinen Geschmack.« Er füllte beide Gläser und setzte sich zu ihr. Vorsichtig stießen sie an.

»Du steckst also in einer Schlammschlacht?«

Sie nickte betrübt. »Nach zwölf Jahren Ehe betrügt mich das Arschloch mit seiner blutjungen Sekretärin. Die wird nach drei Monaten Affäre schwanger, und er zieht Hals über Kopf zu ihr. Zweiter Frühling, zweite Chance. Wir hatten keine Kinder. Und weil unser Mietvertrag auf seinen Namen lief, hat er die Wohnung mir nichts, dir nichts gekündigt.«

»Also bist du deshalb hier gelandet?«

»Eine möblierte Wohnung ohne lange Mietbindung. Das war perfekt. Spätestens, wenn Marcel zurückkehrt, bin ich wieder raus.«

»Wo hast du vorher gewohnt?«

»In Halle. Aber dahin kehre ich unter keinen Umständen zurück. Sobald das Urteil durch ist und ich weiß, wie viel Geld auf meinem Konto landet, suche ich mir in Leipzig etwas Neues.«

»Bist du beruflich so flexibel?«

Es war offensichtlich, dass er sie ausfragte. Es beruhigte Spannberg, dass er so neugierig war. Hätte er einen Verdacht, wer sie wirklich war, würde er wohl anders reagieren.

»Ich muss mir erst mal was suchen. Keine Ahnung. Mein Mann hat gut verdient, ich musste nicht arbeiten. Momentan finanziere ich mich über den Trennungsunterhalt. Dem hat er am Wochenende zugestimmt. Bis zur Scheidung müssen wir ja ein Jahr getrennt sein. Ich weiß nicht, wie es dann weitergeht.« Sie seufzte und trank einen Schluck. »Und du?«, fragte sie. »Mir gefällt deine Einrichtung, aber ich sehe hier keinen weiblichen Einfluss. Keine Deko oder frische Blumen.«

»Bin seit drei Jahren Single.«

»So lange? Wow! Wieso das? Du wirkst wie ein toller Typ.«

Geschmeichelt fuhr er sich durchs Haar. »Frauen zu finden, die es ernst meinen, ist heutzutage gar nicht mehr so einfach. Man lernt jemanden kennen, und es stellt sich schnell heraus, dass es nicht passt. Manche sind nur hinterm Geld her, und wenn sie hören, was ich als Lagerist verdiene, verschwinden sie sofort.«

»Lagerist? Bestimmt anstrengend.«

»Ist es auch. Gerade das letzte Jahr war knochenhart. Musste zehn Tage Urlaub mit rübernehmen, wegen Personalabbaus. Statt im September schön nach Malle zu fliegen, hab ich seit heute zwei Wochen frei. Aber ganz ehrlich: Wohin soll man im Februar, ohne ein Heidengeld auszugeben?«

»Das stimmt.« Es fiel ihr schwer, ein Grinsen zu unterdrücken. Zumindest bei der Arbeit würde man ihn in den nächsten Wochen nicht vermissen. Also musste sie nur noch herausfinden, ob er mit Freunden Verabredungen für die Urlaubszeit getroffen hatte.

In diesem Moment klingelte es an der Wohnungstür.

»Herrje, was ist denn bloß heute los? Sonst bekomme ich abends nie Besuch.« Er stand auf und verließ den Raum.

Da er die Tür zum Wohnzimmer nicht schloss, hörte sie, wie er die Wohnungstür öffnete.

»Frau Weller«, sagte er überrascht.

Spannberg wusste gleich, dass eine Hausbewohnerin so hieß. Sie hatte die Klingelschilder aufmerksam studiert. Was wollte die Nachbarin hier?

»Entschuldigen Sie die Störung, Herr Bäcker. Ich hab nur eine Frage. Wissen Sie, ob Herr Mohr ins Ausland gegangen ist? Steht seine Wohnung momentan leer?«

Fassungslos schaute Spannberg zur Diele. Wieso erkundigte sich die Frau danach?

»Mich hat heute jemand von der LWB angerufen«, fuhr die Mieterin fort. »Die haben wohl Angst, dass die

Heizungsrohre in einer Frostperiode einfrieren könnten.«

»Leer steht die Wohnung nicht«, sagte Bäcker.

»Also ist Herr Mohr da? Ich habe ihn schon länger nicht mehr gesehen.«

Spannberg handelte impulsiv. Sie ging ebenfalls in die Diele, wo die ältere Frau sofort auf sie aufmerksam wurde.

»Hallo«, sagte sie überrascht.

»Guten Abend. Herr Mohr ist momentan tatsächlich im Ausland. Aber ich wohne vorübergehend drüben. Zur Untermiete.«

»Dann ist ja gut.«

»Wer hat sich danach erkundigt?«, fragte Spannberg.

»Ein netter junger Mann von der LWB. Der hat vor ungefähr einer Stunde bei mir angerufen. Das hat mir keine Ruhe gelassen. Wenn Heizungsrohre platzen, würde im ganzen Haus die Heizung ausfallen. Das hatten wir schon mal, erinnern Sie sich, Herr Bäcker? Vor vier Jahren. Da konnten wir drei Wochen im tiefsten Winter nicht heizen.«

»Ja«, murmelte Bäcker.

»Da besteht keine Gefahr«, sagte Spannberg. Sie zwängte sich an Bäcker vorbei. »Ronald, reden wir morgen weiter. Du hast ja Urlaub und hoffentlich nichts vor.«

»Nein«, reagierte der überrumpelt. »Aber wieso ...«

»Frau Weller, kommen Sie doch kurz mit zu mir.« Spannberg erreichte ihre Wohnungstür. »Ich hab die

Heizung aufgedreht. Ich friere immer ziemlich schnell.« Sie schloss die Tür auf. »Außerdem soll niemand glauben, ich sei die Schuldige, falls mal wieder die Heizungen ausfallen.«

»Das mache ich gerne. Ich habe mir wirklich Sorgen gemacht.« Sie folgte unbesorgt der fremden Frau.

»Gute Nacht, Ronald. Bis morgen. Das war schön. Ich melde mich bei dir.« Sie warf dem Mann, der keine Ahnung hatte, wie knapp er dem Tod entronnen war, eine Kusshand zu.

Spannberg betrat die Wohnung, dicht gefolgt von Weller. Sie schloss die Wohnungstür.

»Hier ist es wirklich schön warm«, bestätigte sie.

»Ich mag es gern kuschlig. Haben Sie auch so schnell kalte Füße wie ich?«

Die Dame lächelte. »Früher. Nach den Wechseljahren war damit Schluss.«

»Sie Glückliche! Erinnern Sie sich an den Namen des Anrufers? Dann würde ich mich morgen mit ihm in Verbindung setzen.«

»Er hieß Theo Klein.«

»Sie haben ja ein fantastisches Gedächtnis«, lobte Spannberg sie.

Die Nachbarin lächelte stolz. »Ich löse jeden Tag Sudokus. Wer fit bleiben will, muss etwas tun.«

»Darf ich Ihnen ein Wasser anbieten? Mich würde interessieren, was der Anrufer sonst noch alles wissen wollte.«

Weller blieb zehn Minuten, und Spannberg erzählte ein zweites Mal die Geschichte ihres schmutzigen

Scheidungskrieges. Sobald sie wieder alleine war, versuchte sie, die Informationen einzuordnen.

Der Anruf an sich klang harmlos, doch befürchtete sie, dass die Bullen ihre Witterung aufgenommen hatten. Hatte der Hauptkommissar die alte Dame am Telefon geschickt ausgefragt? Sollte Spannberg besser verschwinden? Ihr widerstrebte dieser Gedanke. Sie hatte Bäcker noch nicht bestraft, und ob sie so schnell eine neue, passende Wohnung fände, war ungewiss. Außerdem hatte sie gelernt, niemals panisch zu reagieren. In Panikzuständen unterliefen einem am ehesten Fehler.

Nachdenklich ging sie ins Schlafzimmer und wuchtete den Koffer vom Schrank aufs Bett. Das Gepäckstück verfügte über einen doppelten Boden, den man nicht auf den ersten Blick wahrnahm. Spannberg berührte den Druckmechanismus, und die Klappe schwang auf. In diesem Versteck lagerte sie einige Perücken, außerdem ihre Waffen. Sie angelte das Springmesser aus der Hosentasche und legte die Stichwaffe zurück in den Koffer. Falls die Bullen sie nicht hier aufspürten, würde Bäcker sterben. Aber vielleicht hatte sie zuvor eine andere Verwendung für ihn.

3

Um halb sieben morgens parkte Till seinen Wagen in der Straße, in der er die Mörderin vermutete. Im Gegensatz zum Vortag hatte er diesmal seine Kamera griffbereit dabei. Zwar reichten normalerweise Handyfotos, doch wollte er Hauptkommissar Krumm einen Beweis in bestmöglicher Auflösung liefern.

Ob die Frau heute das Haus überhaupt verließ? Till hatte schon oft genug tagelang auf der Lauer gelegen, ohne Erfolg zu haben. Das gehörte zu seinem Beruf dazu. Untergetauchte Zielpersonen verschanzten sich gern hinter Türen und Wänden, zumindest in den ersten Monaten nach der Flucht.

Er hatte sich vorgenommen, mindestens zwei Tage auszuharren. Sollte ihm bis Mittwochabend kein Foto einer Frau gelungen sein, die er für Franka Spannberg hielt, würde er sich Donnerstag mit Krumm in Verbindung setzen. Letztlich überließe er ihm dann die Entscheidung des weiteren Vorgehens. Er brauchte dringend einen handfesten Beweis. Der Hauptkommissar schien ihn ohne Rücksprache mit seinem Partner in die Ermittlungen einbezogen zu haben. Unterstützung aus Leipzig würde er jetzt vermutlich nur anfordern, wenn Till mehr vorweisen konnte als ein paar vage Spuren, die nach Sachsen deuteten.

Er griff zu einer Thermoskanne mit warmem Tee

und trank einen kleinen Schluck. Danach nahm er die Kamera zur Hand und schoss ein Foto des Hauseingangs. Auf dem eingebauten Display überprüfte er das Ergebnis. Sollte jemand das Haus verlassen, könnte er von seiner Position ein brauchbares Beweisbild anfertigen.

Um sich die Wartezeit zu vertreiben, schloss er einen MP3-Player an das Multimediasystem des gemieteten Fahrzeugs an. Till scrollte durch die verschiedenen Titel, die er darauf abgespeichert hatte. Neben Rockmusik mochte er auch sinfonische Filmmusik. Sein Finger schwebte über einem Dateiordner, in dem er insgesamt acht Hans-Zimmer-Produktionen gespeichert hatte. Dann entschied er sich um und scrollte zu dem John Williams-Ordner. Im nächsten Moment ertönten die ersten Klänge des epischen Meisterwerks *Star Wars*.

4

Franka Spannberg hatte die ganze Nacht nicht geschlafen. Die Befürchtung, die Bullen könnten jeden Moment die Wohnung stürmen, hatte sie wach gehalten. Als sie um drei Uhr morgens den Kampf gegen die Müdigkeit zu verlieren drohte, hatte sie mit Medikamenten dagegengehalten.

Nun saß sie am Küchentisch und trank die dritte Tasse starken Kaffee. Sie versuchte, ihre Lage zu analysieren. Hätten tatsächlich die Bullen bei der alten Weller angerufen, hätten sie vermutlich in der Nacht zugeschlagen. Passiert war nichts. Also schienen ihre Fahnder noch in der Ermittlungsphase zu stecken. Unsicher, ob sie einen Hauptgewinn gelandet hatten.

Das verschaffte ihr neue Perspektiven. Sie musste herausfinden, mit wem sie es zu tun hatte. Jemand, der ihr nachspionierte, würde sich in unmittelbarer Nähe zum Haus positionieren.

Sie ging ins Bad, pinkelte und zog sich dann im Schlafzimmer dicke Kleidung an. Die Temperaturen, die sich momentan im Sinkflug befanden, kamen ihr zugute. Neben der gefütterten Jacke konnte sie unauffällig Mütze und Schal tragen, um sich zu vermummen.

Sie musterte sich im Spiegel. Dank des Schals sah man lediglich die Nase und die Augenpartie.

Spannberg steckte die Pistole in die Innentasche

ihrer Jacke. Dann wickelte sie den Wollschal noch einmal ab. Bäcker sollte sich bei ihrem Anblick nicht erschrecken. Sie verließ ihre Wohnung und klingelte beim Nachbarn. Der öffnete an diesem Morgen deutlich schneller. Offenbar war er nicht am Laptop beschäftigt.

»Hi«, begrüßte sie ihn fröhlich. »Gut geschlafen?«

»Äh, was?«, stammelte er überrumpelt. »Klar. Wieso fragst du?«

»Weil es mich interessiert. Hast du Pläne für die nächsten Stunden?«

»Sorry, aber ich komme gerade nicht mit. Ich fand's übrigens doof, dass du wegen der Weller gestern so plötzlich verschwunden warst. Wir hatten uns so nett unterhalten und dann ...«

»Oh, ich hätte nicht gedacht, dass du das persönlich nimmst. Entschuldige! Aber das war die perfekte Gelegenheit, sie kennenzulernen. Ich bin ja wahrscheinlich noch bis Ende des Jahres hier. Da will ich mich gut mit den Nachbarn verstehen. Schließlich bin ich wieder klarer im Kopf und denke nicht die ganze Zeit an Erwin. Was hältst du von folgendem Vorschlag: Wir gehen jetzt gemeinsam spazieren und setzen unser Gespräch fort.«

»Jetzt? Was ist mit deiner Sporteinheit? Um diese Uhrzeit sehe ich dich sonst mit Laufbekleidung das Haus verlassen.«

Ihm schien gar nicht bewusst zu sein, wie viel er damit über sich preisgab.

»Irgendwie habe ich heute mehr Lust auf einen

gemütlichen Spaziergang. Und nachdem man draußen war, findet sich vielleicht noch eine andere Form der körperlichen Betätigung.« Sie zwinkerte ihm zu und grinste.

»Äh, okay.« Er schien sein Glück nicht fassen zu können. »Komm rein. Ich muss mich eben anziehen. Scheint ja ziemlich kalt zu sein.«

Spannberg ging ins Wohnzimmer, während er im Schlafzimmer verschwand. Im Gegensatz zum gestrigen Abend hatte er die Außenjalousien hochgezogen. Zu Bäckers Wohnung gehörte ein kleines Gartengrundstück. Da es in diesem Raum keine Terrassentür gab, hatte er vermutlich vom Schlafzimmer aus Zugang dazu. Sie trat ans Fenster und musterte interessiert die Umgebung. Über den Hintergarten konnte man die nächste Straße erreichen. Ein nicht unwichtiger Punkt für ihre weitere Planung.

5

Mit einem Tastendruck stoppte Till die Musik und griff zur Kamera. Zum zweiten Mal an diesem Vormittag verließ eine Person das Haus, diesmal ein Mann. Till richtete die Kamera aus. Der Bewohner drehte sich noch einmal zum Eingang um und schien auf jemanden zu warten. Sekunden später folgte eine Frau. Sie trug dicke Winterkleidung, eine Mütze und einen Schal, mit dem sie ihr Kinn und den Mund abdeckte.

Till drückte den Auslöser und überprüfte das geschossene Bild. Er hatte sie frontal eingefangen, wodurch er die Aufnahme später hoffentlich vergrößern könnte. Die Frau hakte sich bei ihrem Begleiter ein. Der lächelte. Sie gingen los und kamen Till entgegen. Er legte die Kamera auf den Beifahrersitz und rutschte ein wenig im Sitz nach unten und senkte den Kopf. Als sie noch gut zwanzig Schritte entfernt waren, hielt er sich das Telefon ans linke Ohr und wandte das Gesicht vom Fenster ab, ohne wieder hochzuschauen. So sah er zwar nicht, ob ihn das Paar registrierte, doch war es ihm wichtiger, dass sie ihn nicht erkannten. Immerhin konnte Till nicht ausschließen, dass Spannberg durch ihren Kontakt zu Jonathan auch dessen Umfeld ausspioniert hatte. Es wäre fatal, wenn sie ihn wiedererkennen würde. Falls es sich bei der Frau überhaupt um die gesuchte Mörderin handelte.

6

Spannberg achtete sehr genau auf die Umgebung, als sie das Haus verließ. Nach wenigen Sekunden bemerkte sie einen Mann in einem grauen Fahrzeug. Er legte etwas auf den Beifahrersitz, das sie in der Kürze der Zeit nicht genau erkennen konnte. Danach machte er keine Anstalten, das Auto zu verlassen.

»Gehen wir da lang«, sagte sie und hakte sich bei Bäcker ein.

Der lächelte. »Jetzt habe ich doch Spaß am Urlaub im Februar.«

»Hast du Pläne für die nächsten beiden Wochen?«

Bäcker plapperte los. Sie richtete ihre Konzentration auf den Mann im Auto, der sich sehr auffällig verhielt. Er rutschte im Sitz hinunter, senkte den Kopf und hielt sich kurz darauf auch noch ein Handy ans Ohr.

Trotz alledem erkannte Spannberg ihn wieder. Sie hatte ihn in Hamburg mindestens zweimal mit Jonathan Albrecht gesehen. Handelte er im Auftrag der Hamburger Bullen, die hier in Leipzig nicht ermitteln durften? Oder arbeitete er auf eigene Faust, um den Tod seines Freundes aufzuklären? Viel mehr beschäftigte sie noch ein anderer Gedanke: Wie hatte er sie ausfindig gemacht? Wann war ihr ein entscheidender Fehler unterlaufen?

Sie schlenderten an dem grauen Fahrzeug vorbei.

Der Mann wandte den Kopf auffällig weit ab. Jemandem wie Bäcker wäre er wohl nicht aufgefallen. Selbst ihr nicht, wenn die alte Weller sie nicht zufällig vorgewarnt hätte. Ob der Mann der Anrufer war, der sich als Mitarbeiter der Wohnungsbaugesellschaft ausgegeben hatte?

Ungefähr hundert Meter voraus kreuzten sich zwei Straßen. Sie konnten weiter geradeaus laufen oder nach rechts abbiegen.

»Theresa?« Offenbar hatte Bäcker ihr eine Frage gestellt.

»Ja?«

»Sag schon. Gehst du gern ins Kino?«

»Wenn ein guter Film läuft. Aber weißt du, was ich bei Kinobesuchen am meisten mag? Das sind nämlich nicht die Filme.«

»Lass mich raten. Die Nachos?«

Sie grinste. »Du bist ein wahrer Frauenkenner.«

Bäcker plapperte weiter und offenbarte detaillierte Kenntnisse über die Kinostreifen, die derzeit liefen oder in den kommenden Wochen starteten.

»Lass uns hier lang.«

Die beiden bogen um die Ecke.

7

»Scheiße!«, fluchte Till.

Er sah im Außenspiegel das Paar um die Ecke biegen. Hatte die Frau ihn bemerkt? Normalerweise verfolgte er Menschen, die nicht mit einer Observation rechneten. Selbst wenn sie misstrauisch waren, wussten sie nicht, wie er aussah oder um wen es sich bei ihm handelte. In diesen Fällen genügte es, wenn er ihnen nicht zweimal hintereinander auffiel.

Hatte er in seinen Überlegungen zu wenig berücksichtigt, dass Spannberg ihn durch den Kontakt zu Jonathan eventuell kannte? Falls gerade die mehrfache Mörderin an ihm vorbeimarschiert war: Hatte sie ihn erkannt?

Er griff zu seiner Kamera und sah sich das Bild an. Über die Funktionstasten des Displays vergrößerte er es. Er musste sich das später am Laptop genauer ansehen und mit Fotos der ehemaligen Gefängnispsychologin vergleichen. Aber vorerst ...

Till entschied sich intuitiv für seinen nächsten Schritt. Er zog den Zündschlüssel, öffnete die Wagentür und lief den Spaziergängern hinterher. An der Ecke bremste er ab. Vorsichtig spähte er um die Hauswand. Die beiden Hausbewohner folgten nach wie vor Arm in Arm der Straße. Till nahm die Kamera und schaute durch den kleinen Sucher. Er stellte den größtmöglichen Zoom ein, dann legte er den Finger auf den Auslöser. Die Digitalkamera schoss acht Bilder. Danach zog er sich wieder um die Hausecke zurück. Die Straße, die das Paar entlangging, führte den nächsten Kilometer oder noch länger geradeaus. Einige Seitenstraßen kreuzten zwar, aber er hatte keine Garantie, dass die beiden Verfolgten abbiegen würden. Es war unmöglich, ihnen unauffällig zu folgen. Wenn sich die Frau auf gerader Strecke umdrehte, würde sie ihn bemerken.

Till analysierte erneut das erste Foto. Er konzentrierte sich auf den Mann, dessen Gesicht man viel besser erkannte. Noch immer stand die Frage im Raum, ob Spannberg mit einem Komplizen zusammenarbeitete. Hielt er dafür gerade den Beweis in der Hand?

8

Zum zweiten Mal in den letzten Minuten drehte sich Spannberg um. Niemand war zu sehen.

»Was ist los, Theresa? Hast du Angst, dein Ex folgt uns?«

»Wie bitte?«, fragte sie, um ein paar Sekunden Zeit zu gewinnen.

»Du schaust dich jetzt schon zum zweiten Mal um. So, als würdest du verfolgt. Von Erwin?«

Spannberg lachte und entschied sich für eine andere Geschichte. Ein stalkender Ex könnte Bäcker Angst einjagen. »Nein. Mein ehemaliger Göttergatte turnt entweder gerade auf seiner Sekretärin herum oder arbeitet. Das ist mir peinlich, aber ... ich hab furchtbare Panik vor großen Hunden.«

»Wirklich? Wieso das?«

»Seit meiner Kindheit. Mich hat damals ein Schäferhund in die Wade gebissen. So etwas vergisst man nie.«

»Wie schrecklich!«

»Ziemlich nervige Angelegenheit, dass ich mich ständig umdrehe, oder?«

»Beim Laufen auch?«

Sie lachte erneut. »Klar. Ich wäre bestimmt jeden Tag fünf Minuten früher fertig, wenn ich nicht immer einen großen Bogen um Hundebesitzer machen würde. Treibst du eigentlich Sport?«

Er behauptete, ziemlich sportlich zu sein, aber wegen seines Jobs meist keine Zeit dafür zu finden. Das klang nach den Ausreden eines Mannes, der lieber Pornos schaute oder in den Sachen fremder Frauen wühlte und sich erdreistete, einen Slip einzustecken.

Nach fünf Minuten blieb Spannberg stehen und drehte sich um. Überrascht folgte er ihrem Beispiel und stolperte fast über die eigenen Füße. Es fiel ihr schwer, ein schadenfrohes Grinsen zu unterdrücken.

»Mir wird es zu kalt. Lass uns nach Hause gehen.«

»Da habe ich nichts gegen.«

Niemand verfolgte sie oder versteckte sich in einem Hauseingang. Spannberg beschleunigte ihren Schritt.

»Du hast es ja eilig«, wunderte er sich.

»Ach, du weißt ja, wie wir Frauen sind. Im einen Moment die große Hitze, dann blitzschnell kalte Füße. Hast du es eigentlich warm bei dir?«

»Die Heizungen im Haus funktionieren super. Wie warm willst du es haben?«

»Kuschlig.«

Nach einer Weile bogen sie um die letzte Hausecke. Spannberg bemerkte sofort die neue Parklücke am Straßenrand. Der graue Wagen war verschwunden und stand auch sonst nirgendwo weiter die Straße entlang.

Bäcker schloss die Haustür auf. Er räusperte sich. »Was hast du eigentlich vorhin mit der anderen Form der körperlichen Betätigung gemeint?«

Hinter ihnen fiel die Tür klackend zu.

Mühelos verlieh sie ihrer Stimme einen

verführerischen Klang. »Das zeige ich dir gleich gerne.« Dann hauchte sie ihm ins Ohr: »Ich habe mir letzte Woche neue Dessous gekauft. Die Alten, die ich für meinen Mann getragen habe, sind alle im Müll gelandet. Willst du meinen Einkauf sehen?«

Er nickte bloß und schaute sie mit großen Augen an.

»Dann dusch jetzt und warte auf mich in deinem hoffentlich warmen Schlafzimmer. Ich mache mich eben bei mir fertig. Übrigens fänd ich's toll, wenn du mir deinen Schlüssel gibst, damit ich nicht im Flur rumstehen muss.«

Er öffnete seine Wohnungstür und drückte ihr bereitwillig den ganzen Schlüsselbund in die Hand.

»Falls es ein paar Minuten länger dauert, wundere dich nicht. Strumpfhalter anzulegen kann dauern.« Sie hauchte ihm einen Kuss auf die Wange.

»Macht nichts«, sagte er mit belegter Stimme. »Ich warte im Bett.«

»Da gehörst du hin.«

Spannberg wandte sich ab. Bäcker betrat seine Wohnung und schloss die Tür. Ob er ihr sehnsüchtig hinterher gestarrt hatte? Sie spielte ihre Optionen durch. Ihr Verdacht, dass es sich bei dem Mann in dem Fahrzeug um jemanden handelte, der sie beobachtete, hatte sich während des Spaziergangs gefestigt. Doch es war kein Bulle, sondern vermutlich der Hamburger Privatdetektiv. Sie schloss daraus, dass ein Zugriff nicht unmittelbar bevorstand. Trotzdem lief ihr die Zeit davon. Sie brauchte dringend einen neuen Unterschlupf.

In der Wohnung öffnete sie den Dielenwandschrank.

Hinter Putzutensilien und dem Staubsauger hatte sie einen kleinen Koffer versteckt, den sie nicht unmittelbar bei ihrem Bett lagern wollte. Doch dann überlegte sie es sich anders. Die Sachen darin konnte sie auch später noch in Bäckers Wohnung bringen.

Aus dem Schlafzimmerkleiderschank holte sie den großen Reisekoffer und öffnete den doppelten Boden. Sie griff nach dem Seil, dann zog sie sich aus. Sie musste irgendwie kaschieren, dass sie keine Dessous trug. Zu den Sachen, die der Hauptmieter im Schrank zurückgelassen hatte, gehörte ein Bademantel. Spannberg nahm ihn vom Haken und schlüpfte hinein. Ihren eigenen Sachen entnahm sie eine schwarze Nylonstrumpfhose und zog sie an. So wirkte das Gesamtbild stimmiger. Sie ging ins Badezimmer. Auch hier standen noch Dinge, die der Hauptmieter nicht ins Ausland mitgenommen hatte. Unter anderem eine kleine Flasche Massageöl. Spannberg steckte das Öl zum Seil in eine Bademanteltasche.

Bevor sie den Hausflur betrat, schaute sie durch den Spion. Dann öffnete sie verstohlen die Tür. Niemand durfte sie beobachten. Sie lauschte auf Schritte oder andere Geräusche. Alles ruhig. Spannberg huschte zu Bäckers Wohnung und schloss sie auf. Die Tür zum Schlafzimmer stand offen.

»Ich bin hier drin«, sagte er. »Komm her!«

Sie folgte der Stimme und sah ihre frühere Vermutung gleich bestätigt: Der Zugang zur Terrasse führte übers Schlafzimmer.

»Wieso noch im Bademantel?«, fragte er.

Spannberg kicherte mädchenhaft. »Nur Geduld. Ich wollte nicht wie eine Nutte durch den Flur laufen.«

»Dann zieh ihn jetzt aus!«

»Gleich!« Sie griff in die Tasche und präsentierte ihm das Massageöl. »Ich bin übrigens eine fantastische Masseurin. Für mich ist es das perfekte Vorspiel, einem Mann über die Muskeln zu streichen. Dreh dich auf den Bauch.«

Er zögerte.

»Es wird dir gefallen, und nach dem Rücken kümmere ich mich um ein anderes Körperteil. Außerdem liebe ich es, mit meinen Brüsten über einen glitschigen Körper zu streichen.«

»Ich bin gespannt. Aber nicht die Dessous ausziehen.«

»Ich lasse den Bademantel erst mal an. Bis mir warm genug ist.«

Er drehte sich um. Sie stieg auf seinen Rücken und fuhr ihm durchs Haar. Das Öl verschwand wieder in der Tasche. Dafür zog sie das Seil heraus.

»Schließ die Augen und genieß es. Das wird der beste Sex deines Lebens.«

Er stöhnte erregt.

In einer fließenden Bewegung hob sie seinen Kopf an und schlang ihm das Seil um den Hals. Bevor er registrierte, was passierte, schnürte sie ihm die Luft ab. Wieder stöhnte er, diesmal allerdings nicht aus Erregung. Er schlug nach hinten und versuchte, sie abzuwerfen. Doch die Matratze war zu weich und seine Liegeposition zu ungünstig, um genügend Druck aufzubringen.

»Du mieser Wichser!«, zischte sie. »Hast du in meinen Slip gespritzt?«

Er gurgelte. Mit der Linken griff er nach hinten, erwischte jedoch nur den Bademantel.

»Stirb endlich!«

Sie erhöhte den Druck. An ihren Beinen spürte sie Feuchtigkeit. Seine Blase entleerte sich. Trotz ihres Ekels verharrte sie in ihrer Position. Bäckers andere Hand hob sich ein kleines Stück, bevor sie Sekunden später auf die Matratze zurückfiel. Auch sein Röcheln erstarb. Trotzdem drückte sie weiter zu. Erst als ihre Arme vor Anstrengung schmerzten, lockerte sie das Seil und tastete nach einem Puls.

9

Till kopierte die Fotos von der Kamera auf den Laptop. Das frontal aufgenommene Bild vergrößerte er mehrfach und verglich es mit dem Material, das er über Spannberg im Internet fand.

Er erkannte gewisse Ähnlichkeiten bei der Nase und der Augenpartie. Doch ein unwiderlegbarer Beweis war das nicht.

Till erhob sich vom Schreibtisch und tigerte durchs Apartment. Um Hauptkommissar Krumm zu überzeugen, blieb ihm vermutlich nur ein Versuch. Sollte er es jetzt schon wagen oder auf bessere Fotos hoffen? Aus dem Kühlschrank holte er eine Flasche Fritz-Kola. Er setzte sich zurück an den Schreibtisch, trank einen großen Schluck und wog ein letztes Mal Vor- und Nachteile ab. Dann griff er zum Handy und wählte die Nummer des Hamburger Hauptkommissars.

»Krumm!«, meldete der sich.

»Buchinger am Apparat. Haben Sie einen Augenblick Zeit?«

»Worum geht's?«

»Ich glaube, ich habe Spannberg aufgestöbert.«

In der Leitung herrschte einen Moment überraschtes Schweigen. Dann hustete Krumm kurz. »Ist sie zurück in Hamburg?«

»Ich bin gerade in Leipzig. Mir sind ein paar Fotos

aus einigen Metern Entfernung gelungen. Wollen Sie die prüfen?«

Krumm nannte ihm seine berufliche E-Mail-Adresse. Während Till die E-Mail parallel zum Telefonat verfasste, warnte er den Hauptkommissar vor, dass er sich selbst nicht ganz sicher sei.

»Nehmen wir an, Sie haben recht. Wie ist es Ihnen gelungen, Deutschlands meistgesuchte Frau zu finden? Eine Aufgabe, an der bislang alle Polizeidienststellen gescheitert sind.«

Till berichtete ihm, dass er bei seiner Recherche eine E-Mail-Adresse ermittelt hatte und der Sache auf den Grund gegangen sei. Bei seinen Ausführungen blieb er bewusst vage. »Das Foto ist verschickt«, sagte er schließlich.

»Ich prüfe Ihr Material und melde mich. Bis dahin unternehmen Sie gar nichts mehr. Das ist keine Bitte! Ich hoffe, wir verstehen uns.«

»Hundertprozentig. Ich habe mir in Leipzig ein Apartment genommen. Bis ich wieder von Ihnen höre, bleibe ich hier.«

10

Krumm und Dorfer begutachteten die vergrößerten Bilder.

»Die Statur kommt hin«, fällte Dorfer sein Urteil.

Sein Partner nickte und wechselte zu dem frontal geschossenen Foto. »Verdammte Mütze! Verdammter Schal.«

»Gerade das finde ich verdächtig. Sie läuft regelrecht vermummt herum, während ihr Begleiter normal winterlich gekleidet ist.«

»Ob das ihr Komplize ist?«

»Möglich.«

Die beiden Männer studierten das Bild eine Weile. Krumm zoomte auf das Gesicht. »Mein Gefühl sagt mir, sie ist es.«

»Wir könnten in Leipzig Amtshilfe anfordern«, schlug Dorfer vor.

Krumm stöhnte auf. »Bitte nicht. Den Ossis die Lorbeeren überlassen? Ist das dein Ernst? Hinterher behaupten die noch, ihnen wäre im Handumdrehen gelungen, was wir seit über einem Jahr erfolglos versuchen.«

»Hast du Probleme mit unseren ostdeutschen Kollegen?« Dorfer klang amüsiert.

»Wenn der Soli erst mal abgeschafft ist, verringern sich meine Vorbehalte schlagartig.«

»Trotzdem können wir nicht einfach nach Leipzig fahren und sie festnehmen.«

»Das muss wohl Dellhorst entscheiden.« Krumm griff zum Telefon und wählte die Nummer ihres Vorgesetzten.

Fünf Minuten später saßen sie in Dellhorsts Büro. Der Polizeirat leitete das Fachkommissariat 41, das für Tötungsdelikte zuständig war. Der Endfünfziger nahm sich viel Zeit, um die Bilder zu prüfen, und sprach unterdessen kein einziges Wort. Schließlich trank er einen Schluck Wasser.

»Die Fotos stammen von einer Privatperson, mit der Sie Informationen ausgetauscht haben, Krumm?«

»Buchinger ist ein Kollege und Freund des ermordeten Albrecht. Ich habe ihn vor Wochen kontaktiert, um Hinweise auf die Arbeitsweise Albrechts zu bekommen. Dass Buchinger auf eigene Faust ermittelt, haben wir nie explizit besprochen.«

»Wenn das die Presse erfährt. Wie stehen wir dann da?«

»Gibt es einen Weg, die Sachsen aus dem Spiel zu lassen?«, fragte Dorfer. »So könnte man Buchingers Rolle kleiner darstellen, als sie war. Oder ihn ganz außen vor lassen.«

»Die Sachsen aus dem Spiel lassen? Wie soll das gehen?«, erwiderte Dellhorst. »Wir können froh sein, wenn wir bei deren Besprechungen anwesend sein dürfen.«

Krumm verdrehte die Augen.

»So ist das halt in einem föderalen System.« Dellhorst legte die Finger aneinander. »Wir müssen im Spiel bleiben. Wer weiß, wie die da drüben es sonst vermasseln. Ist es Ihnen möglich, jetzt sofort nach Leipzig aufzubrechen?«

Krumm nickte. »Kein Problem.«

»Kriege ich eingerichtet«, sagte Dorfer deutlich zögerlicher.

»Rufen Sie an, sobald Sie dort eingetroffen sind. Ich sorge dann dafür, dass unser Polizeipräsident den Leipziger Kollegen kontaktiert. Wir werden auf Ihre Anwesenheit bestehen. Der Rest zeigt sich.«

Zurück im Büro informierte Krumm den Personenfahnder über die Entscheidung seines Chefs.

»Mein Kollege und ich kommen noch heute nach Leipzig, um vor Ort mit den dortigen Behörden die Verhaftung zu organisieren.«

»Sie halten die Frau für Spannberg?«, vergewisserte sich Buchinger.

»Zumindest sehen wir eine reelle Chance, dass Sie einen Treffer gelandet haben.«

»Soll ich mich in der Straße auf Beobachtungsposten legen?«

»Keine schlechte Idee. Vorausgesetzt, Spannberg erwischt Sie nicht dabei.«

»Ich bin vorsichtig«, versprach Buchinger.

»Okay. Dann melde ich mich bei Ihnen, sobald wir uns mit den Sachsen kurzgeschlossen haben. Nennen Sie mir schon einmal die Adresse der Verdächtigen und des mutmaßlichen Komplizen. Vielleicht ist der Mann polizeibekannt.«

Kurz darauf verabschiedete sich Krumm von dem Personenfahnder und rief bei Dellhorst an, um die in Erfahrung gebrachte Anschrift weiterzuleiten. Zugleich telefonierte Dorfer mit seiner Frau, der er die kurzfristige Dienstreise beichtete.

Kaum hatte Krumm sein Gespräch beendet, lauschte er dem zerknirscht klingenden Kollegen.

»Es tut mir leid, Schatz. Aber das lässt sich nicht verschieben. Es geht um Spannberg. Bei der Verhaftung müssen wir vor Ort sein. Allein schon, um sie zu identifizieren.« Er hörte eine Weile zu und nickte mehrfach. Dabei mied er bewusst den Blickkontakt zu Krumm. »Wahrscheinlich übernachten wir in Leipzig.« Erneut schwieg er einen Moment. »Ich mache das wieder gut«, flüsterte er schließlich. »Versprochen. Ich liebe dich.«

Krumm stöhnte auf, als Dorfer das Telefonat beendete. »Oh mein Gott! Du stehst ja völlig unterm Pantoffel. Wie peinlich war das gerade eben? Hier geht's um deinen Job!«

»Ulrike ist auch berufstätig«, verteidigte Dorfer seine Ehefrau.

»Sie ist Freiberuflerin. Ihre eigene Chefin! Da wird sie wohl ein bisschen flexibel sein können.«

»Was weißt du schon vom Familienleben? Wie viele Polizistenehen zerbrechen am Job? Mir passiert das nicht!«

»Wenn ich dir so zuhöre, bleibe ich lieber für immer

Single.«

»Also gibt's bei dir nichts Neues in Sachen Partnerschaft? Diesbezüglich hältst du dich ja ziemlich bedeckt in letzter Zeit.«

Die beiden Männer zogen synchron ihre Lederjacken an.

»Außer Tinder brauche ich nichts.«

»Als du damals in Sandra verliebt warst, hast du ausgeglichener gewirkt.«

»Spinner! Bist du endlich so weit, oder musst du jetzt auch noch deine Eltern informieren, dass ihr Sohn eine Nacht auswärts schläft? Bestimmt erinnern sie dich daran, einen Pyjama und die Zahnbürste einzustecken.«

Krumm ließ Dorfer den Vortritt. Selbst mit eingeschaltetem Blaulicht würde die Fahrt wohl deutlich mehr als drei Stunden dauern. Genug Zeit, um über die Argumente nachzudenken, mit denen sie die Sachsen überzeugen wollten. Aber auch über seine Ex. Wenn es Buchinger gelungen war, eine Mörderin aufzuspüren, müsste ihm das bei Sandra noch viel leichter gelingen. Sobald Spannberg hinter Gittern säße, würde Krumm die Suche nach der Ex intensivieren. Und vielleicht sogar Buchinger engagieren.

11

Nach einer Stunde Fahrtzeit klingelte Krumms Telefon.

»Das ist Dellhorst«, informierte er seinen Partner, ehe er den Anruf annahm.

»Krumm, hören Sie. Ich hab mich anders entschieden. Die Leipziger Kollegen sind unterrichtet.«

»Wieso das?« Es fiel ihm schwer, seine Verärgerung zu unterdrücken.

»Sie und Dorfer können dort nicht ohne angemessene Vorlaufzeit auftauchen. Ich hab alle Vorschriften befolgt, auch wenn das Ihnen nicht gefällt. Der Leipziger Polizeipräsident hat mir erklärt, in solchen Fällen müsste das LKA aus Dresden hinzugezogen werden. In zweieinhalb Stunden findet in Leipzig eine Besprechung statt, an der Sie teilnehmen dürfen.«

»Das ist ja großzügig.«

»Sehen Sie zu, dass Sie pünktlich da sind. Die Ostdeutschen warten sicher nicht auf Sie.« Dellhorst nannte ihm die Adresse und beendete das Gespräch.

»Sesselfurzer!«, zischte Krumm. Er programmierte in das Navigationssystem den neuen Zielort ein. Das System berechnete eine Ankunftszeit, die nur knapp vor der angesetzten Besprechung lag. »Gib Gas!« Er fasste für seinen Partner das Gespräch mit Dellhorst knapp zusammen.

Sie erreichten das Polizeipräsidium zehn Minuten vor der vereinbarten Zeit. Ein uniformierter Beamter erwartete sie und führte sie in einen großen Besprechungsraum, wo ihnen acht Männer erwartungsvoll entgegenblickten.

»Die Hamburger Kollegen sind da. Es kann also endlich losgehen. Willkommen. Ich bin Polizeipräsident Walther.«

Der Mann reichte ihnen die Hand und stellte die Anwesenden namentlich vor. Neben dem Ersten Hauptkommissar Frank Starke nahmen vor allem LKA-Mitglieder an der Besprechung teil.

»Die Kollegen aus Dresden und wir Leipziger haben uns schon geeinigt. Das LKA besteht darauf, den Zugriff zu leiten«, fuhr Walther fort.

Starke schnaubte abfällig und fing sich deshalb einen bösen Blick seines Chefs ein. »Frank, wir haben das ausführlich diskutiert.«

»Ich bin dagegen. Aber ist ja auch egal.«

»Genau«, sagte ein Mann, den Walther als Hauptkommissar Röder vorgestellt hatte. »Wir danken Ihnen sehr für Ihre Vorarbeit. Für den Zugriff ist das LKA einfach besser ausgestattet.«

Krumm hatte den Eindruck, dass die Anwesenden versuchten, sich die Ermittlungsfortschritte der letzten Monate ans eigene Revers zu heften.

»Hauptkommissar Frank Starke und sein Team haben herausgefunden, wer der Mann auf dem Foto ist«, erklärte der Leipziger Polizeipräsident. »Er heißt Ronald Bäcker, ein Lagerist, Anfang vierzig. Polizeilich bislang nicht aktenkundig.«

»Bäcker wohnt seit zwölf Jahren an der Adresse«, fuhr Starke fort. »Wir vermuten, bei ihm handelt es sich nicht um einen Komplizen, sondern eher um jemanden, der in Gefahr schwebt. Falls sich die Frau an seiner Seite tatsächlich als die gesuchte Mörderin Spannberg erweist.«

»Vermuten oder wissen Sie das?«, hakte Krumm nach.

»Gesichert ist das nicht«, gab Starke zu. »Doch der gesunde Polizistenverstand lässt den Rückschluss zu. Wieso sollte ein Leipziger Einwohner, der seit vielen Jahren an einem Ort verwurzelt ist, einer Hamburger Mörderin helfen?«

»Leuchtet ein«, stimmte Dorfer zu.

Krumm sah ihn überrascht an. Warum fiel ihm sein Partner in den Rücken?

»In dem Haus wohnen insgesamt acht Parteien«, fuhr Starke fort. »Wir haben anhand der Informationen aus Hamburg und der Hilfe sozialer Medien einen Mieter ausfindig gemacht, der momentan aus beruflichen Gründen in Schottland lebt. Der Mann heißt Marcel Mohr. Meine Kollegin Mückenberg hat ihm eine Nachricht geschickt, die er vor einer halben Stunde beantwortet hat. Er hat Anfang Januar seine Wohnung für ein Jahr untervermietet, und zwar an eine gewisse Theresa Schumann. Sie hat die ersten sechs Monate bar im Voraus bezahlt. Leider hat Frau Schumann vergessen, sich im Bürgerbüro als Einwohnerin anzumelden oder auch nur ihren Namen an die Klingel zu schreiben. Sie wohnte laut Herrn Mohr vorher in Halle. Wir prüfen gerade, ob wir jemanden mit einer zutreffenden Vita in der Stadt finden.«

»Klingt ziemlich verdächtig«, sagte Dorfer.

»Und passt vor allem zeitlich. Hat dieser Mohr erwähnt, wie er sie als Untermieterin gefunden hat?«, fragte Krumm.

»Über das schwarze Brett eines Supermarktes.«

Krumm zollte Buchingers Fähigkeiten stillen Respekt. Bestimmt würde es ihm spielend leicht gelingen, Sandra aufzuspüren.

»Also nutzt sie möglicherweise zwei Wohnungen als Rückzugsort«, fasste Röder die Konsequenzen zusammen. »Beide liegen nebeneinander im Erdgeschoss.« Er schnippte mit dem Finger.

Sofort stand ein anderer Polizist von seinem Stuhl auf und trat zu einem Projektor, der an einen Laptop angeschlossen war.

»Sie sehen hier eine Google-Earth-Aufnahme«, erklärte Röder. »Alle Erdgeschosswohnungen der Häuser im Block verfügen über ein eigenes Gartengrundstück. Leider ist Bäcker stolzer Mieter einer solchen Garteneinheit.«

Krumm verzog den Mund. Buchinger hatte in den letzten Stunden vermutlich nur die Vorderseite beobachten können. Es gab also keine Garantie, dass sich Spannberg überhaupt noch vor Ort befand.

»Wir postieren hier zwei Polizisten, sodass sie freien Blick auf den Hintergarten haben.« Mit einem Laserpointer markierte er die Stelle. »Außerdem stürmen wir beide Wohnungen in Viererteams.«

»Liegt der Durchsuchungsbeschluss schon vor?«, fragte Dorfer.

Röder schüttelte den Kopf. »Wir haben beschlossen, den Rechtsgrundsatz *Gefahr im Verzug* zu unseren Gunsten auszulegen. Wir stürmen die Wohnungen ohne richterlichen Beschluss. Denn im Zweifel hätten wir bei der Faktenlage keine Genehmigung bekommen.«

Krumm dachte kurz darüber nach, was das bedeutete, falls es sich bei der Unbekannten nicht um Spannberg handelte. Zumindest in diesem Punkt war er froh, dass das LKA Sachsen die Verantwortung übernahm.

»Für welche Teams haben Sie uns eingeplant?«, fragte er.

Röder lächelte. »Ich habe tatsächlich nur acht Einsatzkräfte mobilisiert, da ich befürchten musste, dass Sie nicht die Füße stillhalten können.«

»Ganz gewiss nicht«, bestätigte Krumm.

»Sie und Ihr Kollege können die Hinterseite abdecken, um eine Flucht ...«

»Nein!«, unterbrach Krumm ihn.

»Nein?«

»Hauptkommissar Dorfer und ich sind ortsfremd. Die Gefahr, dass wir die Flucht der Mörderin deshalb nicht verhindern, ist viel zu groß.«

Röder stöhnte. »Die Teams für den Zugriff sind aufeinander eingespielt. Sie trainieren solche Situationen regelmäßig. Sie wären wie ein Fremdkörper.«

»Ich bin seit über fünfzehn Jahren Polizist und habe

schon zahlreiche Verhaftungen durchgeführt. Das Hamburger LKA muss bei der Stürmung anwesend sein. Alles andere ist indiskutabel.«

Röder trat zu einem seiner Leute und flüsterte ihm etwas ins Ohr. Der Mann antwortete genauso leise.

»Meinetwegen. Ich integriere Sie als fünftes Mitglied in das Team, das Bäckers Wohnung stürmt. Ihren Partner teilen wir Hauptkommissar Starke zu, mit dem er die Rückseite beobachtet.«

»Einverstanden«, sagte Dorfer an Starke gerichtet.

»Planen Sie mich für die Mohr-Wohnung ein, und wir sind handelseinig«, verhandelte Krumm weiter. Er wollte derjenige sein, der die Handschellen um Spannbergs Handgelenke einrasten ließ. Er vermutete sie eher in ihrer eigenen Wohnung.

»Entweder die Bäcker-Wohnung, oder Sie sind raus.« Röder klang nicht kompromissbereit.

»Ludger, lass gut sein«, murmelte Dorfer.

Krumm verdrehte die Augen. »Meinetwegen.«

12

Nach über zwei Stunden Funkstille meldete sich Hauptkommissar Krumm wieder mit einem Anruf bei Till. »Beobachten Sie das Haus noch?«

»Natürlich. Seit unserem letzten Kontakt sind drei Bewohner heimgekommen. Von der Frau oder ihrem Begleiter war nichts zu sehen.«

»Sie haben nur die Vorderseite im Blick?«

»Gibt es etwa einen Hinterausgang?«

»Leider ja. Die Leipziger Polizei hat den Mann auf Ihren Fotos identifiziert. Er heißt Ronald Bäcker. Zu seiner Wohnung gehört ein Gartengrundstück, über das man das Haus ebenfalls verlassen könnte und zu einer Parallelstraße gelangt.«

»Scheiße!«

»Nicht zu ändern. Selbst wenn Sie das gewusst hätten, wäre es für Sie unmöglich gewesen, beide Seiten zu observieren.«

»Wie ist Ihr weiteres Vorgehen?« Till vernahm Motorgeräusche. Offenbar hielt sich Krumm nicht mehr in einem Präsidium auf.

»Wir sind gerade losgefahren und in ungefähr acht Minuten vor Ort. Zwei Teams, die synchron beide Wohnungen stürmen. Ich gehöre zu einem der Einsatzkommandos. Mein Partner hält unterdessen mit einem Leipziger Beamten die Hinterseite im Auge.«

»Also sind wir in ein paar Augenblicken schlauer.«

»Hoffen wir's. Wie weit sind Sie vom Hauseingang entfernt?«

»Etwa fünfzig Meter.«

»Entfernen Sie sich möglichst weit. Nicht, dass Sie versehentlich die Polizeiaktion behindern. Trotzdem wäre es gut, wenn Sie den Eingang bis zu unserem Eintreffen im Blick behalten.«

»Alles klar. Viel Glück!«

»Sobald das hier vorbei ist, müssen wir uns einmal in Ruhe unterhalten.«

»Die Belohnung können Sie mir einfach aufs Konto überweisen.« Till schmunzelte.

»Da haben Sie sich einen Batzen verdient. Aber vielleicht hätte ich einen weiteren Auftrag für Sie.«

Im nächsten Moment brach die Verbindung ab. Es war nicht schwer vorherzusehen, über wen Krumm mit Till sprechen wollte. Allerdings würde er den Auftrag des Hauptkommissars ablehnen – oder ihn ins Leere laufen lassen. Till konzentrierte sich auf den bevorstehenden Zugriff. Es war einleuchtend, dass sie beide Wohnungen gleichzeitig stürmen würden. So vertraut, wie Spannberg und dieser Bäcker miteinander umgegangen waren, schloss er nicht aus, dass sich die Mörderin bei ihrem Nachbarn aufhielt. Gaukelte sie ihm Gefühle vor? Till schaute in den Rückspiegel. Er entdeckte hinter sich einige Parklücken. Um Krumms Tipp zu beherzigen, würde er bis zum Straßenende zurücksetzen und den Zugriff der Polizei von dort aus verfolgen.

13

»In einer Minute treffen wir am Einsatzort ein«, erklang die Stimme des Einsatzleiters in Krumms Ohr.

Sein Puls stieg. Wenn die Vermutung der Polizisten zutraf und Spannberg das Haus noch nicht verlassen hatte, wäre die seit über einem Jahr andauernde Jagd endlich beendet. Sie durften der Mörderin allerdings keine Chance zur Flucht geben. Sobald die Einsatzfahrzeuge vor Ort eintrafen, wäre sie vorgewarnt. Dementsprechend schnell musste von da an alles funktionieren.

»Wir haben an der Parallelstraße Stellung bezogen«, informierte Frank Starke das Team über Funk.

»Verstanden«, sagte Röder, der den Einsatz leitete.

Krumm nickte zufrieden. Dass die Mörderin unbemerkt entkäme, war ausgeschlossen. Natürlich konnten sie nicht ausgrenzen, dass Spannberg wieder mit Zaubertricks arbeitete. Die Explosion in Hamburg und das bereitgestellte E-Bike waren ihnen Warnung genug.

Trotzdem hatte sich das Einsatzkommando für eine rabiate Stürmung entschieden. Die ersten Männer an den Türen wären durch Schilde und entsprechende Kleidung zumindest teilweise vor Explosionen geschützt. Alles andere würde sich zeigen.

»Dreißig Sekunden. Wir biegen gleich in die Straße

ein.«

Krumm atmete tief durch. Adrenalin strömte durch seinen Körper. Eine Verhaftung der Serienmörderin würde seiner Karriere Schwung verleihen. Und danach …

»Jetzt!«

Die Einsatzkommandos bogen in die Seitenstraße ein. Ihre Zieladresse war das vierte Haus. Die beiden Einsatzwagen bremsten davor ab. Türen glitten auf. Blaulicht spiegelte sich in den umliegenden Fensterscheiben. Polizisten sprangen heraus. Zunächst lief ein Mann mit einer Ramme auf die Haustür zu. Er holte aus. Schon nach dem ersten Schlag flog die Tür in den Flur.

Nun hatten die Männer mit den Schilden und der Schutzkleidung Vorrang. Aufgrund ihrer schweren Kleidung ging es nur langsam voran. Krumm positionierte sich an hinterster Stelle bei dem Team, das für Bäckers Wohnung eingeteilt war.

Die Wohnung des Nachbarn lag im Hausflur vorn. Krumm hielt unbewusst den Atem an, als der Polizist in vorderster Linie mit der Ramme ausholte. Auch an dieser Tür reichte ein Schlag, um sie aufzubrechen. Krumm atmete wieder aus. Keine Explosion. Ebenso wenig bei der anderen Wohnung.

Die Männer mit der Schutzkleidung gaben den Weg frei. Jeweils drei Polizisten betraten die Mietwohnungen und sicherten nacheinander alle Räume. Sie stießen auf keinen Widerstand.

Krumms Euphorie verflog. Hatte Spannberg das

Haus rechtzeitig verlassen? Waren sie wieder am Anfang – ohne Ahnung, wohin die Mörderin geflohen war?

»Hände hoch!«, schrie einer der Polizisten.

Er hatte das Schlafzimmer erreicht und blieb knapp hinter der Türschwelle stehen, die Pistole aufs Bett gerichtet.

»Hände hoch und langsam aufstehen.«

Krumm erhaschte einen Blick an dem Polizisten vorbei zu einer Person, die reglos im Bett lag. Eindeutig ein Mann. Außerdem bemerkte er ein weiteres Detail. Auf dem Nachttisch lag ein vertrocknetes, rotes Rosenblatt.

»Letzte Warnung!«

Krumm ahnte, warum sich der Bewohner nicht regte.

»Ich fürchte, wir haben in Bäckers Wohnung eine männliche Leiche«, rief der vorne stehende Polizist.

»Ich schaue mir das näher an«, sagte ein weiterer Beamter.

»Nicht erschrecken, ich folge Ihnen«, erklärte Krumm.

Gemeinsam traten sie ans Bett. Mit der Pistole stupste der Sachse den reglosen Körper an. Krumm gab ihm Feuerschutz. Nichts passierte.

»Ich sehe blaue Verfärbungen am Hals, außerdem rote Striemen.«

Hatte sich Spannberg des lästigen Mitwissers entledigt?

Der Polizist tastete nach einem Puls.

»Kein Puls zu spüren«, sagte er ein paar Sekunden später.

Da die Leiche auf dem Bauch lag, war keine eindeutige Identifizierung möglich. Krumm steckte seine Waffe in das Holster.

»Wir müssen ihn identifizieren. Ich drehe ihn zur Seite.«

»Einverstanden«, bestätigte der ortsansässige Polizist.

Krumm schob seinen Arm unter die linke Schulter des Toten und hob den Oberkörper an.

14

Die letzten Stunden waren Spannberg wie eine Ewigkeit vorgekommen. Nachdem Bäcker stranguliert war, hatte sie die notwendigen Vorbereitungen getroffen. Zur Mittagszeit hatte sie das Haus verlassen, in dicke Winterkleidung gehüllt und mit einem Rucksack, in dem die wichtigsten Utensilien steckten. Aber nicht, um ihren Vorsprung zu nutzen und aus Leipzig zu verschwinden. Sie verfolgte andere Pläne und harrte nicht weit von ihrem Unterschlupf entfernt aus.

Ihre Zwangspause war beendet. Sie würde schnellstmöglich nach Hamburg zurückkehren, um ihren Rachefeldzug wieder aufzunehmen. Schnell und gnadenlos. Doch nicht, ohne zuvor einige Verwirrspiele zu veranstalten.

Als sie den grauen Wagen in die Straße einbiegen sah, bestätigte sich ihre Intuition. Der Personenfahnder war zurückgekehrt. Von einer sicheren Position aus beobachtete sie, wie er unweit der Haustür einen Parkplatz ansteuerte. Der Mann stieg nicht aus, den Blick stur nach vorn gerichtet.

Um nicht auszukühlen, lief sie mehrfach durchs Viertel und kehrte jeweils im Viertelstundenrhythmus zurück. Sie war gerade wieder an ihrer Beobachtungsposition eingetroffen, als der Personenfahnder den Wagen umsetzte. Weiter weg vom Hauseingang, als wolle er kein Hindernis darstellen. Oder diente das lediglich dazu, ihr nicht aufzufallen?

Spannberg wartete. Keine zehn Minuten später erhellte Blaulicht die einsetzende Dämmerung. Wieder hatte sie die richtigen Schlüsse gezogen. Sie setzte den Rucksack ab und steckte sich ihre Pistole in ihre Jackentasche. Aus immer mehr Fenstern der umliegenden Gebäude schauten neugierige Bewohner.

Unterdessen verschafften sich die Bullen Zutritt zum Haus.

Als Spannberg den Häftlingen hilflos ausgeliefert gewesen war und unfassbare Schmerzen erdulden musste, hatte sie sich gewünscht, die drei Peiniger in die Luft zu sprengen. Ihre Gliedmaßen sollten sich in alle Richtungen verteilen, selbst wenn das auch Spannbergs Tod bedeutet hätte. Sie hatte sich sogar gewünscht, in einem heißen Feuerball zu verglühen. In den Jahren nach der stundenlangen Vergewaltigung hatte sie dank des Internets jede Menge nützliches Wissen zusammengetragen. In ihrer Unterkunft hatte sie gelernt, Sprengfallen zu bauen und dabei erstaunliches Geschick bewiesen. Nicht ein Versuch war fehlgeschlagen. Sie war zur Sprengstoffexpertin herangereift. Eine Bombenweste herzustellen fiel ihr inzwischen ebenso leicht, wie mit Sprengstoff und einem Fernauslöser ein Moped in die Luft zu jagen.

Oder eine Sprengstofffalle aufzustellen, die erst dann explodierte, wenn Druck auf sie reduziert wurde. Zum Beispiel durch Anheben eines leblosen Körpers.

Spannberg wartete auf die tödliche Detonation.

15

Seit dem Eintreffen der Einsatzwagen hielt Till den Blick nach vorne gerichtet. Hoffentlich gelang es den Polizisten, Jonathans Mörderin aus dem Verkehr zu ziehen. Das Einsatzteam verschaffte sich Zutritt und verschwand im Inneren des Gebäudes.

Die folgenden Minuten zogen sich in die Länge. Till erwartete, dass die Polizisten Spannberg an Handschellen herausführten. Er würde sofort Jessica Bescheid geben und spätestens für den nächsten Tag ein Rückfahrticket nach Hamburg kaufen.

Plötzlich ertönte ein lauter Knall. Fensterscheiben zerbarsten, und Rauch drang aus dem Erdgeschoss. Fassungslos starrte Till nach vorne.

»Mein Gott«, flüsterte er entsetzt.

Die linke Hintertür seines Wagens ging auf. Till reagierte zu langsam. Als er sich umdrehte, saß bereits eine Frau auf dem Rücksitz und bedrohte ihn mit einer Pistole.

»Hallo Till.«

»Was wollen Sie von mir?« Sofort erkannte er die Mörderin, obwohl sie eine Mütze und eine Brille trug.

Mit der freien Hand schnallte Spannberg sich an. »Leipzig wird ein zu heißes Pflaster. Fahr los. Weg von den Einsatzfahrzeugen.«

»Vergessen Sie's!«

»Du hast keine andere Wahl. Oder willst du sterben? Wenn du nicht bis drei den Motor angestellt hast, folgst du deiner Frau und deinem besten Freund. Eins. Zwei.«

»Okay«, sagte er hastig und drehte den Zündschlüssel. »Wohin?«

»Unsere Wege trennen sich in Berlin. Je schneller wir die Autobahn erreichen, desto besser.«

»Berlin?«

»Einzelheiten erfährst du unterwegs.«

Till setzte in eine Hinterhofzufahrt zurück, wo er wendete. Mit einem letzten Seitenblick sah er, dass Polizisten aus dem beschädigten Haus stürmten.

»Keine Sorge. Ich schätze, es hat nicht mehr als ein oder zwei Tote gegeben. Die Sprengkraft war nicht sonderlich groß.«

Till fuhr an. »Sie haben unschuldige Polizisten getötet.«

»Vielleicht, vielleicht auch nicht. Zumal du das kleine Wörtchen *unschuldig* ziemlich unbedacht benutzt. War dein Freund Jonathan unschuldig?«

Er warf ihr im Rückspiegel einen bösen Blick zu. »Natürlich war er das.«

Sie lächelte freudlos. »Da vorne links«, wies sie ihn an der nächsten Kreuzung an.

Er setzte den Blinker, wartete den fließenden Verkehr ab und folgte der Anweisung.

»Warum haben Sie Jonathan getötet?«

»Er war eine Gefahr für mich. Hätte meinen Unterschlupf den Bullen verraten können.«

»*Ich* habe Sie an die Polizei verpfiffen.«

»Also trage genau genommen nicht ich die Schuld daran, falls gerade Bullen gestorben sind. Wie schon vorhin angedeutet. Unschuld ist ein großes Wort.«

»Schwachsinn!«

»Siehst du die Autobahnhinweisschilder? Wir fahren nach Berlin.«

Till ordnete sich in die entsprechende Spur ein. Die Frau hatte sich angeschnallt. Also hatte er keine Chance, sie mit einem abrupten Bremsmanöver auszuschalten. Aber würde ihr bei einem solchen Manöver vielleicht die Waffe aus den Händen fallen? Eine sehr vage Möglichkeit. Ob er sie wirklich nach Berlin fahren musste? Oder würde sie ihn auf einen leeren Rastplatz dirigieren und dort mit einem Kopfschuss hinrichten?

»Noch keine Straßensperren. Das ist gut«, murmelte sie zufrieden.

Er fuhr auf die Autobahn.

»Der Berliner Hauptbahnhof ist unser Ziel. Je schneller wir dort sind, desto eher bist du mich los und kannst dein Leben in Ruhe weiterführen. Falls ich es später vergesse: Such lieber nicht nach mir. Das gefährdet bloß deine Gesundheit.«

Sollten ihre Worte Überlebenshoffnung in ihm wecken? Sie überzeugten ihn nicht.

»Wieso haben Sie Jonathan getötet?«

Spannberg antwortete nicht sofort. Trotzdem ließ sie ihn keine Sekunde aus den Augen. Das würde auch für sie eine anstrengende Fahrt werden. Sie hielt die Pistole so tief, dass Vorbeifahrende sie nicht sehen konnten. War ihr klar, dass sie Till in den nächsten anderthalb bis zwei Stunden nicht aus den Augen lassen dürfte?

»Jonathan hatte einem meiner Peiniger geholfen, dessen Ex aufzuspüren. Daraufhin verletzte der Kerl die Frau schwer und kam dafür zum ersten Mal ins Gefängnis. Ohne Jonathan wäre der Mann vielleicht niemals im Knast gelandet und hätte nie die Gelegenheit gehabt, sich an mir zu vergehen.« Sie zuckte die Achseln.

Konnte das stimmen? Jonathan hatte ihm gegenüber nie erwähnt, dass einer seiner Aufträge so schwere Konsequenzen nach sich gezogen hatte. Hatte er es bewusst verschwiegen oder die Zusammenhänge gar nicht gekannt?

Till setzte den Blinker und wechselte auf die linke Spur.

»Ich schätze deinen Enthusiasmus«, sagte Spannberg. »Aber uns sollten keine Bullen wegen Geschwindigkeitsüberschreitung anhalten. Das wäre nicht gesund für dich.«

16

Um die notwendige Evakuierung des Hauses nicht zu behindern, warteten Frank Starke und Bastian Dorfer an ihrem Fahrzeug. Mit jeder Sekunde, die verstrich, wuchs Dorfers Gewissheit, dass seinem Partner bei der Explosion etwas zugestoßen war.

Starkes Handy klingelte.

»Hallo?«, meldete der sich und lauschte anschließend eine Weile. Aus seinem Gesicht war nichts abzulesen. »Ich sag's ihm.« Mit diesen Worten beendete der Leipziger Hauptkommissar das Gespräch.

Dorfer wusste bereits Bescheid. Er senkte den Kopf. »Hat es bei der Explosion Tote gegeben?«, fragte er leise.

»Zwei Kollegen.«

»Ludger?«

»Ja. Es tut mir sehr leid um Ihren Partner.«

»Wie ist es passiert?«

»Die Sprengladung war unter Bäckers Leiche angebracht. Ihr Partner hat den Leichnam angehoben, um ihn zu identifizieren, wodurch die Explosion ausgelöst wurde.«

»Oh Gott.«

»Hatte Ihr Freund Familie?«

»Zum Glück keine Frau, keine Kinder. Seine Eltern leben noch. Herzensgute Menschen mit argen

Gesundheitsbeschwerden. Ich habe sie ein paar Mal getroffen. Ludgers Vater hat Krebs, seine Mutter stark fortgeschrittene Arthrose. Keine Ahnung, wie ich ihnen das schonend beibringen kann. Ich muss meine Ehefrau anrufen. Sie soll nicht glauben, es hätte mich erwischt.«

»Machen Sie das!«

»Wie geht's jetzt weiter?«

»Die Fahndung nach Spannberg läuft auf Hochtouren. Bahnhöfe und der Flughafen werden verstärkt kontrolliert. Außerdem sichtet die Bundespolizei Videomaterial vom Hauptbahnhof und dem Flughafen. Wir konzentrieren uns auf den Bahnhof.«

»Straßensperren?«

»Verkehrskontrollen ja, Straßensperren nein.«

»Die ist eh schon über alle Berge. Sie hatte viele Stunden Vorsprung. Entschuldigen Sie mich.«

Starke nickte und verließ das Auto. Dorfer tippte unterdessen die eigene Festnetznummer ein und baute die Verbindung auf.

17

Das Navigationssystem, das Till während der Fahrt auf der Autobahn programmiert hatte, zeigte ihm eine Restzeit von zwölf Minuten an.

Spannberg hatte ihm unterwegs immer wieder Fragen gestellt und versucht, die Unterhaltung zwischen ihnen in Gang zu halten. Er hatte es jedoch vorgezogen, meistens einsilbige Antworten zu geben. Bei jedem Autobahnschild, das einen Rastplatz ankündigte, hatte er befürchtet, sie würde ihn abfahren lassen. Doch sie waren ohne Pause nach Berlin gereist.

»Deine aktuelle Situation ähnelt stark dem, was ich im Gefängnis erleben musste«, sagte Spannberg. Die letzten Gesprächsthemen waren nicht so ernst gewesen. Vielmehr hatte sie ihn nach seiner Meinung über Leipzig und seinen Lieblingsplätzen in Hamburg gefragt. »Ich war davon überzeugt, sterben zu müssen. So wie du jetzt glaubst, dass ich dich kaltblütig erschieße. Ich seh's dir an. Dein Blick fällt im Spiegel immer wieder auf die Pistole.«

»Ehrlich gesagt hoffe ich auf eine Gelegenheit, Sie zu überwältigen.«

Spannberg lachte. »Das wäre sehr dumm, denn es würde dir nicht gelingen. Damals im Gefängnis habe ich mir den Tod übrigens herbeigesehnt. Nur, um den Schmerzen zu entfliehen.«

»*Ich* wünsche mir ganz sicher nicht zu sterben.«

»Dann freut es dich bestimmt, dass unser Ausflug nicht mit deinem Tod endet – vorausgesetzt, du verhältst dich klug.«

Konnte er ihr glauben? Oder würde sie ihn gleich nach der Ankunft in Berlin mit einem Kopfschuss hinrichten?

»Im Parkhaus fährst du direkt in die unterste Etage. Egal, wie viel freie Plätze dir vorher auffallen.«

Über den Tiergartentunnel erreichte Till ein paar Minuten später das Parkhaus. Er wartete vor der Schranke, ließ das Fenster herab und zog ein Ticket. Im Rückspiegel fiel ihm auf, dass Spannberg die Waffe inzwischen mit der Jacke abdeckte. Obwohl er die Mündung nicht mehr sah, zweifelte er nicht daran, dass sie weiterhin auf ihn gerichtet war.

Er fuhr in die unterste Ebene. Auch hier waren schon zahlreiche Plätze belegt. Spannberg verzog den Mund.

»Fahr bis nach hinten«, wies sie ihn an. »Du parkst an einer Mauer. Mach keine Dummheiten.«

Im Schneckentempo rollte er an den geparkten Fahrzeugen vorbei.

»Da hinten!«

Till sah sofort, welchen Platz sie meinte. Auf der Fahrerseite grenzte eine Mauer an die Nische, rechts daneben waren zwei Lücken frei.

Er blinkte.

»Ich bin sicher, du bist ein guter Fahrer. Schön nah

an die Wand.«

Till versuchte erst gar nicht, sich ihrer Aufforderung zu widersetzen. Um das hier zu überleben, würde er gehorchen müssen. Es sei denn, sie beginge einen Fehler. Doch Spannberg blieb noch immer angeschnallt und saß außerhalb seiner Reichweite. Er parkte den Wagen.

»Motor und Licht aus! Komm ja nicht auf die Idee, den Gurt abzulegen. Du weißt ja: Gurte retten Leben.«

Ob sie ihn in den nächsten Sekunden erschießen würde? Momentan hielt sich niemand in der Nähe des Parkplatzes auf, der die Tat beobachten könnte. Für sie eine gute Gelegenheit.

»Du streckst jetzt deinen rechten Arm nach hinten. Ich lege dir Handschellen an. Das wird zwar ziemlich unbequem, aber immer noch besser, als zu sterben.«

Zögerlich folgte er der Anweisung. Sie beugte sich auf der Rückbank ein Stück vor und entnahm ihrem Rucksack ein Paar Handschellen. Die Kette zwischen den Schellen wirkte länger als bei normalen Polizeihandfesseln.

Er streckte den Arm nach hinten. Sie legte ihm den kalten Stahlbügel um und ließ ihn eng einrasten.

»Ich hab nichts gegen dich. Obwohl du mich aufgespürt hast, darfst du weiterleben. Aber ich rate dir dringend, die Suche nach mir nicht fortzusetzen. Beim nächsten Mal bin ich nicht so großherzig. Jetzt den linken Arm.«

Till folgte der Aufforderung. Sie zog die Hand so weit zu sich, bis er vor Schmerz aufstöhnte. Erst dann legte sie ihm die zweite Schelle an.

»Brav!«, verhöhnte sie ihn. »Ich hoffe in deinem Interesse, dass wir uns nie wiedersehen.«

Sie spitzte ihre Lippen und warf ihm einen Luftkuss zu. Dann öffnete sie die Tür und verließ das Fahrzeug.

Erleichtert atmete Till durch. Seine Situation war zwar schmerzhaft, doch hatte er überlebt. Nur darauf kam es in diesem Moment an.

Soweit es seine Sitzposition zuließ, beobachtete er ihre Flucht. Sie steuerte gesenkten Blickes einen Ausgang an, öffnete die Tür und verschwand aus seinem Blickfeld.

Er rutschte ein wenig im Sitz nach links, um den Arm zu entlasten. Dann versuchte er, die Hupe zu betätigen. Ein aussichtsloses Unterfangen. Ihm blieb nur die Hoffnung, dass jemand in seiner Nähe parken und ihn bemerken würde. Sonst wäre er noch morgen früh mit tauben Gliedern an den Autositz gefesselt.

18

Spannberg lief die Stufen des Parkhauses hoch, die direkt zum Bahnhofsgebäude führten. Oben angekommen studierte sie die Informationstafel, um zu ergründen, welche Züge in den nächsten Minuten abfuhren. Von Gleis zwei fuhr ein EC ab, der für sie infrage kam. Sie ging zu einem freien Ticketautomaten und kaufte eine Fahrkarte, die sie bar bezahlte. Dabei stellte sie sich so vor den Monitor, dass keine Kamera ihre Eingabe aufzeichnen konnte. Ob das Computersystem speicherte, wann an welchem Automaten welches Ticket verkauft worden war? Im ganzen Bahnhof hingen Videokameras. Sie musste also befürchten, irgendwann von den Bullen aufgestöbert zu werden.

Doch je später das geschah, desto besser.

Ob Buchinger schon sein Glück fassen konnte, dass er die Flucht nach Berlin überlebt hatte? Glaubte er ihr? Natürlich hatte sie ihn nicht aus reiner Nächstenliebe verschont. Spannberg brauchte ihn für ihre Pläne. Nur deswegen lebte er noch.

Der Automat warf die ausgedruckte Fahrkarte in den Kartenschacht. Sie nahm sie heraus und ging zu den Rolltreppen. Der Zug fuhr in sechs Minuten von einem der untersten Bahnsteige ab.

Von der Rolltreppe aus sah sie den EC einfahren, doch da es keinen Grund zur Eile gab, blieb Spannberg mit gesenktem Blick stehen. Als sie unten ankam, forderte eine automatische Ansage die Fahrgäste auf einzusteigen. Die ehemalige Gefängnispsychologin betrat einen der Wagons. Die Sitzplätze in der zweiten Klasse waren bloß zur Hälfte belegt. Sie setzte sich auf einen freien Platz und behielt die Türen im Auge, die sich kurz darauf schlossen. Es ruckte im Abteil, als der Zug losfuhr.

Sie nahm ihr Smartphone und stoppte die Diktierfunktion, die seit dem Aufbruch in Leipzig alles aufgenommen hatte. Der Akkustand betrug nur noch zwölf Prozent. Spannberg spielte die Aufnahme ab. Kurz darauf erklang Buchingers Stimme – gedämpft, da sie das Telefon in der Jackentasche aufbewahrt hatte. Mit der richtigen Software wäre es allerdings kein Problem, die Tonqualität zu verbessern. Das Gespräch bot genug Material für ihre Pläne. Zufrieden stoppte sie den Mitschnitt und schaute aus dem Fenster.

19

Zwei Lücken weiter rechts von Buchingers Auto fuhr ein weißer Wagen in die Parkbox. Seit Spannbergs Verschwinden war eine Dreiviertelstunde vergangen. Tills Schultergelenke schmerzten höllisch. Er musste dringend befreit werden, um keine bleibenden Schäden zurückzubehalten.

In dem Auto saßen vier Menschen. Zwei Erwachsene vorne, hinten zwei Teenagermädchen. Die Wagentüren öffneten sich fast synchron.

»Hilfe!« Till schlug mit dem Kopf ans Fahrerfenster, obwohl ihn jede Bewegung schmerzte. »Hilfe! Ich bin gefesselt.« Ein erneuter Stoß. »Hilfe!«

Der Fahrer des weißen Wagens schaute zu ihm.

»Helfen Sie mir! Öffnen Sie bitte die Tür. Ich bin gefesselt!«

Zögerlich trat der Mann an die Beifahrerseite heran.

»Hilfe!«, wiederholte Till verzweifelt.

Die Beifahrertür ging auf. »Was ist mit Ihnen?«, fragte sein Retter.

»Rufen Sie die Polizei. Ich bin vor ein paar Stunden von Franka Spannberg in Leipzig entführt worden. Sie hat mich mit Handschellen gefesselt. Franka Spannberg. Die Polizei wird sofort wissen, um wen es geht.«

Der Mann schaute zum Rückraum. »Oh Gott. Sie Ärmster!«

»Wählen Sie den Notruf.«

Der Mann wandte sich ab. »Eva-Maria! Wo ist dein Handy? Wir müssen die Polizei rufen.«

Die Frau öffnete ihre Handtasche, kramte darin herum und reichte schließlich ihrem Mann das Telefon. »Mach du das!«

Er nahm das Mobiltelefon entgegen. »Wie lautet dein Entsperrcode?«

»Viermal die Null.«

Sekunden später erklärte der Mann dem Beamten am anderen Ende der Leitung, was passiert war. Das Telefonat dauerte erfreulich kurz. Offenbar bewirkte der Name der Mörderin Wunder.

»Sie schicken Polizisten der Bundespolizei«, sagte der Mann. »Gleich sind Sie frei.«

»Hoffentlich«, stöhnte Till. »Tausend Dank! Ich weiß nicht, wie lange ich es noch ausgehalten hätte. Wie heißen Sie?«

»Martin Holz. Das sind meine Frau Eva-Maria und unsere Töchter Josefine und Helena.«

»Ich hoffe, ich ruiniere Ihnen nicht Ihre Abendplanung.«

»Keine Sorge«, sagte Holz. »Sie gehen vor. Wir bleiben, bis die Polizei hier ist.«

Eines der Mädchen verzog missmutig den Mund. Till konzentrierte sich auf seine Atmung, um die Schmerzen in den Gelenken auszublenden.

»Ist Spannberg nicht diese ehemalige Gefängnispsychologin?«, fragte Frau Holz. »Die in Hamburg furchtbar viele Menschen getötet haben soll?«

»Ja«, bestätigte Till.

»Wie sind Sie ihr in die Quere gekommen?«

»Das ist eine lange Geschichte.«

Weil ihm die Ablenkung guttat, begann er, Familie Holz von den letzten Wochen zu berichten. Doch schon nach wenigen Minuten erhellte Blaulicht die Tiefgaragenebene. Ein Streifenwagen der Bundespolizei näherte sich ihnen. Holz hob beide Hände, um die Polizisten auf sich aufmerksam zu machen.

20

Freitagmorgen wartete Bastian Dorfer darauf, dass sein Vorgesetzter Dellhorst ihn über das weitere Vorgehen unterrichtete. Dorfer war am späten Donnerstag aus Leipzig zurückgekehrt. Er verspürte Wut und Trauer. Die Mörderin hatte sie erneut ausgetrickst. Dass es ausgerechnet den Leiter der Hamburger Soko getroffen hatte, war für Spannberg ein glücklicher Zufall gewesen. Falls sie sich nun deshalb in Sicherheit wog, würde sie ihren Irrtum rasch bemerken. Dorfer würde nicht eher ruhen, bis sie im Gefängnis saß.

Es klopfte an seiner Bürotür.

»Herein!«

Dellhorst trat ein. Betreten schaute er zu Krumms Schreibtischhälfte. »Verdammte Scheiße!«, sagte er leise.

Dorfer schluckte den Kloß in seinem Hals hinunter. Seine Beklemmung wegen Krumms Tod würde wohl noch sehr lange anhalten.

Dellhorst zog Krumms Stuhl zurück, überlegte es sich aber anders und nahm auf einem der Besucherstühle Platz.

»Ich war gestern Abend bei Ludgers Eltern. Beide sind schwer krank. Als sie vom Tod ihres einzigen Sohns erfuhren, schien sie auch der letzte Lebenswille zu verlassen.« Dorfer schauderte. »Keine Ahnung, wie sie die Beerdigung verkraften sollen.«

»Diese verdammte ...« Dellhorst ließ den Satz unvollendet. Stattdessen räusperte er sich. »Es gibt Neuigkeiten. Spannberg hat sich eine Fahrkarte nach Warschau gekauft. Ihre Spur verliert sich an der polnischen Grenze. Sie ist an keinem deutschen Bahnhof ausgestiegen.«

»Das ergibt keinen Sinn!« Dorfer schüttelte energisch den Kopf. »Sie ist bislang nie ins Ausland geflohen.«

»Die Videoüberwachung des Berliner Hauptbahnhofs lässt nur diesen Schluss zu. Erstens sieht man auf Aufnahmen von ihr, dass gerade eine Verbindung nach Polen auf den Informationstafeln angezeigt wird. Zweitens haben wir sie zum entsprechenden Gleis gehen sehen.« Er zählte die Punkte an den Fingern ab. »Drittens ist sie in diesen Zug eingestiegen. Und viertens hat sie Verwandte in Polen.«

»Wieso ist sie dann nicht schon im Januar dorthin verschwunden? Stattdessen hat sie in Leipzig wie die Spinne im Netz gewartet, jederzeit bereit, sich zu verteidigen.«

»Wir vermuten, sie hat im Januar noch gehofft, irgendwann ihren Rachefeldzug wieder aufnehmen zu können. Nun muss sie einsehen, dass wir nicht lockerlassen, und rettet lieber ihre Haut. Außerdem hatte sie beim letzten Mal mehr Zeit, sich aufs Untertauchen vorzubereiten. Diesmal musste sie spontan handeln.«

»Überzeugt mich alles nicht.«

»Muss es auch nicht.«

Dorfer entging nicht der autoritäre Unterton. Er kratzte sich kurz an der Stirn. »Wie geht es jetzt weiter?«

»Spannberg hat in Hamburg und Sachsen Menschen ermordet. Außerdem hat sie Buchinger nach Berlin verschleppt und ...«

»Sagen Sie mir nicht, dass das BKA die Ermittlungen an sich reißt.«

»Nicht direkt das BKA. Eine bundesweit tätige Behörde, die Erfahrung bei Mehrfachmordermittlungen hat, ist inzwischen involviert. Die Kriminalermittlungstaktische Einsatzgruppe. Kurz KEG. Vielleicht haben Sie davon schon gehört. Wir erwarten am Montag drei Wiesbadener Polizisten hier im Präsidium.«

Wütend schlug Dorfer mit der flachen Hand auf den Tisch. »Das ist Verrat an Ludger! Geben Sie mir die Chance, das Ganze zu Ende zu bringen.«

»Dorfer! Beherrschen Sie sich!«

»Wie soll ich Spannberg bis Montagfrüh finden? Das Zeitfenster ist zu knapp.«

»Gar nichts sollen Sie. Nehmen Sie sich frei.«

»Das ist nicht Ihr Ernst! Niemand hat ein so starkes Interesse daran, Spannberg zu fassen, wie wir. Ich bitte Sie! Wir wissen, wie sie agiert und welche Personen auf ihrer Liste stehen.«

»Und genau diese Informationen teilen wir nächste Woche mit den Wiesbadener Kollegen.«

»Sie verraten Ludgers Andenken.«

Dellhorst erhob sich. »Solche Vorwürfe muss ich mir nicht anhören. Unter normalen Umständen hätte das arbeitsrechtliche Konsequenzen. Aber ich halte Ihnen Ihre Belastung durch den Tod des Kollegen zugute. Sie haben die nächsten zwei Wochen frei.«

»Sie suspendieren mich?«

»Angeordneter Überstundenabbau. Es sind ja im letzten Jahr genug angefallen. Falls die Wiesbadener oder ich Informationen benötigen, komme ich gegebenenfalls auf Sie zurück. Seien Sie also telefonisch erreichbar. Sie hätten allerdings meinen Segen, wenn Sie direkt in ein Reisebüro fahren und einen Urlaub buchen. In einer halben Stunde will ich Sie hier nicht mehr sehen.«

Dellhorst verließ das Büro. Dorfer fragte sich, ob sein Vorgesetzter einem Familienvater wie ihm, der gar nicht spontan in Urlaub fahren könnte, ernsthaft einen solchen Rat gegeben hatte.

Statt sofort nach Hause zu fahren, brach Dorfer vom Präsidium zu Krumms Wohnung auf. Ludger hatte ihm vor Jahren einen Schlüssel anvertraut, als er zu einer vierwöchigen Amerikareise aufgebrochen war. Nach seiner Rückkehr hatte Ludger ihn gebeten, den Schlüssel zu behalten. Für den Fall, dass er sich irgendwann versehentlich aussperrte.

Er betrat die stille Wohnung. Ludger hatte ihm einmal erzählt, dass er keine tickenden Uhren ertrug und auch bei Elektrogroßgeräten lärmempfindlich war.

Dorfer wusste selbst nicht genau, was er in der Wohnung wollte. Abschied von seinem Freund nehmen? Gegenstände finden, die für Ludgers Eltern von

Bedeutung wären? Oder einfach nur die Pornosammlung wegschmeißen, falls er eine fand?

Von der Diele führten vier Zimmer ab. An den weiß gestrichenen Wänden hing lediglich eine Garderobenleiste mit zwei Jacken. Dorfer betrat zuerst die aufgeräumte Küche. Ludger hatte vor seinem Aufbruch keine Essensreste auf dem Tisch stehen lassen, die er nun hätte wegwerfen müssen. Trotzdem roch es leicht vergammelt. Neben der leeren Spülmaschine stand ein Unterstellschrank, den Dorfer öffnete. Der Geruch kam von dem gefüllten Mülleimer. Er nahm die Tüte aus dem Behälter und beförderte alle Lebensmittel aus dem Kühlschrank hinein. Dann knotete er sie zu und stellte sie auf die Türschwelle, um sie später nicht zu vergessen.

Im Wohnzimmer fiel ihm nichts Ungewöhnliches auf. Nacheinander zog er die Stecker der zahlreichen Elektrogeräte. Ludger hatte ein Faible für technische Spielereien besessen.

Dorfer ging in den nächsten Raum. »Oh Ludger!«, flüsterte er überrascht. Offenbar hatte sein Partner das Zimmer als eine Art Fahndungsraum genutzt. An den Wänden hingen Bilder von Ludgers Ex Sandra, außerdem ein vollgekritzeltes Whiteboard. Die meisten Notizen waren durchgestrichen.

Dorfer erinnerte sich an die Zeit, als Ludger frisch verliebt gewesen war. Damals war er merklich glücklicher morgens zur Arbeit erschienen. In der Anfangsphase hatte er immer wieder den Namen Sandra fallen lassen. Bis erste Wolken am Himmel aufgezogen waren, weil Ludger befürchtet hatte, dass sie mit anderen Männern flirtete. Irgendwann hatte sich sein Partner drei Tage krankgemeldet und war danach zu Tode betrübt zur Arbeit zurückkehrt. Sandra hatte sich von ihm getrennt. Es war unschwer zu übersehen gewesen, wie sehr Ludger darunter gelitten hatte.

Als der Name der Ex immer seltener fiel, hatte Dorfer vermutet, sein Freund sei endlich über die Trennung hinweg.

Offenbar ein Trugschluss.

Unter einigen Bildern hingen ausgedruckte Notizen. Dorfer nahm sich die Zeit, sie alle durchzulesen. Außerdem überprüfte er die Kritzeleien auf dem Whiteboard.

Ein Bild setzte sich zusammen. Wochen nach der Trennung war Sandra wie vom Erdboden verschluckt. Ludger hatte versucht, ihre neue Adresse herauszufinden und dabei vermutlich sogar verbotenerweise polizeiliche Ressourcen genutzt.

Vorsichtig nahm Dorfer die Blätter und Fotos von der Wand. Er wollte nicht, dass Ludgers Eltern oder eine andere Vertrauensperson sie zu sehen bekam. Das würde ein zu schlechtes Bild auf seinen Freund werfen.

Die meisten Notizen auf dem Whiteboard waren durchgestrichen. Trotzdem konnte er sie problemlos entziffern. Auch auf der Tafel hatte Ludger Spuren zusammengetragen, die ihn zu Sandra führen sollten. Offenbar erfolglos. Doch an der unteren rechten Ecke der Tafel standen einige Informationen, die aus den letzten

Tagen stammen mussten. Zum Beispiel der Name Till Buchinger, den Ludger doppelt unterstrichen hatte. Darunter hatte er in Stichpunkten seine Gedanken notiert.

Grund, warum ich meinen Schatz nicht finde?
Professionelle Hilfe?
Buchinger ins Vertrauen ziehen.
Freundschaft aufbauen?

Dorfer fotografierte die Tafel mit seinem Handy. Er überzeugte sich von der Qualität des Bildes, dann griff er zu einem Schwamm und wischte die Notizen weg. Durch das Abhängen der Fotos und die nun leere Tafel wirkte der Raum ungenutzt. Dorfer schloss die Tür und betrat das Schlafzimmer. Innerlich rechnete er mit weiteren Erinnerungsstücken, doch ihm sprang nichts Verräterisches ins Auge. Weder auf den Nachttischen noch in den Schränken oder Schubladen entdeckte er Dinge, die das Andenken an seinen Freund beschmutzen könnten.

Dorfer schaute auf die Uhr. Seine Kinder kämen erst in zwei Stunden aus der Schule nach Hause. Seine Frau arbeitete gerade vermutlich konzentriert. Also könnte er die Zeit sinnvoll nutzen.

Er nahm den Müllbeutel und verließ die Wohnung.

21

Till Buchinger stand am Kaffeeautomaten und startete das vollautomatische Spülprogramm. Für heute hatte er genug Kaffee getrunken. Er rollte die Schultern. Die Gelenke schmerzten nicht mehr so stark wie noch am Vortag, trotzdem beschloss er, einen Massagetermin zu vereinbaren. In den letzten beiden Nächten hatte er von Spannberg geträumt, die ihm zunächst die Freiheit versprach und im nächsten Moment erschoss. Hoffentlich würde die Phase der schlechten Träume nicht ewig andauern.

Es klingelte an der Bürotür. Till trat an den Schreibtisch und überprüfte den Monitor. Zu seiner Überraschung stand Krumms Partner vor der Tür. Ohne nach dem Grund seines Besuchs zu fragen, betätigte Till den Türöffner.

»Hallo, wir haben uns schon mal gesehen. Ich bin Hauptkommissar Dorfer.« Der Mann reichte Till die Hand.

»Kommen Sie rein. Wie kann ich Ihnen helfen?« Er führte seinen Gast zur Besucherecke.

»Geht's Ihnen wieder besser?«, erkundigte sich Dorfer.

»Momentan träume ich ein wenig schlecht. Und Ihnen? Ihr Verlust tut mir sehr leid.«

Dorfer nickte. »Ludger und ich waren befreundet.

Verdammt schwer, sich mit seinem Tod zu arrangieren.«

»Wie ist der Stand der Ermittlungen? Wissen Sie, wohin es Spannberg verschlagen hat?«

Dorfer zögerte nur kurz. »Angeblich nach Warschau.«

»Sie glauben nicht daran?«

»Meine Meinung zählt nicht mehr.«

»Wieso das?«

»Mein Vorgesetzter hat mich die nächsten zwei Wochen beurlaubt. Er nennt es Überstundenabbau. Eine bundesweite Behörde übernimmt am Montag die Ermittlungen. Ich bin außen vor.«

»Wie dumm ist das denn?«

»Im Prinzip werde ich kaltgestellt. Ich glaube nicht, dass sich Spannberg ins Ausland abgesetzt hat. Das ergibt keinen Sinn. Hätte sie schließlich schon im Januar tun können.«

Till nickte nachdenklich. »Sehe ich genauso. Umso wichtiger wäre es, dass Sie an dem Fall dranbleiben. Kann ich mich irgendwo für Sie einsetzen?«

Dorfer lächelte. »Bloß nicht! Deswegen bin ich auch gar nicht hier.«

»Sondern?«

Er griff in die Innentasche seiner Lederjacke und holte einen Stapel gefalteter Papierblätter heraus. »Ich war vorhin in Ludgers Wohnung. Dieser ganze Packen stammt von dort.«

Er legte die Blätter auf den Tisch zwischen ihnen und faltete sie auseinander. Till erkannte auf einem

Ausdruck sofort seine ehemalige Auftraggeberin.

»Darf ich?«, fragte er, um Zeit zu gewinnen.

»Natürlich.«

Till nahm den Stapel zur Hand. Die Fotoausdrucke interessierten ihn weniger als die Notizen. Nach ein paar Sekunden fiel ihm ein, dass er die naheliegendste Frage noch nicht gestellt hatte. »Wer ist das?«

»Ludgers Ex-Freundin. Sie heißt Sandra Borke. Die beiden haben sich vor einem Dreivierteljahr getrennt.«

»Das alles haben Sie in Krumms Wohnung gefunden?«

»In einem separaten Zimmer.«

Till legte die Ausdrucke beiseite. »Ich sag's Ihnen nur ungern. Aber das deutet nicht auf einen gesunden Umgang mit der Trennung hin. Tut mir leid.«

Dorfer nickte bestätigend. »Das sehe ich genauso. Sie müssen mich nicht schonen, weil Ludger mein Freund war.« Er zog sein Handy aus der Jackentasche. »Im selben Raum hing auch ein Whiteboard. Das hier hat er darauf notiert.«

Till nahm das Telefon entgegen und begutachtete das Bild schweigend. »Warum zeigen Sie mir das?«

»Hat Ludger Sie auf seine Ex angesprochen?«

»Ich verstehe nicht, wieso Sie das wissen wollen.«

Dorfer blickte gedankenverloren ins Leere. »Ich will nachvollziehen, was ihn in den letzten Tagen oder Wochen angetrieben hat. Das würde mir helfen, mit seinem Tod abzuschließen.«

Wie viel konnte Till dem Hauptkommissar

anvertrauen? Sollte er ihn mit einer Lüge abspeisen? Es widerstrebte ihm, die einfachste Lösung zu wählen.

»Ich fand eins relativ auffällig. Ihr Partner hat sich sehr dafür interessiert, wie wir Personenfahnder den Klienten beim Untertauchen helfen. Er wollte das anhand eines fiktiven Stalkers nachvollziehen, der seine Ex terrorisiert.«

Dorfer sah aus, als habe er gerade ein übel schmeckendes Getränk geschluckt. »Hat er diesem fiktiven Stalker oder der Ex einen Namen gegeben?«

»Natürlich nicht. All seine Fragen schienen einen dienstlichen Bezug zu haben.«

»Trotzdem ist Ihnen das im Gedächtnis geblieben. Wieso?«

»Ich hatte ein leicht unangenehmes Gefühl bei ihm. Nennen Sie es meinetwegen Instinkt. Und diese Bilder beweisen, dass ich recht hatte.« Till deutete zu dem Stapel auf dem Tisch.

»Deswegen haben Sie Spannberg auf eigene Faust gesucht. Um ihm nicht zu viel über Ihre Vorgehensweise zu verraten.«

Nun war es an der Zeit, eine kleine Lüge einzustreuen. »Das hatte ehrlich gesagt eher mit Ihnen zu tun.«

»Mit mir?«

»Bei meinem Besuch im Präsidium schienen Sie überrascht, wie involviert ich in den Fall war. Ich wollte Hauptkommissar Krumm nicht in Schwierigkeiten bringen.«

Dorfer lächelte matt. »Wissen Sie, was ich im Laufe

der Jahre gelernt habe? Wenn jemand den Ausdruck ›ehrlich gesagt‹ benutzt, lügt er. Sandra Borke ist Ihre Klientin. Oder war es. Richtig?«

»Darauf antworte ich nicht.«

»Ludger ist tot. Was befürchten Sie?«

»Ich würde die Identität meiner Klienten immer schützen. Es sei denn, sie erweisen sich im Nachhinein als Schwerverbrecher. Außerdem müssen Sie eins bedenken. Ich gebe meinen Auftraggebern nur Starthilfe. In den allermeisten Fällen weiß ich am Ende gar nicht, wohin es sie verschlägt. Aus Sicherheitsgründen will ich das nicht wissen, denn jeder Mitwisser stellt ein Risiko dar.«

Dorfer erhob sich, steckte zuerst das Handy und dann die Papierblätter ein. »Zwischen den Zeilen lese ich, dass Sie Sandra Borke kennen. Falls Sie je wieder Kontakt zu ihr haben, können Sie ihr ja mitteilten, dass Ludger tot ist. Das wird sie beruhigen. Ich finde allein raus. Schönen Tag noch!«

Dorfer verließ das Büro. Till sah ihm nachdenklich hinterher. Wieso hatte der Hauptkommissar das alles wissen wollen? Versuchte er so, den Tod seines Partners zu verstehen, oder gab es andere Gründe?

Er stieß vernehmlich den Atem aus. Was für eine Woche. Till spürte das Verlangen, den Arbeitstag zu beenden, um an Antjes Grab Kraft zu schöpfen. Doch in seiner jetzigen Stimmung würde sie ihm besonders fehlen. Er schaute zur Wanduhr. Es war zu früh, um das Büro abzuschließen. Zwei oder drei Stunden lang könnte er noch die Arbeit erledigen, die in den letzten

Wochen liegengeblieben war. Unmotiviert ging er zu seinem Schreibtisch, deaktivierte den Bildschirmschoner und sank schwerfällig in den Bürosessel.

22

Franka Spannberg saß in einem Wagen, den sie rund dreihundert Meter von Buchingers Büro entfernt geparkt hatte. Von hier aus konnte sie genau sehen, wer das Haus betrat oder verließ.

Als Hauptkommissar Dorfer in der Straße auftauchte, glaubte sie nicht an einen Zufall. Sie startete einen Countdown auf ihrem Handy. Acht Minuten später betrat er wieder den Bürgersteig und wirkte alles andere als glücklich. Er stieg in seinen Wagen und fuhr los. Welche Spuren verfolgte der Mann?

Auf Spannbergs Liste standen noch neun Personen, sieben davon lebten in Hamburg, zwei außerhalb. Sie war nach einem Zwischenstopp in Polen in die Hansestadt zurückgekehrt, um möglichst viele von ihnen zu erledigen. Statt lange Zeiträume zwischen den Taten verstreichen zu lassen, wollte sie an einem einzigen Wochenende möglichst viel Blut vergießen. Zwar minimierte sie dadurch das psychische Leid der Gefängnisinsassen, da die nicht über Wochen mit ihrer Hilflosigkeit konfrontiert wären, doch ließen die Umstände kein anderes Vorgehen zu. Um möglichst ungestört handeln zu können, musste sie Verwirrung stiften. Jede Minute, in der die Bullen falschen Spuren folgten, half ungemein. Insofern gefiel Spannberg Dorfers Auftauchen bei dem Personenfahnder. Wenn sich die Soko an Buchinger abarbeitete, verschwendeten sie wertvolle Ressourcen.

Sie erinnerte sich an den Moment, als sie erfahren hatte, wen die Sprengfalle getötet hatte. Das war eine göttliche Fügung gewesen. Ausgerechnet Krumm. Die Person, die sie am meisten jagte. Minutenlang hatte sie gelacht und schon befürchtet, die Nachbarn könnten sie hören. Auch jetzt grinste sie bei der Erinnerung.

Spannberg öffnete das Handschuhfach und nahm ein unregistriertes Prepaidhandy heraus, das sie in Polen gekauft hatte. Darauf hatte sie eine große Datei gespeichert. Sie öffnete ihr Emailprogramm, gab den Empfänger ein und verschickte die Tondatei.

»Viel Spaß!«, flüsterte sie.

Spannberg fuhr aus der Parklücke. Sie hatte eine genaue Vorstellung davon, wer von ihrer Liste zuerst sterben müsste.

23

Bastian Dorfer steuerte seinen Wagen ziellos durch die Gegend. Es widerstrebte ihm, nach Hause zu fahren. Um diese Uhrzeit wäre er vermutlich allein, außerdem wäre ihm das vorgekommen, als gestehe er sich die Suspendierung ein. Doch damit wollte er sich nicht abfinden. Dellhorst hatte einen Fehler begangen. Allerdings hatte Dorfer keine Ahnung, wo er ansetzen sollte, um seinen Chef zu überzeugen, ihm mehr Zeit zu geben. Oder zumindest nicht auszubooten.

Sein Handy vibrierte in der Jackentasche. An einer roten Ampel zückte er es. Eine ausländische Nummer hatte ihm eine Datei zugeschickt. Im ersten Augenblick hielt er es für den Versuch, ihm eine Schadsoftware unterzujubeln. Bis er sich die Vorwahl näher ansah. Plus achtundvierzig. Wenn er sich nicht täuschte, war das die polnische Länderkennung. Spannberg versteckte sich angeblich im östlichen Nachbarland. Ein Zufall?

Hinter ihm hupte jemand, weil die Ampel umgesprungen war.

»Ich bin Polizist, du Penner!« Er fuhr an und suchte hinter der Kreuzung am rechten Straßenrand nach einer Parklücke. Als er nach gut dreihundert Metern noch immer nicht fündig wurde, stellte er sich einfach in eine Hofzufahrt.

Die empfangene Nachricht enthielt keinerlei Text.

Lediglich eine Tondatei. Konnte man ihm damit eine Schadsoftware unterjubeln? Das Telefon verfügte über ein Schutzprogramm, das hoffentlich Bedrohungen abhielte. Er drückte die Starttaste.

»Oh mein Gott«, sagte eine weibliche Stimme. »Ist das geil. Guck dir den Rauch an.«

»Franka, wir müssen jetzt weg. Bevor die Bullen alles absperren.«

»Dann fahr!«

Fassungslos pausierte Dorfer die Aufnahme. Die männliche Stimme gehörte eindeutig Till Buchinger. Und der erwähnte Vorname ließ keinen Zweifel daran, mit wem sich der Personenfahnder unterhielt.

Ein Auto kam aus dem Hof gefahren. Dorfer hob entschuldigend die Hand, setzte zurück und ließ den kleinen Transporter passieren. Dann nahm er seinen alten Platz wieder ein und drückte erneut die Abspieltaste.

»Wen es wohl erwischt hat?«, fragte Spannberg.

»Ich hoffe, diesen Krumm. Oder dessen Partner Dorfer. Ach, das wäre zu schön.«

»Sie sind dir voll auf den Leim gegangen.«

»Ich weiß, wie man Leute manipuliert. Als hätte ich dich einfach so aufgespürt. Dass die Bullen das nie hinterfragt haben. Ziemlich dämlich! Wer vernünftig untertaucht, den findet niemand.«

Spannberg lachte. »So sind die Bullen. Dumm wie Toastbrot!«

»Allerdings. Was für eine schöne Falle wir ihnen gestellt haben.«

»Mein Liebling. Ohne dich hätte ich das nie

geschafft.«

»Mit Jonathan hast du mir einen lästigen Konkurrenten aus dem Weg geräumt. Irgendwann müssen wir uns um Jessica kümmern. Nicht, dass die kapiert, was wir hier abziehen.«

»Da müssen wir vorsichtig sein. Kurz nach Albrecht darf sie nicht sterben.«

»Das kriegen wir hin.«

Die Tondatei endete. Dorfer starrte durch die Windschutzscheibe. Konnte das wahr sein? War ausgerechnet Buchinger der Komplize Spannbergs? Hatte er die Polizei bewusst in eine Falle gelockt?

Dorfer startete die Datei erneut. Diesmal versuchte er, auch auf Nebengeräusche zu achten. Er bemerkte einige Feinheiten, die nicht gut zusammenpassten. Nicht stimmig waren. Wieso lachte Buchinger nicht ein einziges Mal? Wo waren die Motorgeräusche?

Musste Dorfer seinen Kollegen davon berichten? Sie würden die polnische Telefonnummer als Beweis ansehen, dass Spannberg tatsächlich ins Nachbarland geflüchtet war. Anstatt sich zu fragen, wieso die Mörderin ein so verräterisches Detail preisgeben sollte, würden sie sich gegenseitig auf die Schulter klopfen. Er war moralisch nicht verpflichtet, sie zu informieren. Dienstrechtlich sah das anders aus, doch momentan überwog für ihn der moralische Aspekt. Immerhin hatte Dellhorst ihn ausgebootet. Ihm nicht einmal die Gelegenheit gegeben, wenigstens bis Sonntagabend aktiv zu ermitteln.

Dorfer ordnete sich wieder in den Verkehr ein. Er

dachte über die Tonaufnahme nach. Wer hatte sie ihm geschickt? Ein Zeuge? Unwahrscheinlich. Man hörte keine anderen Stimmen, keinen Lärm. Das Ganze musste also von Spannberg oder Buchinger selbst stammen. Der Personenfahnder schied aus, weil die Aufnahme ihn belastete. Was bezweckte Spannberg damit? Wieso verriet sie ihren vermeintlichen Komplizen? Das alles ergab keinen Sinn. Dorfer hatte die Nachricht erhalten, kurz nachdem er Buchingers Büro verlassen hatte. Zufall? Oder steckte mehr dahinter?

An der nächsten Kreuzung vollführte Dorfer einen U-Turn. Je näher er Buchingers Büro kam, desto genauer musterte er die parkenden Fahrzeuge. In keinem davon entdeckte er eine wartende Person. Dorfer fand eine Parklücke. Nachdem er eingeparkt hatte, hörte er sich die Datei ein drittes Mal an.

Unvermittelt drängte sich ihm die Frage auf, ob Buchinger vielleicht sogar in Gefahr schwebte.

Er verließ das Auto, rannte auf den Hauseingang zu und klingelte mehrmals.

24

Jemand läutete dreimal kurz hintereinander. Till schaute zum Monitor. Schon wieder Dorfer. Was wollte der schon wieder, und wieso klingelte er so aufdringlich?

Till öffnete ihm und wartete an der Bürotür. Der Polizist kam näher und zog plötzlich seine Waffe.

»Hey!« Till hob instinktiv die Arme. »Was soll der Scheiß?«

»Ist jemand bei Ihnen?«

»Bei mir? Wie kommen Sie darauf?«

Dorfer zwängte sich an ihm vorbei und überprüfte das Büro. Erst dann steckte er die Pistole wieder weg. »Setzen wir uns.«

»Was soll Ihr Rambo-Auftritt?«

Dorfer legte sein Handy auf den Besuchertisch und startete die Audiodatei. Im nächsten Moment erklangen zwei Stimmen. Till erkannte sofort, wem die zweite gehörte.

»Das ist ein Fake! Sie wissen hoffentlich, dass es Software gibt, mit der sich solche Fälschungen erzeugen lassen.«

»Natürlich weiß ich das.«

»Man braucht Stimmproben, die man in die Software einspielt und kann danach jeden beliebigen Dialog kreieren.«

Dorfer verdrehte die Augen. »Ich weiß das!« Er betonte jedes einzelne Wort.

»Wahrscheinlich hat sie während der Fahrt nach Berlin unser Gespräch mitgeschnitten.«

Dorfer brummte zustimmend.

»Also glauben Sie nicht, dass ich mit ihr zusammenarbeite?«

»Das ergäbe einfach keinen Sinn.«

Erleichtert atmete Till aus und setzte sich zum Kommissar.

»Ich habe die Nachricht bekommen, kurz nachdem ich Sie verlassen habe. Deswegen bin ich eben hier reingestürmt. Sorry, falls Sie sich erschreckt haben. Ich hatte befürchtet, Sie stecken in Schwierigkeiten.«

»Nicht schlimm. Wer hat Ihnen die Datei geschickt?«

»Eine polnische Handynummer.«

Nachdenklich rieb Till sich die Bartstoppeln. Das alles klang arg nach einem Täuschungsmanöver. »Wovon will Spannberg ablenken?«

»Ich schätze, sie ist in Hamburg. Wahrscheinlich hat sie entweder mich verfolgt oder Ihr Büro im Auge behalten.«

»Und wenn sie in Hamburg ist ...«

»... spricht viel dafür, dass sie ihre alte Tätigkeit wieder aufnimmt«, vollendete Dorfer den Gedanken.

»Haben Sie Ihre Kollegen informiert?«

»Ich bin sofort zu Ihnen zurückgerast.«

Till nahm das Zögern in Dorfers Ton wahr. »Worauf warten Sie?«

»Schon vergessen? Ich bin ausgebootet.«

»Sie wollen das verheim...« Till hielt inne. »Sie wollen Spannberg auf eigene Faust stellen.«

Dorfer lächelte. »Helfen Sie mir?«

»Das ist verrückt.«

»Die Soko hat potenzielle Todeskandidaten herausgefiltert. Deswegen konnten wir im November einen Mordanschlag auf Florian Werner verhindern. Nur mit Spannbergs Flucht hatten wir nicht gerechnet.«

»Wie viele Menschen stehen auf dieser Liste?«

»Neun. Sieben davon leben in Hamburg. Ich weiß von Familie Werner, dass sie einen Personenschützer engagiert haben. Ihr Sohn ist meiner Einschätzung nach außer Gefahr.«

»Bleiben acht.«

»Sechs, wenn wir uns auf Hamburg konzentrieren.«

»Selbst, wenn Jessica uns hilft – wie sollen wir zu dritt diese Menschen schützen? Herr Dorfer, Sie müssen Ihre Kollegen unterrichten.«

»Wenn ich zu Dellhorst gehe, verlieren wir nur Zeit. So wie ich ihn einschätze, wird er mir vorwerfen, mich nur zurück ins Spiel bringen zu wollen.«

»Das wissen Sie nicht. Rufen Sie ihn an! Das hier ändert alles.« Till zeigte auf das Handy.

25

Spannberg rieb sich zuerst die Augen und dann übers Gesicht. Die letzten Tage hatten sie viel Kraft gekostet, und auch das bevorstehende blutige Wochenende würde ihr alles abverlangen. Trotzdem gab es keine Alternative zu ihrem Vorhaben. Die Bullen waren ihr zu dicht auf den Fersen. Wahrscheinlich neigten sich ihre Tage in Freiheit dem Ende zu. Sie musste töten, um sich zu rächen. Jede Gelegenheit nutzen.

Trotzdem belastete sie die bleierne Müdigkeit. Sie stand mit dem Wagen am Straßenrand unter einem Baum. Ob sie es sich kurz leisten konnte, die Augen zu schließen? Sie war ohnehin zu früh eingetroffen, um schon jetzt das Haus zu betreten.

Spannberg gähnte. Ihr fielen die Augen zu. Ein Auto fuhr an ihr vorbei. Im nächsten Moment träumte sie bereits.

Eine Dreiviertelstunde später rissen Kinderstimmen Spannberg aus dem Schlaf. Desorientiert schaute sie sich um. Auf einem kleinen Gartengrundstück spielten drei Jungen Fußball und feierten lautstark jedes erzielte Tor.

Nachdem sie die Benommenheit abgeschüttelt hatte, fühlte sie sich erfrischter. Der kurze Schlaf hatte ihr gutgetan. Nun war sie lange genug untätig gewesen.

Sie dachte an ihr nächstes Opfer. Hoffentlich hatte es nicht seine Gewohnheiten aufgegeben. Ansonsten wüsste sie nicht, wie sie den Mord ausführen sollte.

Spannberg musterte die Umgebung. Sie hielt Ausschau nach Leuten, die nicht hierhergehörten. Sie bemerkte niemanden und verließ den Wagen. Das Haus, in dem ihr Opfer lebte, war zwei Straßenzüge entfernt. Trotzdem parkte sie das Fahrzeug nicht näher am Gebäude. Sollten die Bullen sie überraschen, wäre eine Flucht zu Fuß aussichtsreicher. Ihr Ziel war der Keller des Mehrfamilienhauses. Das grau gestrichene Gebäude tauchte in ihrem Sichtfeld auf. Spannberg trat unters Vordach und versuchte, die Haustür aufzudrücken. Als ihr das nicht gelang, drückte sie die oberste Klingel.

»Hallo?«, erklang nach ein paar Sekunden Wartezeit eine ältere Stimme.

»Müller, Aufzugtechnik. Können Sie mir bitte öffnen? Ich muss einmal die Funktionsfähigkeit Ihres Fahrstuhls überprüfen.«

»Selbstverständlich. Machen Sie ihn nicht kaputt, junge Frau. Ich brauche ihn nachher.«

Der Bewohner lachte und betätigte den Türöffner. Für den Fall, dass er ihre Geschichte überprüfte, ging sie zum Aufzug. Sie drückte im Bedienfeld die Taste »3« und verließ die Kabine wieder. Die Türen glitten zu, und der Fahrstuhl setzte sich in Bewegung. Spannberg wandte sich dem Keller zu. Sie huschte nach unten. Hier würde sie wie eine Gottesanbeterin lauern.

26

Ulla Dickrich stand am Herd und rührte in der Bolognesesoße. Ihr Enkel Taylor liebte Spaghetti Bolognese über alles, weswegen sie ihm das Gericht mindestens zweimal wöchentlich kochte. Obwohl die selbstgemachte Soße schon gut roch, müsste sie noch eine halbe Stunde köcheln, ehe sie perfekt wäre.

Zeit genug, um sich mit dem Jungen zu beschäftigen. Er saß am Küchentisch und malte in einem Buch. Der Zehnjährige suchte nach der Schule immer ihre Nähe – so, als wolle er sichergehen, dass sie nicht einfach aus seinem Leben verschwände.

Wer konnte ihm das schon verübeln?

Taylors Mutter Sophia war seit zwei Monaten wegen Depressionen in stationärer Behandlung. Nicht zum ersten Mal in den vergangenen Jahren. Um genau zu sein, seitdem ihr Partner als Frauenmörder verhaftet worden war. Wenn Sophia mit Taylor telefonierte, hörte Ulla oft zu. Bislang hatte sie nicht den Eindruck, dass die Therapie den Zustand ihrer Tochter gebessert hatte.

Doch viel schlimmer war Taylors Vater. Der saß lebenslänglich im Gefängnis. Mit diesem Stigma lief sein Sohn durchs Leben. Klassenkameraden schnitten ihn deswegen, und der Junge reagierte darauf, indem er sich zurückzog.

Manchmal fragte sich Ulla, ob es nicht besser für Sophia und Taylor wäre, wenn die beiden aus Hamburg wegziehen würden, um neu anzufangen. Dafür müsste Sophia die Depressionen allerdings in den Griff bekommen.

Ulla setzte sich zu ihm und küsste ihn auf den Kopf. Der Junge sah von seinem Malbuch auf und kicherte.

»Wofür war der Kuss?«

»Weil ich dich so wahnsinnig doll lieb habe.«

»Ich dich auch, Oma.« Taylor lächelte sie liebevoll an.

Ihr wurde schwer ums Herz. Was sollte bloß aus dem Jungen werden, wenn sie nicht mehr in der Lage wäre, sich um ihn zu kümmern? Ulla hatte nun schon zweimal die längst überfällige Hüftoperation verschoben. Irgendwann würde ihre Hüfte endgültig streiken, und dann würde sie selbst wochenlang zur Reha müssen.

»Möchtest du etwas trinken?«

»Orangensaft.«

Ulla erhob sich wieder. Momentan wirkte ihr Schmerzmittel ziemlich gut, und sie konnte sich fast ohne Einschränkung bewegen. Solche Tage waren selten genug. Sie ging zum Kühlschrank, in dem allerdings kein Orangensaft mehr stand.

»Hast du heute schon Saft getrunken?«, fragte sie.

»Direkt nach der Schule. Ich habe die Flasche in den Müll getan.«

»Gut gemacht.« Ulla wandte sich dem Vorratsschrank zu. Auch darin lagerte kein Saft mehr. »Oh je.«

»Was ist, Oma?«

»Wir haben keinen Orangensaft mehr hier oben.«

Der Junge zog einen Schmollmund. Er erinnerte Ulla an Sophia, die ähnlich reagierte, wenn sie ihren Willen nicht bekam.

»Aber ich bin mir ziemlich sicher, dass im Keller mindestens sechs Flaschen stehen.«

Sie rührte noch einmal die Bolognesoße um.

»Kommst du mit runter?«

Der Junge schüttelte sofort den Kopf. So sehr er die Nähe seiner Großmutter suchte, vermied er es, den Keller aufzusuchen. »Da ist es voll unheimlich.«

»Finde ich gar nicht. Außerdem wäre ich bei dir. Du könntest beim Tragen helfen.«

»Lieber nicht«, sagte er leise. Er zog mit einem Rotstift besonders feine Linien in dem Malbuch und schien sich stark zu konzentrieren.

»Du versprichst mir, keinen Quatsch zu machen? Vor allem, nicht an den Herd zu gehen?«

»Versprochen.« Nach wie vor hielt er den Blick gesenkt und malte weiter.

»Okay. Dann bin ich eben im Keller. Bis gleich, mein Schatz.«

»Bis gleich.«

Ulla ging in die Diele und öffnete den Schrank. Sie nahm den Einkaufskorb heraus, mit dem sie wenigstens drei oder vier Flaschen transportieren könnte. Dann verließ sie die Wohnung. Um ihre Hüfte nicht zu stark zu strapazieren, forderte sie den Aufzug an.

27

Franka Spannberg saß im Keller und wartete. Das Gebäude verfügte über einen Fahrradkeller, in dem im Winter die Räder anstaubten. Der perfekte Ort, um zu warten.

Das Betriebsgeräusch des Fahrstuhls setzte ein. Spannberg schaute auf ihre Uhr. War es endlich so weit? Sie hielt den Atem an. Der Aufzug schien sich zuerst aufwärts zu bewegen, ehe die Geräusche für einen Augenblick verstummten und dann wieder einsetzten.

»Du schaffst das«, flüsterte sie sich Mut zu. Der Mord würde nicht einfach werden. »Du schaffst das!«

Das Betriebsgeräusch stoppte. Kurz darauf öffnete jemand die Kellertür und schaltete die Deckenbeleuchtung ein. Spannberg lauschte auf die Schritte, die sich im Korridor näherten und schließlich verklangen. In der nächsten Sekunde steckte jemand einen Schlüssel ins Kellertürschloss und drehte ihn klirrend herum. Die Kellertür quietschte leicht, als sie aufschwang.

Du schaffst das!

28

Polizeirat Dellhorst schaute von seinen Arbeitsunterlagen hoch, als Dorfer zusammen mit Buchinger das Büro betrat. »Was wollen Sie denn hier, Dorfer? Habe ich mich nicht verständlich genug ausgedrückt?«

»Haben Sie. Das ist Till ...«

»Ich weiß, wer das ist. Oder glauben Sie, ich wäre über die Ermittlungen so schlecht informiert, dass ich nicht den Mann erkenne, den Spannberg zwischenzeitlich als Geisel gehalten hat?«

»Tschuldigung«, brummte Dorfer.

»Was wollen Sie hier?«, wiederholte Dellhorst.

Dorfer berichtete ihm, was passiert war, seit er das Präsidium verlassen hatte. Dann spielte er die Tondatei ab. Dellhorst hörte stirnrunzelnd zu und starrte Buchinger an.

»Eine Fälschung?«

»Das schwöre ich beim Grab meiner Ehefrau. Ich arbeite nicht mit ihr zusammen.«

»Sonst hätte ich ihn längst verhaftet. Aber das ist nicht der entscheidende Punkt. Ich habe mich gefragt, warum mir Spannberg ausgerechnet heute diese Nachricht sendet.«

»Wie lautet Ihre Antwort darauf?«

»Sie ist wieder in Hamburg. Es ist bestimmt kein Zufall, dass sie mir die Datei schickt, kurz nachdem ich

Herrn Buchingers Büro verlasse.«

»Von einer polnischen Handynummer. Spricht das nicht eher für unsere Fluchtvermutung?«

»Spannberg dürfte spätestens hinter der Grenze aus dem Zug gestiegen sein. Vielleicht hat sie den Grenzübertritt genutzt, um sich ein Prepaidhandy zu kaufen. Oder sie hatte es sich schon vorher organisiert. Ich verwette meine Karriere darauf: Sie ist wieder in Deutschland und wird demnächst zuschlagen. Die Datei soll für Verwirrung sorgen. Mich ablenken. Sie konnte ja nicht ahnen, dass Sie mich ausbooten.«

Dellhorst seufzte. »Dorfer, glauben Sie, ich treffe solche Entscheidungen allein? Der Polizeipräsident hat an einer Telefonkonferenz teilgenommen. Die meisten Teilnehmer des Gesprächs haben eine deutlich höhere Gehaltsstufe als wir. Diese KEG darf die Ernte einfahren. Das ist nicht mehr zu ändern. Sie müssen die Vorteile sehen. Wenn Spannberg weiter mordet, reißt niemand uns den Kopf ab. Die KEG übernimmt die Verantwortung.«

»Wann kommen die Wiesbadener nach Hamburg?«, fragte Dorfer.

»Montagmorgen.«

»Und bis dahin sind wir zuständig, oder?«

Dellhorst presste die Lippen zusammen. Dorfer hoffte, er würde das Dilemma erkennen. Falls Spannberg in den nächsten Stunden tötete und er gleichzeitig den kommissarischen Leiter der Soko in den Zwangsurlaub geschickt hatte, würde das auf ihn zurückfallen.

»Was schwebt Ihnen vor?«

»In Hamburg wohnen sieben potenzielle Opfer. Wir müssen sie warnen, dass Spannberg eventuell zurückgekehrt ist. Es ist unsere verdammte Pflicht, sie zu beschützen.«

»Haben Sie einen einzigen Beweis für Ihre Theorie?« Dellhorsts Blick huschte zwischen Dorfer und Buchinger hin und her.

»Nein«, sagte Dorfer bedauernd. »Aber wir hatten damals bei Florian Werner den richtigen Riecher ohne handfeste Beweise.«

»Das Wochenende steht vor der Tür. Wissen Sie, welche Zweitligapartie für Sonntag angesetzt ist? HSV gegen Pauli. Da fallen unzählige Überstunden an. Wo sollen wir vom LKA die Beamten herbekommen, um sieben potenzielle Anschlagsziele rund um die Uhr zu bewachen? Das ist ausgeschlossen!«

»Wenn wir das nicht machen, klebt das Blut Unschuldiger an unseren Händen.«

Dellhorst schüttelte energisch den Kopf. »Seien Sie nicht so melodramatisch.« Er wandte sich dem Computer zu und tippte auf seiner Tastatur.

»War es das für uns?«, fragte Dorfer verunsichert.

»Nicht so ungeduldig!«

Der Drucker erwachte surrend zum Leben, dann startete ein Druckvorgang.

»Ich hebe Ihren Überstundenabbau für heute auf. Sie sind weiter im Dienst, bis die KEG übernimmt.«

»Was drucken Sie da?«

»Die Adressen der Personen, die wir als gefährdet

eingestuft haben. Ich bin mir sicher, Sie haben die nicht im Kopf. Klappern Sie die Leute meinetwegen ab, und bitten Sie um erhöhte Vorsicht. Wer von denen die Stadt übers Wochenende verlassen kann, sollte das tun. Aber mehr können wir momentan nicht unternehmen. Sollte Ihre Befürchtung zutreffen und es einen weiteren Todesfall geben, müssen wir die Lage neu überdenken.«

Na prima, dachte Dorfer. *Dellhorst zieht gerade seinen Kopf aus der Schlinge, für den Fall, dass ich recht habe. Anschließend behauptet er, er hätte alles Mögliche getan, um die gefährdeten Personen zu schützen.*

Er ahnte, dass ihm sein Vorgesetzter nicht weiter entgegenkommen würde.

Dorfer nahm das Blatt Papier aus dem Ausgabeschacht und hielt es hoch. »Darf ich denen Ihre Handynummer geben, falls sie Rückfragen haben?«

»Natürlich«, brummte Dellhorst. »Und jetzt gehen Sie! Verlieren Sie keine weitere Zeit.«

Dorfer und Buchinger verließen das Büro.

»Was für ein Bürokrat«, flüsterte Buchinger. »Damit ist er fein aus dem Schneider, wenn etwas passiert.«

»Ich weiß!« Im Laufschritt schaute er auf die Liste. »Fahren wir zuerst nach Eppendorf. In der Nähe des Universitätsklinikums lebt ein potenzielles Opfer.«

29

Ihr Gedächtnis hatte Ulla nicht getrogen. Sie hatte nach dem letzten große Einkauf sechs Flaschen des milden Orangensaftes aus Platzgründen in den Keller verfrachtet. Der Sechserpack war noch eingeschweißt. Mit ihrem Schlüssel ritzte sie die Folie auf und legte drei Flaschen in den Einkaufskorb.

Hinter sich hörte sie ein Geräusch. In gebückter Haltung schaute sie über die Schulter. An der Tür stand eine Frau.

»Hallo, Ulla«, begrüßte ihre Nachbarin Jutta sie.

»Hallo, Jutta.«

»Dass du bei der Haltung keine Kreuzbeschwerden bekommst. Erstaunlich!«

Ulla richtete sich auf. »Du weißt ja. Das Kreuz ist nicht mein Problem.« Sie nahm den Einkaufskorb auf und verließ ihren Kellerraum.

»Was macht deine Hüfte?«

»Heute ist es okay. Aber entschuldige mich bitte. Ich hab Essen auf dem Herd.«

»Für Taylor?«, fragte Jutta.

Ulla nickte.

»Hoffentlich schmeckt's euch. Wir sehen uns.« Die Nachbarin trat an ihre eigene Kellertür und schloss sie auf.

»Bis bald.« Mit dem Korb ging Ulla zum Aufzug.

30

Die Kellertür hatte der Mann wieder geschlossen. Trotzdem hörte Spannberg ihn. Er war noch immer hier unten. Nur wenige Meter von seiner Mörderin entfernt.

Stefan Schütze, der älteste Sohn ihres Peinigers Thorsten Schütze. Einundzwanzig Jahre, Produkt aus erster Ehe. Der Vater hatte es vermutlich amüsant gefunden, seinem Sohn einen Vornamen zu geben, der die Initialen SS beinhaltete.

Stefan war ein gut trainierter Mann, so viel hatte Spannberg herausgefunden. Er arbeitete jeden Tag im eigenen Keller am Muskelaufbau. Warum er nicht in ein Fitnessstudio ging, erschloss sich ihr aufgrund ihrer Beobachtungen nicht. Er pflegte normale Freundschaften und war kein sozial isolierter Mensch.

Von den bisherigen Mordopfern war Schütze der gefährlichste Gegner. In einem fairen Kampf hätte sie keine Chance gegen ihn. Er war ihr körperlich überlegen. Deshalb musste sie ihn überrumpeln.

Spannberg lauschte. Aus dem Kellerraum drang ein Klimpern. Vor ihrem geistigen Auge sah sie einen Mann vor sich, der auf einer Hantelbank lag und Gewichte stemmte. Oder stand er aufrecht und könnte ihr eine Hantel an den Kopf schlagen?

Sie zögerte. Sollte sie sich auf ein leichteres Opfer

konzentrieren? Zum Beispiel auf den kleinen Taylor? Da sie nicht wusste, ob sie in der verbleibenden Zeit alle potenziellen Kandidaten erwischen würde, konzentrierte sie sich primär auf die direkten Nachfahren der Gefängnisinsassen. Deren Tod würde ihre Peiniger am meisten schmerzen. Schütze durfte unter keinen Umständen vorgewarnt sein. Sonst wären ihre Aussichten, ihn zu töten, gleich null.

Wieder ertönte ein Klirren aus dem Kellerraum. Sie atmete tief ein und hielt die Luft an. Fünfzehn Mal hörte sie das leise Klirren, gefolgt von einem lauteren Geräusch – als würden Gewichtsplatten aneinanderstoßen. Nach einer kurzen Pause war wieder das hellere Klirren zu vernehmen, begleitet von Stöhnlauten.

In einer solchen Phase müsste sie zuschlagen. Und darauf hoffen, dass er nicht aufrecht stand.

Sie zog das Seil aus ihrer Jackentasche. Falls er lag, würde sie es ihm um den Hals schlingen und dabei außerhalb seiner Reichweite bleiben.

Spannberg erhob sich aus ihrer Sitzposition.

Du schaffst das!

31

Dorfer stellte den Wagen in der Nähe des Eingangs ab, vor dem Wohnhaus, in dem einer ihrer Kandidaten lebte. Sie hatten bereits die in Eppendorf lebende Frau gewarnt, die ihnen versprochen hatte, in den nächsten Tagen besonders vorsichtig zu sein. Dabei hatte sie sogar so geklungen, als würde sie das ernst meinen. Nur Dorfers Bitte, Hamburg zu verlassen, konnte sie wegen einer Arbeitsschicht am Wochenende nicht nachkommen.

Vom Stadtteil Eppendorf waren sie weiter nach Barmbek-Süd gefahren, um das nächste potenzielle Opfer zu warnen.

»Hoffentlich haben wir wieder Glück und treffen ihn auch an«, sagte Till.

»Laut unseren Informationen arbeitet er ausschließlich in Spätschichten. Hat ja beim ersten Mal gut geklappt.« Die in Eppendorf lebende Kandidatin hatte ebenfalls nur Spät- und Wochenendschichten im Job.

Sie stiegen aus und liefen auf das Mehrfamilienhaus zu. Der Name des Mannes stand in der zweitobersten Schilderreihe.

Dorfer drückte die Klingel. Er schaute Till in die Augen, richtete den Blick wieder auf die Klingelschilder und rüttelte ungeduldig an der Tür.

»Als letztes Jahr die Datenschutzverordnung so heiß diskutiert wurde, kamen ja Überlegungen auf, keine Namen mehr auf Klingelschilder zu schreiben«, erinnerte sich Till.

»Das wäre so lächerlich. Ich hoffe, dazu kommt es nie.«

Gerade als er zum zweiten Mal klingeln wollte, erwachte die Gegensprechanlage zum Leben.

»Wer ist da?«, fragte eine weibliche Stimme.

»Hauptkommissar Dorfer. Ich muss dringend mit Herrn Schütze sprechen. Ist er da?«

»Ähm nein, äh doch, warten Sie, kommen Sie hoch. Er ist ...«

Till verstand die letzten Worte nicht mehr, weil das laute Summen des Türöffners ihre Worte übertönte.

»Wo ist er?«, fragte Till den Hauptkommissar.

»Hab ich auch nicht verstanden.«

Sie betraten den Hausflur.

»Treppen oder Aufzug?«, fragte Till.

»Nehmen Sie den Fahrstuhl. Dritte Etage.« Dorfer setzte den Fuß auf die erste Stufe.

32

Spannberg stellte sich vor die Tür. Momentan war es im Kellerraum still. Sie wartete. Es dauerte ein paar Sekunden, bis das Klirren erneut einsetzte. Sofort drückte sie die Klinke hinunter und stieß die grau gestrichene Kellertür auf.

Ihre Hoffnung erfüllte sich. Stefan Schütze lag tatsächlich auf einer Hantelbank. Mit dem Kopf zum Ausgang, sodass er sie nur sehen konnte, falls er den Hals überdehnen würde. In den Händen hielt er Kurzhanteln, die jeweils mit sechs Gewichtsscheiben bestückt waren.

»Schatz?«, fragte er, ohne zu ihr zu schauen oder die Übung zu unterbrechen.

Spannberg trat an ihn heran, kniete sich hin und schlang das Seil um seinen Hals. Erst jetzt wurde ihm klar, dass nicht seine Freundin den Raum betreten hatte. Hinter ihm hockte niemand mit guten Absichten. Er versuchte, die Fremde mit der linken Hantel zu treffen. Spannberg wich zur Seite aus. Klirrend fiel die Hantel zu Boden. Erbarmungslos drückte sie ihm die Luft ab. Der Mann ächzte. Er ließ die zweite Hantel fallen, in der Absicht, sich aufzurichten. Doch das Seil presste ihn auf die Bank.

»Stirb!«, zischte Spannberg. »Stirb!« Sie stöhnte unter der Anstrengung, ihn auf der Bank zu halten.

Der Mann wehrte sich verzweifelt. Er schlug nach hinten aus, doch schränkte seine Position seine Reichweite erheblich ein. Offenbar bemerkte er das und wechselte die Strategie. Er schien sich auf die Seite drehen zu wollen. Spannberg glich seine Bemühung aus, indem sie ihren Schwerpunkt ein Stück nach hinten verlagerte. Schütze griff sich an die Kehle, wollte das Seil packen. Doch es hatte sich bereits so tief in seine Haut gegraben, dass er es nicht zu fassen bekam.

Seine Gegenwehr erlahmte. Er streckte die Hände nutzlos in die Höhe. Kurz darauf sackten sie herunter. Schützes Mund öffnete sich, die Augenlider flatterten und schlossen sich. Er wehrte sich nicht mehr. Trotzdem drückte Spannberg weiter zu. Bis ihre Arme zitterten und sie den Druck nicht länger aufrechthalten konnte.

Keuchend ließ sie locker. Erst jetzt wurde ihr die offenstehende Tür hinter ihr bewusst. Hektisch warf sie diese zu. Dann hockte sie sich an Schützes Seite und tastete nach einem Puls.

33

Till und Dorfer kamen fast gleichzeitig in der dritten Etage an, wo eine junge Frau sie erwartete. Die kurzhaarige Blondine trug eine dunkelblaue, lange Sporthose und einen weißen Sweater.

»Sind Sie wirklich von der Polizei?«, fragte sie misstrauisch.

Dorfer zeigte ihr seinen Ausweis. »Wo ist Herr Schütze?«

»Was wollen Sie von ihm? Hat er etwas angestellt?« Die Frau wirkte unsicher.

»Wir fürchten, er schwebt in Lebensgefahr. Dürfen wir reinkommen?«

»In Lebensgefahr? Ich hab Ihnen doch gesagt, dass er unten im Keller ist.«

»Das haben wir wegen des Türsummers nicht verstanden. Welcher Kellerraum? Was macht er da?«

»Trainieren. Er hat sich da wohl eine kleine Trainingsstation aufgebaut. Hantelbank und so.«

»Welcher Kellerraum ist es?«, fragte Dorfer.

Sie zuckte die Achseln. »Stefan und ich sind erst seit drei Wochen ein Paar. Ich habe gestern das erste Mal hier übernachtet. Er hat mir angeboten, mir nach dem Training sein kleines Reich ansehen zu kommen. Wollte ich nachher machen.«

Dorfer wandte sich ab. »Laufen wir runter!«

Diesmal nahm auch Till die Stufen. Unten angekommen, stießen sie auf zwei vom Hausflur abführende Kellertüren.

»Ich links, Sie rechts.«

Till öffnete die Tür. Vor ihm lag ein dunkler Gang. Er zählte fünf weitere Türen. Er rüttelte an der ersten. Verschlossen. Dasselbe Ergebnis bei Nummer zwei. Die dritte jedoch schwang nach innen auf.

»Dorfer!«, schrie Till. »Ich hab ihn gefunden!«

Um keine Zeit zu verlieren, wartete er nicht auf den Hauptkommissar. Er wandte sich der reglosen Gestalt zu und tastete nach einem Puls. Sofort begann er mit einer Herzdruckmassage.

»Scheiße!«, zischte Dorfer. »Lebt er noch?«

»Nein.«

»Sie hat maximal ein paar Minuten Vorsprung. Vielleicht haben wir sie nur knapp verpasst. Ich renne zur Straße. Machen Sie weiter!«

Dorfer verschwand wieder, während Till sich abmühte. Die Befürchtung des Hauptkommissars hatte sich bewahrheitet. Und sie hatten den Mord nicht verhindern können.

Dorfer kehrte zurück. »Keine Spur von ihr. Ich informiere Dellhorst. Der muss alles Weitere in die Wege leiten.«

»Das hier ist sinnlos«, sagte Till atemlos. »Er ist tot.«

»Dann hören Sie auf.« Er zückte das Mobiltelefon. Nach wenigen Sekunden erreichte er seinen Vorgesetzten und schilderte ihm die Situation. Der Hauptkommissar nannte ihm die Adresse des Toten und teilte ihm mit, dass sie die Mörderin beinahe überrascht hätten. Dellhorst versprach, ihnen ein großes Aufgebot an Polizeikräften zu schicken. Dorfer beendete das Gespräch und schob das Telefon zurück in die Hosentasche.

»Schützen Sie jetzt die anderen potenziellen Opfer?«, fragte Till.

Zu seiner Verwunderung schüttelte Dorfer den Kopf. »Ich kenne Dellhorst. Der konzentriert sich auf die Ermittlungen. Darauf, Spannberg per Ringfahndung zu fassen. Bestimmt veranlasst er Straßensperren und richtet sein Augenmerk nicht auf vorbeugende Maßnahmen. Bis die Maschinerie in Gang kommt, vergeht noch mindestens eine Stunde.«

»Dann müssen wir sofort weiter! Die anderen warnen.«

»Ich muss hierbleiben. Die Kollegen empfangen. Dass wir richtig lagen, ist unsere Chance. Jetzt nimmt mich Dellhorst ernst.«

»Was bringt das den anderen?«

»Nichts. Trotzdem kann ich hier nicht weg.« Er zog geräuschvoll die Nase hoch. Dann kramte er den Zettel mit den Adressen hervor und drückte Till seinen Autoschlüssel in die Hand.

»Klappern Sie die anderen ab! Sie sollen vorsichtig sein.«

»Die glauben mir nicht. Ich bin kein Polizist.«

»Tun Sie's trotzdem! Sie wirken sehr überzeugend. Wie ein guter Polizist. Ich versuche, Ihnen schnellstmöglich Personal hinterherzuschicken. Los!«

34

Ulla Dickrich beobachtete Taylor, der in seinem Zimmer am Boden hockte und vor sich hinstarrte. War er in einer imaginären Spielwelt versunken? Oder hing er trübsinnigen Gedanken nach?

»Geht's dir gut, mein Schatz?«, fragte sie nach einer Weile. Er hob den Blick. Bildete sie sich das nur ein, oder wirkte er traurig?

»Ich vermisse Mama«, flüsterte er leise.

Seine Worte brachen ihr fast das Herz. Da sie sich wegen ihrer Gelenkprobleme unmöglich auf den Boden setzen konnte, zog sie einen Stuhl heran. »Ich vermisse sie auch. Aber bestimmt geht es ihr bald wieder besser, und du kannst zu ihr. Oder sie zieht hier ein. Zum Glück haben wir Platz genug.«

»Hoffentlich.« Unvermittelt schluchzte er. Tränen liefen ihm die Wangen hinab.

»Taylor, bitte nicht weinen. Alles wird gut, das verspreche ich dir.«

Der Junge erhob sich und setzte sich auf ihren Schoß. Die ungewohnte Belastung bereitete ihr Schmerzen. Trotzdem drückte Ulla ihren Enkel fest an ihre Brust. Stumm streichelte sie seinen Kopf. Während Taylor weinte, überlegte sie fieberhaft, wie sie ihn aufmuntern könnte. Dabei verlagerte sie leicht ihr Gewicht, um das Hüftgelenk zu entlasten.

Draußen wurde es in spätestens einer Stunde dunkel. Also kam ein Spaziergang zum nächsten Spielplatz nicht infrage. Sie benötigte eine Ablenkung, bei sie nicht aufs Wetter oder Tageslicht angewiesen waren. Vor einigen Wochen hatten sie an einem Sonntagmorgen einen Kinofilm angesehen. Taylor hatte das wahnsinnig viel Spaß gemacht. Er war in seinem ganzen Leben erst viermal im Kino gewesen.

Leider wusste Ulla nicht, ob derzeit ein Kinderfilm lief. Doch ihr fiel nichts anderes ein, mit dem sie ihm an diesem Freitagnachmittag eine Freude bereiten könnte. »Sollen wir im Internet nachsehen, ob gerade ein schöner Film im Kino läuft?«, fragte sie.

Sofort sah er sie mit großen Augen an. »Kino? Au ja!«

»Dann lass uns an den Computer gehen.«

Taylor sprang auf. Ulla atmete erleichtert auf und folgte dem Jungen mit leicht steifen Bewegungen ins Wohnzimmer. Er startete den PC. Sie setzte sich auf den Stuhl und rief die Homepage des nächstgelegenen Kinos auf.

»Sonic!«, rief Taylor ganz begeistert.

»Was?«, fragte Ulla verständnislos.

Taylor zeigte auf eine blaue Gestalt am Rand des Bildschirms. »Das ist Sonic.«

»Muss ich den kennen?«

»Oma!« Taylor seufzte. »Das ist doch eine meiner Lieblingsvideospielfiguren. Gibt es einen Film über Sonic?«

Sie überflog das Kinoprogramm. »Läuft ganz neu. Worum geht's denn? In der Verfilmung des beliebten

Videospiels muss Sonic the Hedgehog dem Bösewicht Doktor Robotnik das Handwerk legen«, las sie laut vor.

»Hammer!« Taylor strahlte. »Das klingt toll. Können wir da rein?«

Ulla suchte nach den Vorführungszeiten. Die nächste Vorstellung begann in einer Dreiviertelstunde. »Wenn wir uns beeilen, schaffen wir das.«

»Dann beeilen wir uns. Ich renn zur Toilette. Yeah. Ich bin Sonic.« Taylor flitzte los.

Lächelnd schaute Ulla ihm nach. »Danke, du blauer Rennigel«, flüsterte sie. »Ich weiß nicht, wie ich Taylor sonst so schnell zum Lachen gebracht hätte.«

Sie schaltete den Computer aus. Kurz darauf trat ihr Enkel wieder aus dem Badezimmer.

»Hast du dir auch die Hände gewaschen?«

»Mist!«

Fünf Minuten später verließen sie die Wohnung. Im Flur trafen sie auf ihre Nachbarin Jutta.

»Ihr geht noch aus?«, fragte Jutta überrascht.

»Ins Kino!«, erklärte Taylor strahlend.

»Oh wie schön. Welches Kino?«

»Das am Dammtor«, antwortete Ulla.

»Wie heißt der Film? Ist das auch etwas für mich?«

»Sonic the Hedgehog«, sagte Taylor. »Das ist ein blitzschneller blauer Igel, der gegen das Böse kämpft.«

»Das klingt ziemlich aufregend. Schade. In Heidi oder so wäre ich mitgekommen. Viel Spaß.«

Taylor drehte sich zu seiner Großmutter um. »Wer ist Heidi?«

35

»Oh nein.« Spannberg stöhnte auf.

Auf der Suche nach einem Parkplatz fuhr sie langsam die Straße entlang und sah ihre nächste Zielperson gemeinsam mit der Großmutter aus dem Haus treten. Der Junge trug eine Mütze und Handschuhe.

Vor einer Einfahrt stoppte sie kurz und betätigte den Blinker. Ulla Dickrich entsperrte das vor der Haustür parkende Fahrzeug, half ihrem Enkel hinein und schnallte ihn an.

»Warum heute? Wieso jetzt?«

Taylor Fischers Vater hieß Konstantin. Er hatte einige Monate vor der Geburt seines Sohnes eine Frau vergewaltigt und getötet. In ihm habe sich ein unerträglicher Druck aufgebaut, weil seine Ehefrau während der Schwangerschaft viel habe liegen müssen und sexuell ausgefallen sei – so hatte er seine Tat in den Therapiestunden verteidigt. Derselbe Druck hatte sich wohl auch bei der Gefängnisrevolte wieder entladen müssen. Nachdem Spannberg Stefan Schütze erledigt hatte, sollte als Nächstes Fischers Sohn an der Reihe sein. Danach würde sie sich Karsten Hansens Vater vornehmen, da Hansen keine Kinder in die Welt gesetzt hatte.

Leider war ein Mord in der Öffentlichkeit viel schwerer auszuführen, als sich unter einem Vorwand

Zutritt zu einer Wohnung zu verschaffen.

Spannberg traf eine Entscheidung. Auch wenn sie dadurch Zeit verlor, würde sie dem Wagen von Taylors Großmutter folgen. Sie beobachtete, wie sich das Fahrzeug in den Verkehr einreihte. Zwei Autos fuhren an Spannberg vorbei. Bevor sich ein dritter Pkw zwischen sie schieben konnte, gab sie Gas. Taylor war nun die wichtigste Person auf ihrer Todesliste. Sie durfte ihn nicht davonkommen lassen.

Eine Viertelstunde später fuhren sie dicht hintereinander auf den Parkplatz Alsterterrasse. Spannberg würde abwarten, bis die beiden ausgestiegen wären, zu ihnen gehen und den Jungen erschießen. Sollte sich die Großmutter schützend vor ihren Enkel stellen, müsste sie ebenfalls sterben. Der unbewachte Parkplatz kam Spannberg zugute. Kein heldenhafter Wachmann würde sie aufhalten.

Taylors Großmutter steuerte das Fahrzeug gekonnt in eine enge Lücke. Anschließend drehte sie sich um und sagte etwas zu ihrem Enkel. Sie stieg aus und eilte zum nächstgelegenen Parkautomaten. Taylor blieb im Wagen sitzen.

Das war Spannbergs Chance, die Tat ohne Kollateralschäden auszuüben. Sie parkte ebenfalls und zog die Handbremse. Den Motor ließ sie laufen. Rasch schlüpfte sie aus dem Pkw und überbrückte die Distanz. Auf halbem Weg ertönte plötzlich ein lautes Hupen. Spannberg erschrak. Sie hatte nicht auf die anderen Fahrzeuge geachtet und wäre fast einem Wagen vor die Motorhaube gelaufen. Der Fahrer machte vor seinem Kopf eine Wischbewegung.

Spannberg wich zwei Schritte zurück, als der unverschämte Kerl wieder anfuhr und leicht nach links lenkte. Taylors Großmutter kehrte unterdessen zu ihrem Auto zurück, legte den Parkschein hinter die Windschutzscheibe und half ihrem Enkel beim Aussteigen.

Die perfekte Gelegenheit war ungenutzt verstrichen. Zwei Parklücken neben dem Großmutter-Enkel-Gespann stiegen Leute aus ihrem Kombi. Spannberg änderte ihren Plan. Sie vermutete, wohin Taylor und seine Oma unterwegs waren. Vielleicht konnte sie die Tat dort vollführen. Sie ging zu ihrem Auto, schaltete den Motor aus, schloss ab und folgte ihrer Zielperson. Der Junge plapperte pausenlos auf seine Großmutter ein, während er ihre Hand hielt.

36

Die Haustür stand offen. Till orientierte sich anhand der Klingelschilder. Übers Treppenhaus gelangte er nach oben. Zunächst klingelte er, dann klopfte er an die Tür.

»Frau Dickrich?«, rief er.

Hinter ihm öffnete sich eine Tür.

»Junger Mann, was soll der Lärm?«, fragte eine ältere Frau.

Till drehte sich zu ihr um. »Ich muss dringend mit Frau Dickrich und vor allem mit Taylor Fischer sprechen.«

»Die haben Sie knapp verpasst.«

»Wie knapp?«

»Um gut zehn Minuten. Soll ich Ulla etwas ausrichten?«

»Wissen Sie, wo die beiden hin sind?«

Die Nachbarin runzelte die Stirn. »Wieso fragen Sie? Wer sind Sie überhaupt?«

Sollte er behaupten, Polizist zu sein, so wie es Dorfer ihm geraten hatte? Im Sekundenbruchteil traf Till eine andere Entscheidung. »Entschuldigen Sie«, sagte er lächelnd. »Sehr unhöflich von mir. Ich bin Till Buchinger. Frau Dickrich hat mich engagiert.«

»Weswegen?«

Till griff in die Innentasche seiner Jacke und zückte

eine leicht abgegriffene Visitenkarte, die er der Frau in die Hand drückte. »Ich bin ein Personenfahnder.«

Die Nachbarin warf einen Blick auf die Karte. »Von der Polizei?«

»Nein. Aber ich arbeite eng mit der Polizei zusammen. Ich bin eher so etwas wie ein Privatdetektiv. Es geht um Taylors Vater. Frau Dickrich bezahlt mich für Informationen, die ich aus dem Gefängnis besorge.«

»Wie schon gesagt, Sie haben die beiden knapp verpasst. Sie wollten ins Kino am Dammtor.«

»Wissen Sie zufällig, in welchen Film?«

»Irgendwas mit Sony. Kannte ich nicht. Geht wohl um einen blauen Igel.«

»Danke! Das hilft mir weiter.«

Statt die Treppen herunterzulaufen, forderte Till den Fahrstuhl an. Er nutzte die Wartezeit, um die Kinohomepage aufzurufen. Schnell fand er den einzigen Film, der infrage kam. Die Vorstellung startete in einer Viertelstunde. Er betrat die Kabine, deren Tür sich gleich darauf schloss. Till drückte die Taste fürs Erdgeschoss und überprüfte den Netzbalken. Auch im Inneren des Aufzugs hatte er eine hinreichende Verbindung. Er rief Dorfer an, um ihn über den Kinobesuch der Zielperson zu informieren und weitere Anweisungen zu erhalten.

»Hallo, Herr Buchinger. Wo sind Sie gerade?«

»Im Haus von Ulla Dickrich und ihrem Enkel Taylor. Ich habe sie leider nicht angetroffen, weiß aber, wo sie sind. Im Kino am Dammtor. Was soll ich tun?«

»Kino? Scheiße! Dellhorst hat seine Meinung schon

wieder geändert. Er organisiert gerade Personal, um alle Zielpersonen zu schützen. In zehn Minuten ist jemand bei Ihnen vor Ort. Ein Kinobesuch verkompliziert allerdings die Lage.«

»Sie könnten die beiden ausrufen lassen und am Kinosaal in Empfang nehmen.«

»Ich schlag's Dellhorst vor. Keine Ahnung, ob er sich darauf einlässt. Könnten Sie als Vorhut hinfahren? Dann wäre mir wohler zumute. Wissen Sie den Film?«

Till nannte den Namen und den Vorstellungsbeginn.

»Da sitzen bestimmt viele Kinder im Publikum. So wie ich Dellhorst einschätze, will mein Chef keine Panik verursachen.«

Die Kabinentür öffnete sich. Till trat hinaus. »Ich fahr schon mal los. Sagen Sie mir Bescheid, was Sie mit Dellhorst ausmachen.«

»Einverstanden. Ich melde mich gleich.«

Till beendete das Gespräch. Er musste sich beeilen. Wie ein blauer Igel durch den Feierabendverkehr huschen. Im Gegensatz zur Nachbarin wusste er nämlich genau, um wen es sich bei Sonic handelte.

37

Spannberg behielt Taylor und dessen Großmutter im Auge. Wie erwartet gingen sie vom Parkplatz zu dem nahegelegenen Kinogebäude. Auf dem Weg dorthin ergab sich keine Gelegenheit, den Jungen zu töten. Immer waren Leute in unmittelbarer Nähe, die bei einer Flucht eine Gefahr dargestellt hätten.

Spannberg stellte sich an der Kinokasse hinter den beiden an, um herauszufinden, welchen Film sie sich anschauen wollten.

Möglichst unauffällig musterte sie die Umgebung. Der Kassenbereich war videoüberwacht. Die Bullen hätten also nach der Tat einen Anhaltspunkt für ihre Ermittlungen. Doch bis dahin wäre sie schon auf dem Weg zum nächsten Opfer.

»Hallo«, sagte Taylors Großmutter zu der jungen Kassiererin. »Wir hätten gern zwei Karten für Sonic.«

»Gerne. Der Film läuft in Kino drei. Wo wollen Sie sitzen? Weiter vorne, in der Mitte oder hinten? Ist noch ziemlich viel frei.«

»In der Mitte«, antwortete die Großmutter.

»Dann nehmen Sie am besten Reihe H.« Sie wandte sich an den Jungen. »Wie alt bist du?«

»Zehn«, sagte Taylor.

»Super! Dann haben wir einmal die Plätze H12 und H13. Das macht zusammen siebzehn Euro und zehn

Cent.«

Die Großmutter reichte der Kassiererin einen Zwanzig-Euro-Schein und nahm die Tickets sowie das Wechselgeld entgegen. Sie bedankte sich und wandte sich vom Kassenbereich ab, ohne die Frau zu beachten, die hinter ihr in der Warteschlange stand.

Die Kassiererin wünschte ihnen viel Spaß und begrüßte danach Spannberg mit einem warmherzigen Lächeln.

»Ich nehme ebenfalls zweimal Sonic. Mein Sohn ist dreizehn.«

»Wo wollen Sie sitzen?« Die Kassiererin schien sich nicht für den nicht anwesenden Jungen zu interessieren.

»Sind die mittigen Plätze in Reihe G noch frei?«

»Ich kann Ihnen G12 und G13 anbieten. Oder G14 und 15.«

»Perfekt. Ich nehme 12 und 13. Was macht das?«

»Achtzehn Euro sechzig.«

Auch Spannberg zahlte mit zwanzig Euro und erhielt ihr Wechselgeld sowie die Eintrittskarten. Sie bedankte sich und schlenderte zur Kartenkontrolle. Unauffällig ließ sie das Schülerticket in der Hosentasche verschwinden. Sie wollte direkt hinter Taylor sitzen. Weil sie nicht wusste, welchen Platz der Junge einnehmen würde, brauchte sie zwei Karten, damit kein anderer Kinobesucher den Sitzplatz buchen konnte.

In ihrer Jackentasche steckte eine Pistole mit Schalldämpferaufsatz. Sie würde die Waffe von hinten aufs Polster drücken und an einer besonders lauten Stelle des Films zweimal abdrücken. Wenn sie Glück hatte, würde die Großmutter das nicht sofort bemerken.

Spannberg passierte die Kartenkontrolle. Der dortige Mitarbeiter ließ sich nicht anmerken, ob er es seltsam fand, dass eine Erwachsene allein in einen Kinderfilm ging. Er wünschte ihr viel Spaß. Unterdessen kamen Taylor und seine Großmutter am Verkaufsstand an. Spannberg beobachtete die beiden. Der Junge erhielt ein Eis, außerdem kauften sie zwei Getränke und eine kleine Tüte Popcorn. So ausgestattet liefen sie zum Kinosaal drei. Spannberg blieb ein paar Minuten an Ort und Stelle. Sie hatte sich die beiden Sitzplätze hinter der Zielperson gesichert, die ihr keiner mehr streitig machen konnte. Deshalb hatte sie die Muße, die wenigen hereinkommenden Menschen zu mustern. Niemand kam ihr bekannt vor oder schien sich für sie zu interessieren.

Schließlich betrat sie selbst den Saal mit der gedämpften Beleuchtung. Sie setzte sich genau hinter Taylor, der an seinem Eis leckte. Seine Großmutter achtete nicht darauf, wer hinter ihnen Platz nahm.

Spannberg ließ die Jacke an, öffnete aber den Reißverschluss. Sie ließ sich tief in den Sitz sinken. Immer wieder warf sie einen Blick zur Tür, um die Neuankömmlinge zu mustern. Der Kinofilm war offenbar nur schwach besucht. Als das Licht ausging, saßen höchstens zwei Dutzend Personen im Saal. Fast ausschließlich Mütter oder Väter mit ihren Kindern.

38

Till kaufte sich eine Kinokarte in der letzten Reihe und wählte den äußersten Platz. Er hoffte auf einen raschen Rückruf von Dorfer. Die Soko stellte hoffentlich mindestens zwei Einsatzkräfte ab, die die Zielpersonen sicher nach Hause brächten. Er wollte diese Aufgabe nicht übernehmen.

Ob die beiden schon im Kinosaal saßen? Till musste davon ausgehen, immerhin hatten sie ungefähr eine Viertelstunde Vorsprung. Er hatte beschlossen, den Eingang des Saals genau im Auge zu behalten. Leider hatte er keine Anhaltspunkte, wie die Frau oder Taylor aussahen. Die Großmutter war vermutlich um die sechzig, das Enkelkind zehn Jahre alt. Deswegen wäre es am sinnvollsten, die Leute beim Betreten des Saals zu beobachten. Jüngere oder männliche Erwachsene konnte er ebenso ausschließen wie Mädchen und deutlich ältere Jungen.

Er ging gut zwanzig Schritte vom Eingang entfernt auf Position. Alle Kinobesucher, die in den Folgeminuten den Saal ansteuerten, schieden von vornherein aus.

Als das Vorprogramm begann, nahm er sein Telefon zur Hand. Warum rief Dorfer ihn nicht an? Till wählte die Nummer des Hauptkommissars und landete auf der Mailbox.

»Ich bin's. Buchinger. Ich habe mir eine Karte für den Film gekauft. Er läuft in Kino drei. Ich sitze in der letzten Reihe ganz rechts. Sollten Sie Polizisten herschicken, können die mich ansprechen. Bislang habe ich niemanden entdeckt, bei dem es sich um Frau Dickrich und ihren Enkel handeln könnte. Wahrscheinlich sind die schon auf ihren Plätzen. Ich warte noch ein paar Minuten draußen. Wenn es Ihnen möglich ist, rufen Sie mich zurück. Damit ich weiß, wie Ihre Planung aussieht.«

Er beendete das Gespräch, stellte am Telefon den Vibrationsmodus ein und beobachtete ein Vater-Sohn-Gespann, das in den Kinosaal eilte.

Fünf Minuten später hatte Dorfer noch immer nicht zurückgerufen. Forderte der neue Mord seine volle Aufmerksamkeit, oder wieso meldete er sich nicht zurück? Von seiner Position aus bemerkte Till, dass das Licht im Saal wieder anging. Kurz darauf erlosch es erneut, gleichzeitig schlossen sich die Automatiktüren. Das Hauptprogramm startete.

Er warf einen Blick aufs Handy. Er hatte weder einen Anruf noch eine Nachricht verpasst. Also musste er eigenverantwortlich handeln. Till betrat den Saal und setzte sich in die letzte Reihe. Auf der Leinwand lief der Trailer eines Films. Von seinem Platz aus musterte er alle Anwesenden. In seiner Sitzreihe zählte er insgesamt sechs Personen. Zwei Väter, eine Mutter, drei Kinder. Er schaute sich weiter um. Um auch die Besucher vor sich besser sehen zu können, erhob er sich geräuschlos und rückte zwei Sitzreihen vor.

Sein Herzschlag setzte aus, als er die mittleren Reihen überprüfte. In einer davon entdeckte er eine ältere Frau, die neben einem Jungen saß. Direkt dahinter eine einzelne Person. Spannberg?

Till sank tief in seinen Sitz und zog das Handy aus der Hosentasche.

Ich fürchte, Spannberg sitzt hier im Kino. Wo sind Sie?

Er schickte die Nachricht ab. Was sollte er jetzt tun? Wenn sie direkt hinter dem Jungen saß, konnte sie ihn mit einem langen Messer oder einer Pistole problemlos in Sekundenschnelle töten. Taylors Leben hing am seidenen Faden.

Der Trailer endete. Kurz darauf begann der Hauptfilm. Till musste sich entscheiden. Er erhob sich und lief gebückt nach vorn.

In der Reihe, in der er die Mörderin vermutete, saß sonst niemand, zudem trug die Frau noch immer ihre dicke Jacke. Beide Umstände wirkten ungewöhnlich. Momentan schaute sie zur Leinwand. Als er sich ihr näherte, blickte sie jedoch zu ihm auf. Sie erkannte ihn sofort. Hektisch griff sie in eine Jackentasche.

Till brüllte laut »Polizei!«

Einige Kinobesucher lachten. Er warf sich auf den Sitz neben Spannberg. Die Frau schrie auf. Nun kam Unruhe auf. Er packte ihren Arm und hielt ihn fest.

»Taylor! Frau Dickrich! Laufen Sie weg.«

Die ältere Frau drehte sich um, während Till mit Spannberg rang.

»Das ist Franka Spannberg«, warnte er sie. »Sie will Taylor wegen seines Vaters töten.«

Die Mörderin brüllte vor Zorn auf und griff ihm mit der freien Hand ins Gesicht. Im Kino keimte Panik auf. Einige Besucher erhoben sich von ihren Plätzen. Noch verließ niemand den Saal.

Till ballte seine Faust und schlug unkontrolliert zu. Er traf Spannberg perfekt am Hals. Sie zuckte zurück, und ihre Hand glitt von seinem Gesicht.

»Alle raus hier!«, schrie Till.

Die Großmutter nahm ihren Enkel an die Hand und zog ihn hinaus. Spannberg kreischte frustriert. Sie schaffte es, ihre Pistole aus der Jacke zu ziehen. Till schlug ihr mit voller Wucht gegen das Handgelenk. Im nächsten Moment fiel die Pistole zu Boden.

»Waffe!«, schrie er.

Nun erhoben sich endgültig alle Kinogänger und strömten hinaus. Till sprang auf und trat gegen die Pistole, die über den Teppichboden außer Reichweite rutschte. Dann packte er den rechten Arm der Mörderin. Bevor sie etwas dagegen ausrichten konnte, drehte er ihr den Arm auf den Rücken und riss sie vom Sitz.

»Sie kommen mit!«, zischte er ihr ins Ohr. »Das war's.«

»Hilfe!«, schrie Spannberg. »Das ist mein Ex. Er stalkt mich.«

Hoffte sie auf einen naiven Kinogänger?

»Das ist Franka Spannberg, die gesuchte Mörderin«, rief Till. »Verlassen Sie alle den Saal. Die Polizei wird gleich hier sein.«

Er schob sie zum Ausgang. Spannberg wehrte sich, konnte jedoch nichts gegen seine körperliche Überlegenheit ausrichten.

»Ich hätte dich auf der Fahrt nach Berlin töten können«, zischte sie ihm zu.

»Ich bin froh, dass Sie es nicht getan haben!«

Sie drehte den Kopf und spuckte, doch der Speichel landete auf ihrer Jacke.

Till erreichte die Doppeltür. Die Väter und Mütter schienen mit ihren Kindern im Gang vor dem Kinosaal auszuharren. Wieso liefen sie nicht weg? Informierte niemand das Kinopersonal?

Er verließ den Saal. Die Blicke der Erwachsenen weckten eine dunkle Vorahnung in ihm. Einige Kinder weinten und klammerten sich an ihren Eltern fest.

Mit Spannberg im Polizeigriff zwängte er sich an den ersten Besuchern vorbei. Bis er ebenfalls wie vom Donner gerührt stehenblieb.

Im Gang stand eine Frau, die er gleich wiedererkannte. Obwohl sie im Gegensatz zu früher nun eine Kurzhaarfrisur trug und das blonde Haar schwarz gefärbt hatte.

Sandra Borke. Die Ex des verstorbenen Hauptkommissars Krumm, die Tills Dienste in Anspruch genommen hatte, um unterzutauchen.

Sie trug eine dicke Jacke, deren Reißverschluss offen war. Darunter erkannte er eine Sprengstoffweste.

»Hallo, Herr Buchinger«, begrüßte sie ihn lächelnd. »Oder darf ich Till sagen?«

Spannberg stolperte nach vorn, doch Till riss sie

zurück.

»Was tun Sie hier?«

»Dich vor die Wahl stellen.«

»Welche Wahl?«

»Du hast das Leben all dieser Menschen in deiner Hand. Wenn du dich falsch entscheidest, zünde ich die Bombe. Sieh nur, wie viele unschuldige Kinder dann sterben würden.«

Die ersten Kinogänger versuchten, nach hinten auszuweichen.

»Bleiben Sie alle stehen!«, schrie Sandra Borke. »Oder Sie sterben!«

»Was verlangen Sie?«

»Wir steigen jetzt gemeinsam in Frankas Wagen und verschwinden. Falls jemand versucht, uns aufzuhalten, zünde ich die Bombe. Ich habe mit meinem Leben abgeschlossen. Wie sieht's mit euch aus?«

Erneut versuchte Spannberg, sich loszureißen. Diesmal ließ er es zu. Die Mörderin stellte sich an die Seite von Krumms Ex.

»Warum?«, fragte er irritiert.

Spannberg lachte. »Kannst du dir das nicht denken?« Sie wandte sich an Borke. »Ich muss Taylor töten. Hast du eine Pistole dabei? Meine habe ich im Kampf verloren.«

»Nein.«

»Scheiße!«

Aus dem Augenwinkel sah Till, wie sich die Großmutter schützend vor ihren Jungen stellte.

»Das ist nicht zu ändern«, sagte Borke. »Komm! Jede

Sekunde zählt. Die Bullen können gleich hier sein. Ab jetzt wird eh alles anders.«

Spannberg ging wieder auf Till zu und packte ihn am Handgelenk.

»Scheiß Gefühl, oder?« Jetzt war sie es, die ihm den Arm auf den Rücken drehte. Sie griff in seine Tasche. Sekunden später flog sein Handy im hohen Bogen davon.

Doch trotz der Gefahr, in der sie alle schwebten, war Till nicht unzufrieden. Zumindest hatte er Taylors Leben gerettet. Der hasserfüllte Blick, den Spannberg dem Jungen zuwarf, verschaffte ihm Genugtuung.

Sie gingen zu dritt zum Ausgang.

»Was ist hier los?«, fragte ein bullig wirkender Mitarbeiter, der ein Funkgerät in der Hand hielt und sich ihnen näherte.

»Verschwinden Sie!«, rief Borke. »Sonst sprenge ich uns in die Luft!«

Sie lüftete ihre Jacke. Der Mann starrte wie ein Kaninchen vor der Schlange auf den Sprenggürtel.

»Hauptkommissar Dorfer!«, schrie Till. »Er muss ...«

Spannberg boxte ihm brutal in die Seite.

»Schnauze!«, zischte sie.

Till stolperte vorwärts. Da Spannberg nicht bewaffnet war, könnte er sie im Zweikampf überwältigen. Doch gegen die Sprengstoffweste war er machtlos. Also fügte er sich vorläufig seinem Schicksal.

Auf dem Weg nach draußen näherten sich immer wieder Kinomitarbeiter, bis sie die explosive Weste bemerkten. Unbehelligt gelangten die beiden Frauen mit ihrer Geisel aus dem Gebäude.

»Weißt du, wo ich parke?«

»Natürlich«, antwortete Borke.

Im Laufschritt näherten sie sich dem Parkplatz. Mehrfach lockerte sich für einen Sekundenbruchteil Spannbergs Schraubstockgriff. Till unternahm jedoch nichts. Er hoffte auf eine bessere Chance.

»Nimmst du meinen Schlüssel?«, fragte Spannberg schließlich. »Er steckt in der rechten Jackentasche.«

Sie blieb stehen, krallte die freie Hand in Tills Haarschopf und drückte seinen Kopf schmerzhaft nach unten. Borke näherte sich ihnen. Ehe er reagieren konnte, hatte sie sich sein freies Handgelenk geschnappt und ihm eine Handschelle umgelegt. Sekunden später waren beide Hände hinterm Rücken gefesselt. Spannberg stieß ihn vorwärts. Till verfluchte sich innerlich. Er war auf ein Ablenkungsmanöver hereingefallen. Dabei hatte er gehofft, dass sich in einigen Augenblicken eine Fluchtmöglichkeit ergeben würde. Nun war er ihnen ausgeliefert.

Sie näherten sich einem Mittelklassewagen. Auf Höhe der hinteren Türen blieb sie stehen. Spannberg und Borge verstellten ihm beide Fluchtrichtungen. Die Ex des Hauptkommissars griff ihrer Partnerin in die Tasche und zog den Zündschlüssel heraus. Die Blinker leuchteten zweimal auf, als sie das Schloss entriegelte.

Spannberg stieß ihn in den Wagen. Da er sich nicht abstützen konnte, schlug er schmerzhaft mit dem Kopf an die gegenüberliegende Tür.

»Sorry.« Die Mörderin lachte gehässig. »Mach dir

übrigens keine Hoffnung. Du bekommst die Türen an der nächsten roten Ampel nicht auf. Der Wagen hat eine Kindersicherung.«

Borke stieg auf der Beifahrerseite ein, Spannberg nahm hinter dem Steuer Platz. Kaum saßen die beiden, beugten sie sich einander zu und küssten sich leidenschaftlich.

»Schau dir seinen Gesichtsausdruck an!« Borke lachte. »Spießer!«

»Ich bin nicht wegen Ihrer sexuellen Ausrichtung entsetzt«, widersprach Till.

»Sondern?«, fragte sie.

»Weil ich nicht den leisesten Verdacht hatte, dass Sie mir in meinem Büro etwas vorgespielt haben. Ich kann's kaum glauben.«

Spannberg startete den Motor. »Wohin sollen wir?«

»In unseren Unterschlupf. Wir müssen das Ganze heute beenden.«

»Meinst du wirklich?«

Borke nickte. Sie legte den Sicherheitsgurt um und richtete den Rückspiegel so aus, dass sie Till darin beobachten konnte. »Kränkt das deine Berufsehre?«

Spannberg parkte rückwärts aus und steuerte die Ausfahrt an. Bei der ersten sich bietenden Verkehrslücke reihte sie sich ein.

Ob Till es gelingen würde, den Frauen Informationen zu entlocken? Er musste Zeit gewinnen. Wahrscheinlich dauerte es nicht lange, bis Dorfer von dem Vorfall im Kino erfuhr. »Warum haben Sie sich damals so verstellt?«, fragte er.

Borke grinste. »Ich finde es süß, dass du deine guten Manieren nie vergisst. Du verfällst nie ins vertrauliche Duzen.«

»Nur wenn Sie darauf bestehen.«

»Er baut dadurch Distanz auf«, erklärte die ehemalige Gefängnispsychologin. »Ist mir schon auf der Fahrt nach Berlin aufgefallen.«

»Es ist leichter, ›Sie Arschloch‹ zu sagen, als ›Du Arschloch‹«, bestätigte Till.

Borke klatschte amüsiert in die Hände. »Ich bleibe trotzdem beim Du, du Arschloch. Ups. Das war ganz einfach.«

»Wie haben Sie sich kennengelernt?«

»Du willst jetzt also wie in einem schlechten Film die Geschichte der Bösewichte hören?«, vergewisserte sich Borke.

»Warum nicht?«

»Weil es dich nichts angeht.«

Till schaute aus dem Fenster. Im Freitagnachmittagsverkehr kamen sie nicht schnell voran. Leider kamen ihnen noch keine Polizeiautos mit eingeschaltetem Blaulicht entgegen, die die Flucht vereiteln wollten.

»Ich habe von Sandra dank eines Insassen erfahren«, sagte Spannberg unvermittelt.

»Franka!«, zischte ihre Partnerin.

»Er kann es eh niemandem mehr erzählen.«

Borke seufzte. »Karsten Hansen hat mich vor vielen Jahren vergewaltigt. Ich hab ihn aus Scham nicht angezeigt. Es war auf einer Party, und ich muss leider zugeben, ihm Flirtsignale gesandt zu haben. Wir landeten in seiner Wohnung, und als ich den Flirt unverrichteter Dinge beenden wollte, riss er mir Rock, Bluse und Slip vom Körper. Zum Glück war er so betrunken, dass es schnell vorbei war.«

»Hansen erzählte mir während einer Therapiestunde davon und nannte sogar Sandras vollen Namen. Er war stolz darauf, ungestraft davongekommen zu sein. Ich fand Sandra im Telefonbuch und meldete mich bei ihr. Sie hatte Interesse, mir ihre Geschichte zu erzählen. Wir trafen uns in einer Kneipe und ...«

»... fühlten uns sofort zueinander hingezogen«, ergänzte Borke. »Ich habe im Teenageralter gemerkt, dass ich bisexuell bin, ständig auf der Suche nach dem richtigen Partner. In Franka habe ich endlich meine Seelenverwandte gefunden.« Sie streichelte Spannbergs Oberschenkel.

»Wir wurden ein Paar. Im Gegensatz zu Sandra hatte ich meine sexuelle Ausrichtung schon als Jugendliche akzeptiert. Nach meinem ersten festen Freund wusste ich, dass Männer mir nicht geben können, was ich brauche, um glücklich zu sein.«

»Uns war ein wunderschönes Jahr vergönnt.«

»Elf Monate«, korrigierte Spannberg. »Dann brach die Revolte aus und ...« Sie vollendete den Satz nicht. »Ich hatte meine Homosexualität immer verborgen, deswegen wusste niemand von Sandra. Außerdem war sie gerade nicht in Hamburg, als es passierte.«

»Zwei Wochen Wandern in den Pyrenäen. Ohne Internet, ohne Fernsehen. Ich erfuhr erst nach meiner

Rückkehr davon.«

»Während der Genesung kümmerte sie sich zu Hause um mich. Doch die Schweine hatten mir viel mehr angetan, als mich nur äußerlich zu verletzen.«

»Mich machte es vor allem fertig, dass sich Hansen an ihr vergangen hatte. Immer wieder fragte ich mich, ob es anders ausgegangen wäre, wenn ich damals den Mut gehabt hätte, ihn anzuzeigen. Vielleicht hätte er dann nicht Jahre später den Mord begangen, weil er schon zuvor im Knast gesessen hätte. Womöglich hat er sogar erst durch mich Appetit bekommen.«

»Ich hab versucht, ihr den Gedanken auszureden. Wir konzentrierten uns auf etwas anderes. Die Vergewaltiger mussten bezahlen. Aber natürlich war uns klar, dass wir innerhalb der Gefängnismauern nicht an sie herankämen.«

»Deswegen schmiedeten wir den Plan, uns an ihren Angehörigen zu rächen.«

Spannberg setzte den Blinker und hielt vor einer roten Ampel. »Sie hatten mir im Laufe der Sitzungen so viele Namen verraten. Es war leicht, eine Todesliste zu erstellen. Die Schweine sollten im Knast verrotten und darunter leiden, dass sie nichts gegen mich unternehmen können.«

»Gemeinsam spionierten wir die potenziellen Opfer aus«, sagte Borke. »Dann schlug Franka das erste Mal zu. Ich war ihre Rückendeckung. Hielt mich in der Nähe auf, um ihr notfalls bei der Flucht zu helfen. Ludger Krumm und sein Partner übernahmen die Ermittlungen. Ich beobachtete Ludger heimlich eine Weile. Er war Single. Es war meine Idee, eine Beziehung mit ihm einzugehen, um Informationen aus erster Hand zu erfahren.«

»Anfangs war ich dagegen, doch sie ließ sich nicht beirren.«

Die Ampel sprang um. Langsam fuhr Spannberg los.

»Nach ein paar Wochen bemerkte ich Krumms zerstörerischen Charakter. Er war besitzergreifend, eifersüchtig, eine Bedrohung.«

»Ich flehte sie an, ihn zu töten.«

»Aber man tötet nicht einfach einen Bullen. Schon gar nicht, wenn man eine Beziehung mit ihm führt. Dann hatte ich eine Idee.«

»So kam ich ins Spiel«, schlussfolgerte Till.

Borke strahlte. »Wir haben so viel von dir gelernt. Übrigens bist du deutlich gewissenhafter als Albrecht. Niemand hätte Franka aufgespürt, wenn sie sich an dich gewandt hätte.«

Till verspürte den Drang, seinen alten Freund zu verteidigen. »Jonathan war mein Mentor. Alles, was ich weiß, habe ich von ihm gelernt.«

»Wie süß von dir«, sagte Borke. »Trotzdem ist es nicht wahr. Ich bin überzeugt, Ludger hat versucht, mich mit Hilfe polizeilicher Mittel aufzuspüren. Es ist ihm nicht gelungen.«

»Weil Sie sich an meine Ratschläge gehalten haben. Vielleicht war Ihre Partnerin nicht ganz so vorsichtig.«

Spannberg kommentierte den Vorwurf nicht. Die nächsten paar hundert Meter legten sie schweigend zurück. Dann nahm die Mörderin eine kleine

Fernbedienung in die Hand und drückte den einzigen Knopf darauf. Gleichzeitig reduzierte sie das Tempo. Till schaute durchs Fenster und erblickte eine Garage, deren Tor langsam nach oben aufschwang. Er analysierte, was er soeben gehört hatte. Wenn Borke ihrer Lebensgefährtin geholfen hatte, war es nicht verwunderlich, dass Spannberg so lange unterhalb des Polizeiradars geblieben war.

Spannberg steuerte den Wagen in die Garage und betätigte erneut die Fernbedienung. »Willkommen in unserer kleinen geheimen Höhle.«

Sie warteten ab, bis sich das Garagentor geschlossen hatte, dann stiegen beide Frauen aus. Spannberg zog Till aus dem Auto. Borke schloss eine Durchgangstür auf. Till stolperte hinter Spannberg her, die ihn in einen großen, kargen Kellerraum führte. Sie dirigierte ihn zu einem altmodischen Heizkörper.

»Setz dich!«

Unsanft drückte sie ihn zu Boden. Borke öffnete eine der Handschellen und schloss sie um das Heizungsrohr. Versuchsweise rüttelte sie an den Fesseln. »Dich hört hier niemand. Spar dir deine Kräfte.«

Die Frauen verließen den Raum und schalteten das Deckenlicht aus. Till saß im Dunkeln. Doch das jagte ihm keine Angst ein. Im Gegenteil. So konnte er seine Gedanken besser fokussieren.

Das Ergebnis seiner Überlegungen deprimierte ihn allerdings. Falls sie ihn an Ort und Stelle ermorden würden, hätte er keine Chance. Er musste darauf hoffen, dass sie mit ihm das Haus verließen.

39

In der Küche holte Spannberg zwei Flaschen Bier aus dem Kühlschrank und öffnete sie. Unterdessen streifte Borke die Sprengstoffweste ab und legte sie behutsam auf den Küchentisch.

»Auf uns«, sagte Spannberg.

Sie stießen an. Die Frauen hatten es trotz der schwierigen Umstände bis in ihr Versteck geschafft. Schon das war Grund genug zu feiern. Trotzdem mussten sie überlegen, wie es weitergehen sollte.

»Wir müssen für immer untertauchen. Uns ins Ausland absetzen. Es ist vorbei, Franka. Du kannst dich nicht mehr rächen. Jetzt geht es nur noch darum, unsere Haut zu retten. Nicht im Knast zu landen.«

Ärger stieg in Spannberg auf. Sie trank einen großen Schluck und knallte den Flaschenboden auf den Tisch. »Verfluchte Scheiße! Wieso hast du ihn nicht aufgehalten, bevor er das Kino betreten hat? Ich hätte wenigstens noch Fischers Bastard töten müssen. Wäre er mir nicht in die Quere gekommen ...«

»Du hattest genug Gelegenheiten«, widersprach Borke. »Ich bin ihm bloß nachgefahren und musste improvisieren, um das Schlimmste zu vermeiden. Er hatte dich überwältigt, schon vergessen?«

»Entschuldige«, flüsterte Spannberg. »Du hast recht.«

Die Frauen umarmten sich schweigend. Als sie sich voneinander lösten, schüttelte Spannberg den Kopf.

»Ich kann das nicht.«

»Was kannst du nicht?«

»Im Untergrund leben. Untertauchen. Selbst wenn wir Buchinger wie eine Ratte abknallen, gibt es genug andere, die uns aufspüren können. Sollen wir jedes Mal zusammenzucken, wenn es an der Tür klopft?«

»Er hat uns alle Tricks beigebracht. Krumm hat mich nicht aufgespürt. Wir können das schaffen. Vor uns liegen viele schöne gemeinsame Jahre, wenn wir uns nicht dumm anstellen.«

»Aber ich will das nicht.«

»Was willst du dann, Franka?«

»Warum treten wir nicht mit einem großen Knall ab? Wir haben schon mal darüber gesprochen. Oben liegt eine zweite Weste. Genug Sprengstoff, um für immer in die Annalen einzugehen.«

Beschwörend sah Spannberg ihre Partnerin an. In ihren Augen las sie Zweifel. Hatte sie Angst vor dem Tod? Wieso wollte sie dieses verfluchte Leben weiterführen? Spannberg fehlte die Kraft dazu, jede Nacht aus Albträumen hochzuschrecken. Sie sehnte sich nach einem Ende.

Sandras Gesichtsausdruck veränderte sich. Der Zweifel verschwand. Zärtlich legte sie Spannberg die Hand auf die Wange. »Du hast keine Lust mehr.«

»Keine Kraft.«

»Dann lass es uns tun. Wie wir es besprochen haben. Ohne dich will ich nicht sein.«

Spannberg lächelte glücklich. Sie schmiegte sich an Sandra und küsste sie inniglich.

40

Bastian Dorfer schaute auf sein Handy. Die letzte halbe Stunde hatte er in einer hektischen Konferenz mit Dellhorst verbracht, in die sich zu allem Überfluss der Polizeipräsident zugeschaltet hatte. Es war ausgeschlossen gewesen, das Telefon im Auge zu behalten.

Nun bereute Dorfer das. Fassungslos starrte er auf die Nachricht.

Ich fürchte, Spannberg sitzt hier im Kino. Wo sind Sie?

Konnte das wahr sein? Dorfer wählte Buchingers Nummer und landete sofort auf der Mailbox. »Wo sind Sie? Rufen Sie mich an! Wir haben jetzt alle potenziellen Opfer unter Personenschutz gestellt. Auch bei der Adresse von Frau Dickrich warten vier Polizisten. Melden Sie sich so schnell wie möglich.«

Es klopfte an der Bürotür.

»Herein!«

Dorfer legte das Handy auf den Schreibtisch. Ein uniformierter Beamter trat in den Raum. »Es hat einen Zwischenfall im Cinemaxx Dammtor gegeben.«

Der diensthabende Kinomanager führte Dorfer in den Vorführraum, wo ein Mitarbeiter am Bedienpult saß. Da das Kino aus Sicherheitsgründen überwacht war, gab es genügend Aufzeichnungen von dem Vorfall. Er konzentrierte sich zunächst auf den Mitschnitt dessen, was sich vor Kino drei abgespielt hatte. Die Aufnahme zeigte eine Frau, die keine Anstalten machte, den Kinosaal zu betreten. Dann öffneten sich die Türen, und die ersten Leute strömten heraus. Sie wirkten verängstigt. Unvermittelt lüftete die Frau ihre Jacke. Entsetzt blieben die Kinobesucher stehen oder wichen teilweise zurück. Kurz trat Buchinger aus dem Saal, der eine Kinobesucherin im Polizeigriff hielt.

»Können Sie die Frau vergrößern, die der Mann aus dem Kino führt?«

Der Techniker stoppte das Bild. Sekunden später studierte Dorfer die verpixelte Vergrößerung. Trotz der unterdurchschnittlichen Qualität hatte er keinen Restzweifel. Das war eindeutig Spannberg.

»Weiter!«, bat er.

Er sah dabei zu, wie sich das Blatt wendete und Buchinger in die Defensive geriet. Schließlich schleppten die beiden Frauen ihn als Gefangenen zum Ausgang.

»Stoppen Sie das Bild, und vergrößern Sie auf die zweite Frau.«

Konnte das sein? Das Gesicht kam ihm verdammt bekannt vor. Von den Fotos, die er aus Ludgers Wohnung mitgenommen hatte. Je länger er das eingefrorene Bild anstarrte, desto sicherer war er sich. Die Frau, die das Blatt zuungunsten Buchingers wendete, war Sandra Borke. Sie hatte ihr blondes Haar schwarz gefärbt und trug nun eine Kurzhaarfrisur.

Aber was hatte Ludgers Ex mit Spannberg zu tun?

War sie etwa ihre Komplizin? Die Frage, ob die Mörderin von jemandem unterstützt wurde, beschäftigte die Soko seit Langem. Dorfer schlug sich sanft die Faust an die Stirn.

»Scheiße!«

»Alles in Ordnung?«

»Nichts ist in Ordnung!«

Ludger hatte seine vermeintlich große Liebe kurz nach Beginn der Mordserie kennengelernt. Die Sache war von Anfang an ein abgekartetes Spiel gewesen. Sie hatte ihn niemals geliebt, sondern nur benutzt. Um Spannberg zu informieren. Vorzuwarnen.

Allerdings hatte sie Ludgers Besessenheit nicht vorhersehen können.

Dorfer griff zum Telefon, um zunächst Dellhorst zu informieren. Buchingers Leben hing am seidenen Faden. Sie mussten ihn aufspüren. Dort, wo er gerade war, würden sie auch auf Spannberg und ihre Komplizin treffen.

41

»Freitagabend ist es in St. Pauli voll«, sagte Spannberg. »Das kommt uns entgegen. Viele Polizisten im Einsatz, viele Reeperbahnbesucher.«

Vor ihrem geistigen Auge sah sie die aus dem Fernsehen bekannte Polizeistation an der Ecke Spielbudenplatz/Davidstraße. An Wochenenden schoben dort vermutlich mehr Polizisten Dienst als in vergleichbaren Wachen der Stadt.

»Wie können wir möglichst viele Leute anlocken?«, fragte Borke. »Ich will jedes Schwein in die Luft jagen, das auf dem Weg ins Rotlichtmilieu ist. Sie sind alle nicht mehr wert als Hansen oder die anderen. Frauen sind in ihren Augen nur billige Ware.«

Spannberg nickte zustimmend. »Auch die Bullen, die weder dir noch mir geholfen haben, sind Abschaum. Je mehr wir von ihnen erwischen, desto besser.«

Sie hatten die Grundzüge des Plans schon vor Monaten entwickelt. Damals hatten sie eine fundamentale Entscheidung getroffen. Sollten sie jemals in eine ausweglose Situation geraten, würden sie sich nicht einfach ergeben, sondern in einem unvergesslichen Szenario abtreten. Nur deshalb hatten sie zwei Sprengstoffwesten gebastelt, von denen Borke ein Exemplar bei ihrem Auftritt im Kino getragen hatte.

In ihren damaligen Überlegungen hatten allerdings weder Geiseln noch sonstige Personen eine Rolle gespielt. Deswegen mussten sie alles neu überdenken.

»Buchinger ist uns schon mehrfach in die Quere gekommen«, sagte Spannberg. »Töten wir ihn hier, wo er uns nicht mehr gefährlich werden kann.«

»Vielleicht können wir ihn zu unseren Gunsten nutzen.« Borke stand vom Küchentisch auf. Sie trat an den Kühlschrank und holte zwei weitere Bier heraus.

»Sollten wir nicht lieber einen klaren Kopf bewahren?«, fragte Spannberg unsicher.

»Zwei Bier schaden nicht.« Borke öffnete die Flaschen und trug sie zum Tisch. »Prost!«

Sie stießen an.

»Wie willst du ihn ausnutzen?«

Borkes Blick glitt an ihr vorbei. »Lass mich kurz drüber nachdenken.« Sie trank einen Schluck und wischte sich mit dem Zeigefinger über die Mundwinkel. Dann lächelte sie. »Ich seh folgendes Szenario vor mir: Du bringst ihn mit Waffengewalt zur Davidwache. Dabei trägst du einen Sprengstoffgürtel, und das darf Buchinger nicht mitbekommen. Du behauptest, wir wollen uns ergeben. Er fragt bestimmt, warum ausgerechnet in St. Pauli. Also sagst du, dort würde es am Wochenende die meisten Zuschauer geben, was dir garantiert, dass die Bullen dich nicht einfach abknallen. Immerhin ist unseretwegen Krumm gestorben, und wir befürchten einen Racheakt. Dann erklärst du ihm, dass ich hier auf meine Verhaftung warten würde. Sollten die Bullen schießwütig reagieren, könnte ich immer noch untertauchen. So bieten wir den Bullen einen Anreiz, uns nicht zu töten. Es muss glaubwürdig klingen, warum wir nicht zu dritt zur Polizei gehen.« Sie trank noch einen Schluck. »Vor der Wache bleibst du stehen. Sobald jemand meldet, dass draußen eine Frau mit Pistole steht, kommen ziemlich schnell Bullen angerannt und fordern dich auf, die Waffe hinzulegen. Wenn genug Schaulustige in der Nähe sind beziehungsweise die Bullenschweine versuchen, dich zu überwältigen, zündest du deine Weste. Dann sind Buchinger, zahlreiche Bullen und hoffentlich auch viele Rotlichtbesucher tot.«

»Wo bist du zu diesem Zeitpunkt?«

»Unter den Schaulustigen. Weit genug entfernt, um nicht von der Explosion verletzt zu werden. Nach der Detonation folgt Chaos und Panik. Die Menschen werden weglaufen. Natürlich muss ich das auch machen. Aber wenn die ersten zum Tatort zurückkehren, folge ich ihnen. Die Bullen werden das Gebiet absperren. Außerhalb dieser Absperrung warte ich. Sobald ich Mitglieder der Soko am Unglücksort sehe, durchbreche ich die Sperre und zünde die zweite Bombe. Vielleicht erwische ich Bastian Dorfer. Er scheint ja mittlerweile die Soko zu leiten.«

Spannberg wälzte den Plan in ihrem Kopf. Sie würden viele Menschen in den Tod reißen. Hamburg und vor allem St. Pauli wären für immer von der Explosion gezeichnet, selbst wenn die sichtbaren Spuren irgendwann verschwunden wären. Der Name Spannberg würde auf ewig allen in Erinnerung bleiben. Ihr gefiel das Szenario.

»Wäre es nicht sinnvoller, wenn ich mich in der Menge verstecke?«, fragte sie.

»Ich würde ja die erste Bombe tragen«, sagte Borke. »Liebend gern sogar. Aber leider ergibt das keinen Sinn.«

»Weil die Bullen nicht wissen, wer du bist.«

»Genau. Wenn ich mich vor die Wache stelle und schreie, dass ich mich ergeben will, weiß keiner, dass ich mit dir in Verbindung stehe.«

»Du hast recht.«

»Außerdem kann ich mich besser unter die Schaulustigen mischen. Meine Anonymität schützt mich vor der Enttarnung.«

Spannberg nickte »Ja. Ich hoffe bloß, dass sie mich nicht abknallen, bevor ich den Sprengstoff zünden kann.«

»Du musst Buchinger als Schutzschild benutzen.«

»Und wenn er unseren Plan durchschaut und die Bullen vor der Bombe warnt?«

»Dann musst du ihn im Zweifel erschießen und direkt danach die Weste zünden.«

Nachdenklich nippte Spannberg an ihrem Bier.

»Ich geh mal eben pinkeln.« Borke erhob sich. Sie trat um den Tisch herum, gab Spannberg einen Kuss und verließ die Küche.

42

Sandra Borke schaute in den Spiegel über dem Waschbecken. Der Kuss von vorhin war dann wohl ihre Version des Judaskusses.

Sie hatte gar nicht vor, zu sterben. Sobald Franka die Bombe gezündet hätte, würde Borke für immer verschwinden. Ein zweites Mal untertauchen. Dank Buchinger wusste sie, wie das funktionierte. Und der wäre in wenigen Stunden tot. Er könnte den Bullen nicht mehr helfen, sie aufzuspüren. Ludger Krumm – also die Polizei – hatte das beim ersten Mal schon nicht geschafft. Wieso sollte sie beim zweiten Versuch erfolgreicher sein?

Borke wischte sich Tränen aus den Augen. Sie liebte Franka und wünschte sich, sie könnte die Zeit zurückdrehen, um den verhängnisvollen Tag ungeschehen zu machen. Leider war das unmöglich. In ihrer Kindheit, die sie zu einem großen Teil in Heimen verbracht hatte, hatte sie eines gelernt: Man musste immer zuerst an sich selbst denken. Genau das hatte sie vor. Franka würde sich opfern und damit Borke ein Geschenk machen. Sie würde ihr die Möglichkeit geben, für immer unterzutauchen und ein neues Leben anzufangen.

Sandra spritzte sich kaltes Wasser ins Gesicht. Die Zeit des Abschieds stand unmittelbar bevor.

43

»Das kann einfach nicht wahr sein!«

Das Ergebnis der Videoüberwachung deprimierte Dorfer. Es gab Aufzeichnungen davon, wie die drei Zielpersonen das Kino verließen und zu dem nahegelegenen Parkplatz liefen. Anhand des Zeitstempels einer weiteren Kamera hatten sie sogar ein Auto mit drei Insassen identifiziert, das vom Gelände fuhr. Das musste der Fluchtwagen sein. Danach jedoch wurde das verfluchte Fahrzeug von keiner einzigen anderen Videokamera erfasst, auf die das LKA Zugriff hatte. Was würde er für eine lückenlose Verkehrsüberwachung im Hamburger Straßenverkehr geben! Aber nein, ständig grätschten Datenschützer mit ihren Bedenken dazwischen und vereitelten entsprechende Pläne. Als ob es unbescholtenen Bürgern nicht völlig egal wäre, wann ihre Kennzeichen erfasst wurden. Wieso sahen die Bedenkenträger nicht ein, dass sie mit ihren dauernden Einsprüchen bloß Kriminellen halfen?

Er lehnte sich in seinem Bürosessel nach hinten und streckte den Nacken, um die Halsmuskulatur zu dehnen. Die Hände legte er auf den Kopf. Wie sollte er den Unterschlupf der Frauen ausfindig machen? Ihm fehlten Anhaltspunkte. Er stocherte im Nebel.

Die beiden hatten kurzfristig einen Rückzugsort gebraucht. Hotels schieden aus, da man in einem

Hotelzimmer keine Geisel festhalten konnte. Hatten sie die ganze Zeit eine Wohnung angemietet? Oder sich eher in den letzten Tagen um ein Apartment gekümmert? Der Name Borke stand auf keiner einzigen Fahndungsliste. Sie hätte in den letzten Monaten Dutzende Objekte anmieten können, ohne dass es jemandem aufgefallen wäre.

Das war schlimmer als die sprichwörtliche Suche nach der Nadel im Heuhaufen.

Dorfer lehnte sich wieder nach vorn. Buchingers Leben hing von ihm ab. Er war es dem Personenfahnder schuldig, alles Menschenmögliche in die Wege zu leiten.

Am Rechner verfasste er eine Nachricht, die er über den LKA-Server an alle Polizeidienststellen schickte. Darin führte er das Kennzeichen und den Wagentyp auf. Er bat darum, dass die Polizeistreifen danach Ausschau halten sollten. Außerdem sollten alle Beamten, die zu Fuß unterwegs waren, besonders aufmerksam sein. Zudem verwies er darauf, dass die Flüchtige über mindestens eine Sprengstoffweste verfügte, wodurch es jederzeit in der Stadt zu einer gefährlichen Eskalation kommen könnte.

44

Sie standen in weißer Unterwäsche da und umarmten sich. Sandra Borke strich ihrer Partnerin übers Haar.

»Ich liebe es, wenn du das tust«, flüsterte Spannberg.

»Lass uns tanzen.«

Zu imaginärer Musik bewegten sie sich im Schlafzimmer langsam auf dem flauschigen Teppichboden, eng aneinandergeschmiegt. Borkes Hände streichelten Spannbergs Rücken und wanderten hinab. »Ich liebe dich so sehr«, wisperte sie. »Ich möchte nicht eine Sekunde unserer gemeinsamen Zeit missen.«

»Wäre das bloß nie ...«

»Pst. Das gehört zu uns. Seitdem weiß ich, dass uns nichts entzweien kann. Selbst der Tod nicht.«

»Eine schöne Vorstellung.«

Sie drehten sich im Kreis.

»Wenn ich den Auslöser drücke«, sagte Borke, »tröstet es mich, dass du schon im Jenseits auf mich wartest.«

Nach einer Weile hörten sie auf zu tanzen und küssten sich zärtlich.

»Sollen wir?«, fragte Spannberg.

Borke nickte. »Legen wir mir meine Weste zuerst um.«

Sie traten ans Bett, auf dem die Sprengwesten lagen.

Spannberg hob ein Exemplar auf und half ihrer Partnerin, es anzuziehen.

»Was willst du darüber tragen?«, fragte sie.

»Das rot karierte Holzfällerhemd. Ich glaube, darunter kann ich es gut verbergen.«

Spannberg öffnete den Kleiderschrank und suchte das Hemd heraus. Borke schlüpfte hinein. Obwohl sie es zuknöpfte, waren die Umrisse der Weste noch zu erkennen.

»Egal. Die Jacke überdeckt den Rest. Gibst du mir die schwarze Jeans?«

Sie setzte sich vorsichtig auf die Bettkante. Spannberg brachte ihr die Hose, in die Borke hineinschlüpfte.

»Sollen wir das mit der Jacke ausprobieren?«, fragte Spannberg.

»Nein. Das passt schon. Jetzt du.«

Nach der Weste zog Spannberg eine Jeansbluse und einen schwarzen, knöchellangen Flanellrock an. Anschließend half Borke ihr in die gefütterte Jacke.

»Wunderbar. Man sieht gar nichts. Das wird niemandem auffallen.«

»Das ist gut.« Spannberg schaute traurig zu Boden.

»Was ist los, mein Schatz? Hast du Angst?«

»Das ist es nicht. Ich will mich bloß nicht von dir verabschieden.«

Borke befürchtete, Franka könnte einknicken und den Plan verwerfen. Doch eine gemeinsame Flucht war ausgeschlossen. Zwei Frauen konnten nicht gemeinsam verschwinden. Sie würden zu schnell auffallen. Insofern war der Abschied unvermeidlich.

»Ich auch nicht. Komm her, mein Schatz!«

Um nicht versehentlich die Explosion auszulösen, umarmten sie einander nicht, sondern hielten sich nur an den Händen. Dann küssten sie sich.

»Ich schaff das!«, sagte Spannberg.

»Das weiß ich. Unsere Liebe erfüllt mich mit Stolz.«

»Ich liebe dich.«

»Und ich dich.«

Sie lösten sich voneinander. Ein letzter Blickkontakt, dann trat Spannberg den Rückzug an. Die ersten Schritte ging sie rückwärts, wischte sich die Tränen ab und verabschiedete sich mit einem Winken. Sie drehte sich um und verließ das Schlafzimmer.

Borke sah ihr hinterher. Auch sie war traurig, doch ihr Überlebenswille war stärker. Sie wollte weder den Rest ihrer Tage im Gefängnis eingesperrt sein, noch ihrem Leben ein Ende setzen. Doch falls es hart auf hart käme, würde sie die zweite Variante vorziehen.

Borke hörte, dass ihre Partnerin den Keller betrat. Langsam knöpfte sie das Holzfällerhemd wieder auf. Es gab keinen Grund mehr, die Sprengstoffweste zu tragen. Sie wollte jedes Risiko eliminieren, die Bombe versehentlich zu zünden.

45

Till schaute hoch. Die Tür öffnete sich, und Spannberg trat ein. Sie hatte sich umgezogen, trug nun einen Rock und knöchelhohe Stiefel. Den Reißverschluss der Jacke hatte sie zugezogen, obwohl es hier im Keller ziemlich warm war.

In der Hand hielt sie die Pistole, von der sie den Schalldämpferaufsatz abgeschraubt hatte.

»Wir fahren jetzt los«, sagte sie.

»Zu zweit?«

Spannberg nickte.

»Wohin?«

»Das erfährst du früh genug.«

Außerhalb seiner Reichweite blieb sie stehen und musterte ihn. Ob sie überlegte, wie sie ihn gefahrlos von der Heizung lösen und wieder fesseln konnte?

Spannberg wich einen Schritt zurück. Wollte sie nach Borke rufen? Ihr Zögern war offensichtlich. Wieso war sie so unschlüssig?

Schließlich angelte sie den kleinen Schlüssel für die Handschellen aus der Rocktasche. »Du machst ...« Sie hielt inne und wandte sich der Tür zu. »Schatz! Ich brauche dich im Keller.«

Niemand antwortete ihr.

»Sandra?«

»Ja«, erklang es von oben. »Was ist?«

»Du musst mir hier helfen. Um Buchinger von der Heizung zu ketten.«

»Okay. Bin gleich bei dir. Ich zieh mir bloß eben was an.«

Borke ließ sich dafür ungewöhnlich viel Zeit. Spannbergs Blick huschte zwischen ihm und dem Hausflur hin und her. Till musterte sie interessiert. Was planten die beiden?

Schließlich erschien Borke. Bis auf die Schuhe und Socken war sie vollständig angezogen, inklusive einer geschlossenen Jacke.

Tills Befürchtung, dass Spannberg eine Sprengstoffweste trug, verstärkte sich.

»Tut mir leid, Sandra, ich hab nicht daran gedacht, dass ich hier Hilfe brauche.«

»Ich auch nicht. Nimm ihn ins Visier, damit er keine Dummheiten macht.«

Spannberg gab ihr den Handschellenschlüssel. Dann richtete sie die Pistole auf Till. »Es ist ganz einfach. Wenn du dich wehrst oder Sandra angreifst, schieße ich dir in den Bauch oder Rücken. Je nachdem, was du mir zuwendest.«

Rasch überdachte Till seine Optionen. Würde sich in den nächsten Sekunden die einzige Gelegenheit ergeben, die Frauen zu überwältigen? Er beschloss, das Risiko einzugehen.

Sandra Borke näherte sich ihm. Ohne Vorwarnung trat sie ihm mit dem nackten Fuß in den Bauch. Ihm blieb die Luft weg. Sie löste die Handschelle.

»Deine Augen haben dich verraten. Du wolltest mich

angreifen.«

Ehe er es verhindern konnte, schlug sie seinen Kopf gegen den Heizkörper. Vor seinen Augen tanzten schwarze Punkte. Till hatte Schwierigkeiten, klar zu sehen. Wegen seiner Benommenheit fiel es Borke leicht, ihm die Arme hinter dem Rücken zu fesseln. Dann stieß sie ihn zu Boden. Sein Kinn schlug hart auf.

»Du musst auf ihn aufpassen. Er hat diesen kämpferischen Blick. Das Auge des Tigers.« Sie lachte hämisch.

Die beiden Frauen küssten sich. Danach verließ Borke den Keller.

Spannberg trat an ihn heran. »Das hast du dir selbst eingebrockt. Hoch mit dir, Mistkerl! Sonst hast du gleich ganz andere Schmerzen.«

»Ich brauche Ihre Hilfe«, stöhnte Till. »Wie soll ich mich so aufrichten können?«

»Mir egal. Ich gebe dir fünf Sekunden. Eins, zwei ...«

Mit hinterm Rücken gefesselten Händen rollte er sich auf die Seite und richtete sich umständlich auf.

»Geht doch! Zum Wagen!«

Till stolperte vorwärts. Borkes Tritt und der Stoß gegen die Heizung machten ihm noch zu schaffen. Spannberg blieb zwei Schritte hinter ihm.

»Du öffnest die Tür.«

Er drehte sich um und drückte mit den gefesselten Händen die Klinke hinunter.

»Jetzt zum Kofferraum!«, wies sie ihn an.

»Ich soll in ...«

»Mach schon!«, schrie sie. »Langsam verliere ich die

Geduld.«

Als er auf Höhe des Kofferraums stand, betätigte sie die Fernbedienung. Wie von Geisterhand schwang die Klappe auf.

»Rein mit dir!«

»Ich soll da rein? Das ist ...«

»Tot oder lebendig. Such es dir aus.«

Sie kam näher. Dann öffnete sie die hintere Beifahrertür. »Reingelegt. Ich wollte dich nur ablenken. Setz dich hinten hin.«

Fast schon erleichtert nahm Till auf der Rückbank Platz.

Spannberg warf die Tür zu. Sie lief ums Heck herum und stieg vorne ein. Die Pistole steckte sie in die rechte Jackentasche – wegen der Handschellen für Till unerreichbar. Mit der Fernbedienung öffnete die Mörderin das Garagentor. Sie startete den Motor und fuhr vorsichtig los. Die ersten hundert Meter schwieg sie. Till fiel jedoch ihr herumirrender Blick auf. Sie wirkte aufgewühlt.

»Wir stellen uns«, sagte sie an einer roten Ampel.

Hatte er sich verhört? »Sie ergeben sich?«

»Ja. Hat alles keinen Sinn mehr.«

»Wo ist dann Frau Borke?«

»Sie kommt zur Polizei, sobald feststeht, dass die mich nicht einfach abknallt. Deswegen brauche ich dich. Wir fahren zu einer Polizeidienststelle, wo ich mich ergebe. Leider wirst du mir als Schutzschild dienen, bis sie meine Kapitulation ohne Waffengewalt akzeptieren. Ich habe Angst, dass sich die Bullen wegen

Krumms Tod an mir rächen wollen.«

Konnte er ihr glauben? Irgendetwas stimmte nicht. Till befürchtete, dass die Frau eine Sprengstoffweste trug. Wie passte das zu dem Vorhaben, sich zu ergeben? »Das ist vernünftig«, sagte er. »Ich bin froh über Ihre Entscheidung.«

»Ich hoffe, der Richter berücksichtigt bei seinem Urteil, was mir widerfahren ist.«

»Fahren Sie direkt zum LKA?« Aufgrund der Strecke, die sie wählte, erschien ihm das unwahrscheinlich.

»Ich bin nicht wahnsinnig! Die würden mich wegen Krumm auf jeden Fall abschlachten. Nein. Ich bringe dich zur Davidwache. Da sind freitagabends immer viele Menschen unterwegs. Das verschafft mir eine gewisse Sicherheit.«

Sie blickte in den Rückspiegel. Till lächelte, obwohl ihm nicht danach zumute war.

Viele Menschen unterwegs.

War das ihr Plan? Sich in einer großen Menschenmenge in die Luft jagen, um zahlreiche Opfer mit in den Tod zu reißen? Aber wieso steuerte sie dann eine Polizeiwache an? Es gab genügend andere Orte, die freitagabends belebt waren. An denen sie nicht Gefahr lief, von Dutzenden Polizisten umzingelt zu ...

Er schloss die Augen.

Natürlich! Wenn seine Befürchtung zutraf, würde sie versuchen, ein Massaker unter den Polizeibeamten anzurichten.

»Was hast du?«, fragte Spannberg.

»Mir ist ein bisschen schummrig vom Stoß gegen die

Heizung.« Till öffnete wieder die Augen.

»Du kotzt mir aber nicht den Wagen voll.«

»Keine Sorge.«

Zehn Minuten später fuhr Spannberg in die Reeperbahngaragen. Das Parkhaus war zu drei Vierteln belegt. Ständig kamen weitere Autos angefahren, oder Passanten eilten zu ihren geparkten Fahrzeugen. Eine Bombenexplosion hier unten hätte wahrscheinlich deutlich weniger Opfer zur Folge. Sollte er sein Leben riskieren, um andere Unschuldige zu retten?

Till dachte an Antje. Gab es ein Leben nach dem Tod, wo sich Seelenverwandte wiederfanden? Der Gedanke tröstete ihn.

Spannberg atmete tief durch. »Du machst mir keinen Ärger, okay? Ich hol dich raus und press dir die Pistole in den Rücken. Wehe du versuchst eine Dummheit. Kapiert?«

»Dann erschießen Sie mich.«

»Genau!«

Woraufhin sie auch dich erschießen.

Ihr Vorhaben ergab keinen Sinn. Till musste handeln. Lieber starb er in einer schlecht ausgeleuchteten Tiefgarage, als einer wahnsinnigen Mörderin dabei zu helfen, Dutzende Unschuldige auf der Reeperbahn zu töten.

Sie stieg aus und lief um den Wagen herum. Dann öffnete sie ihm die Tür. Eine Hand steckte in ihrer linken Jackentasche. Till hatte gesehen, dass sie die Pistole in die rechte geschoben hatte. War links also der

Bombenauslöser?

»Los jetzt!«

Umständlich kletterte er hinaus.

Spannberg zückte die Waffe. »Zum Treppenhaus da vorn.«

In ihrer Nähe stiegen zwei junge Männer aus einem schwarzen Audi. Der Beifahrer schaute zu ihnen herüber. »Guck mal die beiden!«, rief er.

»Schneller!«, zischte Spannberg.

»Was ist das? Ein perverses Spiel?« Der Audi-Fahrer lachte.

Spannberg verlor die Nerven. Sie richtete die Pistole auf die Männer und schoss. Die schrien verängstigt auf und duckten sich hinter die Karosserie.

»Weiter!«, brüllte Spannberg. »Sonst bist du tot!«

Eine Idee formte sich in Tills Kopf. Sie erreichten das leere Treppenhaus.

»Hoch mit dir!«

Wenn die Bombe hier drinnen explodieren würde, gäbe es nur zwei Tote. Till musste sich opfern, um unschuldige Menschen zu retten. Er betrat die erste Stufe. Sie folgte ihm mit wenig Abstand. Langsam erklomm er die Treppe. An der letzten Stufe stellte er seinen Fuß auf die Betonkante und drückte sich nach hinten ab. Sein Oberkörper kippte zurück. Spannberg japste erschrocken auf. Till prallte gegen sie und riss sie mit seinem Gewicht nach unten. Er befürchtete, jede Sekunde in einem heißen Feuerball zu verglühen. Die Mörderin schrie vor Schmerz. Tills Oberkörper krachte schmerzhaft auf Beton, und er rutschte unkontrolliert die letzten Stufen hinab. Unten landete er auf Spannbergs Beinen. Sie stöhnte. Unter großem Schmerz wälzte er sich herum. Ihre linke Hand steckte nicht mehr in der Jackentasche. Neben ihrem linken Fuß erblickte er einen zylinderförmigen Zünder mit rotem Knopf, der offenbar beim Sturz aus der Tasche gefallen war. Mit der Fußspitze versuchte er, ihn zu sich heranzuziehen.

Stöhnend hob Spannberg den Oberkörper. Sie begriff, was er vorhatte, und schnappte sich den Auslöser.

Till robbte sich auf sie.

»Runter von mir!«, kreischte Spannberg.

Ihre Fingerspitzen waren nur noch Zentimeter von dem Auslöser entfernt. Till gelang es, sich so weit vorzukämpfen, dass er ihr ins Gesicht sehen konnte. Ihre Finger berührten den zylinderförmigen Gegenstand.

Er versetzte ihr einen Kopfstoß. Sie schrie auf, Blut schoss aus der gebrochenen Nase, und sie sackte bewusstlos zusammen.

Mit dem Fuß schob er den Zünder aus ihrer Reichweite.

»Scheiße, tut das weh«, murmelte er.

In diesem Moment öffnete jemand vorsichtig die Parkhaustür. Zögerlich schaute einer der beiden jungen Männer ins Treppenhaus.

»Rufen Sie die Polizei«, bat er ihn leise. »Hauptkommissar Dorfer vom LKA soll herkommen. Bei der Frau hier handelt es sich um Franka Spannberg.«

»Krasse Scheiße!«, sagte einer der Männer anerkennend.

46

Warum vermeldete kein Nachrichtenportal eine verheerende Explosion auf der Reeperbahn? Wieso dauerte das so lange? Hatte Franka nicht den Mut gehabt, den Auslöser zu drücken? Oder war etwas schiefgegangen?

Zum wiederholten Male schaute Sandra Borke auf die Zeitanzeige des Computers. Sie hatte vorgehabt, das Chaos nach der Explosion zu nutzen, um aus der Stadt zu verschwinden. Sobald an der Davidwache eine Bombe explodierte, würden alle verfügbaren Polizeikräfte dorthin abkommandiert. Genug Gelegenheit, um Hamburg hinter sich zu lassen, ohne verstärkte Polizeikontrollen zu befürchten.

Nun fragte sie sich, ob sie einen Fehler begangen hatte. Nacheinander aktualisierte sie erneut die Startseiten der aufgerufenen Nachrichtenportale. Keine Breaking News. Keine Eilmeldung.

»Scheiße!«

Borke öffnete die Google-Suche und gab als Suchbegriff ›Livecam Reeperbahn‹ ein. Das erste Ergebnis führte sie zu einer Wettercam in St. Pauli. Sie rief die Homepage auf und musste zunächst einen dreißigsekündigen Werbeclip ertragen. Danach sah sie das Bild der Kamera, die in einhundert Metern Höhe auf dem Dach eines Hotels stand. Angeblich zeigte sie das berühmte Hafenviertel von St. Pauli, die Reeperbahn sowie das Heiligengeistfeld. Borke bemerkte bei dem Rundblick nichts, was auf eine Bombenexplosion hindeutete.

Irgendetwas war schrecklich schiefgelaufen. Noch einmal aktualisierte sie die Nachrichtenseiten. Am Ergebnis änderte sich nichts.

»Fuck! Fuck! Fuck!«

Sie klappte den Laptop zusammen. Sie würde verschwinden. Dabei könnte die Sprengstoffweste nun doch wieder nützlich sein. Sie rannte ins Schlafzimmer und legte sie um. Jeder, der es wagte, sich ihr zu nähern, würde das mit dem Tod bezahlen.

Bevor sie das Schlafzimmer verließ, schaute sie aus dem Fenster auf die Hauptstraße hinaus. Der Anblick, der sich ihr bot, ließ ihren Atem stocken.

»Bitte nicht.«

47

Zum Glück kannte sich Till Buchinger in Hamburg gut aus und war sich absolut sicher, in welcher Straße das Versteck der Frauen lag. Der vom Kampf mit der Mörderin angeschlagene Personenfahnder gab die Adresse telefonisch der Polizei durch. Dorfer raste mit fünf Polizisten dorthin. Das Haus sah so aus, wie Buchinger es beschrieben hatte.

Gemeinsam mit den anwesenden Polizeikräften beratschlagte sich Dorfer.

»Wenn sich Borke im Haus aufhält, müssen wir davon ausgehen, dass sie eine Sprengweste trägt. Oder wir auf andere Sprengfallen treffen.«

»Wieso fordern wir dann keinen Roboter an, den wir ins Haus schicken?«, fragte ein Polizist.

»Bis die Kampfmittelräumungsexperten hier sind, vergehen Stunden. In der Zeit könnte sie schon längst über alle Berge sein.«

»Wie schnell bekommen wir eine Wärmebildkamera?«, fragte ein anderer Beamter.

»Dauert auch zu lange. Außerdem würde uns das bloß beweisen, dass sich jemand im Haus aufhält. Wir wüssten nicht, wer es ist. Ich gehe da jetzt rein. Wenn wir aufpassen, passiert uns nichts.« Er holte eine Ramme aus dem Einsatzwagen. »Ihr bleibt hier, bis ich die Tür aufgebrochen habe. Zwei Männer beobachten die Garage. Ich will nicht, dass sie uns entwischt.«

Dorfer ging zur Haustür. Da er im Umgang mit der Ramme ungeübt war, benötigte er insgesamt vier Schläge, bis die Tür endlich aufsprang. Er legte die Ramme beiseite und winkte drei Männer zu sich. »Ich gehe vor, ihr gebt mir Feuerschutz. Haltet Abstand, falls ich eine Sprengfalle auslöse.«

Dorfer betrat das Haus. Immer wieder musterte er den Boden. Einen Stolperdraht konnte man leicht übersehen.

Raum für Raum arbeitete er sich vor. Die Zimmer waren allesamt spärlich möbliert. An jeder Türschwelle hockte er sich hin, um nach Drähten Ausschau zu halten.

Unvermittelt setzte Musik ein. Er hob die rechte Hand und deutete in die entsprechende Richtung. Es dauerte ein paar Sekunden, bis er den Song erkannte. Jemand spielte den *Queen*-Klassiker *Who Wants to Live Forever* ab.

Angesichts der Lage, weckte die Musik ein ungutes Gefühl in ihm. »Ihr wartet hier«, befahl er seinen Begleitern.

»Dann haben Sie keinen Feuerschutz«, wandte einer der Männer ein.

»Ich glaube nicht, dass ich den brauche.«

Er arbeitete sich vor und nutzte dabei jeden Türrahmen und jede Wand als Deckung. Die Lautstärke der Musik nahm zu. Der Song endete, aber nicht die Musik. Auch das nächste Lied stammte von *Queen*. *The Show Must Go On*.

»Sind Sie das, Dorfer?«, erklang eine weibliche Stimme.

Er drückte sich an den Türrahmen und spähte um die Ecke.

Ein Doppelbett stand in der Mitte des Raums. Darauf saß Sandra Borke. Sie hatte sich eine Sprengstoffweste umgeschnallt. Die Musik kam aus dem Laptop neben ihr. Außer der Weste trug sie lediglich weiße Unterwäsche. Eine Schusswaffe erblickte er nicht.

»Ja, ich bin es.«

Er blieb an der Türschwelle stehen und richtete die Pistole auf die Frau. Jetzt bemerkte er den zylinderförmigen Zünder in ihrer Hand. Bis zum Bett trennten ihn sechs oder sieben Meter. Wie stark wäre die Explosion? An der Weste hing offenbar viel Sprengstoff.

»Legen Sie den Zünder beiseite.«

»Sie wissen, dass ich das nicht mache. Haben Sie Franka verhaftet?«

»Das verrate ich Ihnen nicht. Es sei denn, Sie legen den Zünder beiseite.«

»Das ist Antwort genug.«

Freddy Mercury sang davon, dass die Show weitergehen müsste, selbst wenn sein Herz dabei zerbrach.

»Warum?«, fragte Dorfer.

»Liebe«, antwortete Borke.

Ihr Daumen zuckte. Dorfer trat nach hinten, warf die Tür zu und sprang zur Seite. Im Schlafzimmer explodierte die Sprengladung. Die Druckwelle sprengte die Tür aus dem Rahmen.

48

An den ersten vier Tagen, die Hauptkommissar Dorfer im Krankenhaus verbrachte, besuchte Till ihn jeden Nachmittag.

Die Männer hatten großes Glück gehabt. Till hatte sich bloß eine Rippenprellung, zwei verstauchte Handgelenke und eine leichte Gehirnerschütterung zugezogen. Er war bereits am Folgetag entlassen worden. Bastian Dorfer musste länger im Krankenhaus verweilen, da sein Schienbein doppelt gebrochen war. Die Tür hatte ihn an den Beinen erwischt. Auch die Rippen hatten Frakturen davongetragen.

Dorfers Kollegen unterrichteten ihn am Krankenbett jeden Tag über die spärlichen Fortschritte. Seit Franka Spannberg vom Tod ihrer Partnerin erfahren hatte, schwieg sie eisern. Im Gefängnis bewachte man sie rund um die Uhr, um einen Suizidversuch zu verhindern. An einem Schuldspruch im anstehenden Prozess zweifelte niemand. Auch die lebenslängliche Strafe war unausweichlich.

»Sie tut mir ein bisschen leid«, bekannte Till, nachdem er mit Dorfer eine Weile über die inhaftierte Mörderin gesprochen hatte.

»Das wundert mich. Nach allem, was sie Ihnen angetan hat.«

»Wie tief muss der Schmerz in ihr gewesen sein, um

…«

»Nein!« Dorfer umklammerte den Triangelgriff über seinem Bett und richtete sich ein Stück auf. »Natürlich hat sie die Hölle durchlebt. Das würde ich meinem ärgsten Feind nicht wünschen. Aber was haben die Menschen damit zu tun, die sie getötet hat? Rein gar nichts. Egal, wie tief ihr Schmerz war, sie hatte nicht das Recht dazu.«

»Ich weiß.«

»Dann reden Sie nicht so einen Scheiß!«

Till grinste.

»Was ist?«, fuhr Dorfer ihn an.

»Ihnen geht es schon wieder besser, oder?«

»Wieso?«

»Gestern wären Sie noch nicht in der Lage gewesen, sich so aufzuregen.«

»Gestern haben Sie auch nicht so einen Blödsinn geredet.«

»Die nächsten Tage müssen Sie auf meinen Blödsinn übrigens leider verzichten.«

Dorfer verdrehte die Augen. »Sie Mimose. So war das nicht gemeint. Aber entschuldigen Sie, falls ich Sie gerade beleidigt habe.«

Till grinste. »Haben Sie nicht. Ich muss aus beruflichen Gründen nach Köln. Bin wahrscheinlich erst wieder Anfang der Woche zurück.«

»Wollen wir uns nicht der Einfachheit halber duzen?«, schlug Dorfer vor.

Der Hauptkommissar reichte Till vorsichtig die Hand.

»Sehr gerne.«

Sie besiegelten das Du mit einem sanften Händedruck.

»Was führt dich nach Köln?«

»Ein Familienvater drückt sich vor seinen Unterhaltspflichten. Ich habe ihn in der Domstadt ausfindig gemacht. War ziemlich einfach.«

»Und jetzt?«

»Ich statte ihm einen Besuch ab. Will ihn aufscheuchen. Entweder zahlt er anschließend, oder er versucht, erneut unterzutauchen. Allerdings lebt er in Köln in einer neuen Beziehung. Ich schätze, es reicht, ihn einmal an seine Pflichten zu erinnern.«

»Ein wunderbar harmloser Fall.«

Till nickte.

»Kannst dich ja mal nach deiner Rückkehr melden. Vielleicht trinken wir ein Astra zusammen. Oder zwei.«

»Das klingt nach einem vernünftigen Plan. Ich wünsche dir in den nächsten Tagen gute Besserung!«

An der Tür blieb Till noch einmal stehen. Bastian nickte ihm lächelnd zu. Till hob die Hand und verließ das Zimmer.

Zwanzig Minuten später streckte er auf dem Friedhof sein Gesicht in die Sonne. Nach den letzten regnerischen Tagen herrschte heute schönstes Spätwinterwetter. Antje und er hatten solche Tage besonders geliebt. Wenn sich der Winter spürbar verabschiedete und die Natur langsam aus dem Tiefschlaf erwachte.

Seit der Entlassung aus dem Krankenhaus hatte er das Grab täglich besucht. Seiner Ehefrau erzählt, wie knapp er dem eigenen Tod entronnen war. Spannberg hätte bei ihrem Sturz den Auslöser drücken oder den Zweikampf gewinnen können. Doch offenbar hatte das Schicksal beschlossen, dass seine Zeit auf Erden noch nicht beendet war.

»Mir hat das Kraft gegeben«, sagte er leise. »Zu wissen, dass ich dir im schlimmsten Fall im nächsten Moment begegne. Wer weiß, ob ich mich sonst getraut hätte.«

»Mit wem reden Sie da?«, fragte eine weibliche Stimme.

Till wandte den Kopf und sah die Witwe Keller näherkommen. »Sie wissen doch genau, mit wem ich rede.« Er lächelte ihr zu.

»Hört sie Ihnen zu, oder ist sie beschäftigt?«

»Wie immer. Aber sie antwortet lieber nicht, denn sonst müsste sie mit mir schimpfen.«

Gisela Keller schaute ihn überrascht an. Sie hatten sich in den letzten Tagen nicht an den Gräbern getroffen. »Was ist passiert? Haben Sie eine neue Frau kennengelernt?«

»Nein.« Till lächelte. »Wollen Sie das wirklich wissen?«

»Jedes einzelne Detail.«

Und so erzählte Till, was in den letzten Wochen vorgefallen war. Es tat gut, mit jemandem darüber zu reden. Es half ihm dabei, den Fall abzuschließen.

»Sie hätte allen Grund, mit Ihnen zu schimpfen«,

sagte Gisela Keller und ergriff Tills Hand. »Wie kann man bloß so leichtsinnig sein? Ich bin froh, dass Ihnen nichts passiert ist.«

»Das bin ich auch.«

Gemeinsam mit der Witwe schaute er zu den Gräbern ihrer verstorbenen Ehepartner. Leben zu dürfen war das größte Geschenk. An manchen dunklen Tagen vergaß man das leicht. Umso besser, dass einen das Schicksal ab und zu daran erinnerte. Till schloss erneut die Augen und genoss die Wärme der Sonne.

Nachwort

Liebe Leserinnen und Leser,

wenn Sie zu meinen Stammlesern gehören, waren Sie hoffentlich nicht enttäuscht, dass weder Robert Drosten noch Lukas Sommer in *So tief der Schmerz* einen Auftritt hatte. Ich fand, das neue Jahrzehnt sei eine gute Gelegenheit, eine neue Hauptfigur einzuführen. Die Idee, eine Serie um den Personenfahnder Till Buchinger zu stricken, kam mir, als ich 2019 in einem Nachrichtenmagazin einen Artikel über einen amerikanischen Personenfahnder las, der in den Vereinigten Staaten seinen Klienten hilft, spurlos unterzutauchen. Ich bestellte mir anschließend Bücher zu diesem Themengebiet, und langsam nahm die Idee klare Konturen an. Das Ergebnis meines Denkprozesses haben Sie gerade eben zu Ende gelesen.

Von Ihrem Feedback hängt es nun ab, ob Till Buchinger schon bald sein zweites Abenteuer erleben wird. Wenn Ihnen *So tief der Schmerz* gefallen hat und Sie mich unterstützen wollen, nehmen Sie sich doch bitte ein paar Minuten Zeit und hinterlassen eine Bewertung auf der Produktseite meines Buches bei Amazon. Neben Rezensionen freue ich mich auch über persönliches Feedback von Ihnen, sei es per Mail oder per Facebook. Ich bemühe mich stets, darauf zu antworten. Das klappt meistens, aber leider nicht immer. Sehen Sie mir das bitte nach.

Per E-Mail kontaktieren Sie mich unter: marcushuennebeck@outlook.de

Per Facebook erreichen Sie mich wie folgt: www.facebook.com/MarcusHuennebeck

Wollen Sie immer zeitnah informiert werden, wenn es etwas Neues von mir gibt? Dann tragen Sie sich doch in meinen Newsletter ein:
www.huennebeck.eu/newsletter

Alle neuen Empfänger erhalten die Kurzgeschichte *Die Namen des Todes – Die Jagd beginnt* als Dankeschön geschenkt.

Zum Abschluss kann ich Ihnen übrigens versichern, dass der nächste Thriller mit den Protagonisten Drosten und Sommer bereits geschrieben ist. Er trägt den Titel *Bittere Brut* und wird am 24. Februar 2020 erscheinen.

Vielen Dank für Ihre Zeit und herzliche Grüße

Marcus Hünnebeck

Lesetipps

Die Todestherapie

Gero Ruppert kennt sich aus mit Trauer und Verzweiflung. Der Psychologe betreut Eltern, die ihre Kinder auf schmerzliche Weise verloren haben. Als ein 17-jähriges Mädchen brutal missbraucht und ermordet wird, kontaktiert Ruppert die verwaiste Mutter und bietet ihr an, sie psychologisch zu behandeln.

Drei weitere junge Frauen sterben, und Ruppert kümmert sich um die trauernden Hinterbliebenen. Für die Soko rund um die Kommissare Drosten und Sommer steht trotz wasserdichter Alibis der Hauptverdächtige fest: Der Mörder kann nur Gero Ruppert selbst sein. Hat er einen Helfer? Spielt er ein falsches Spiel mit traumatisierten Eltern? Doch die Polizisten ahnen nicht, dass der Psychologe bedroht wird. Er muss den Anweisungen eines Erpressers folgen, um nicht seine eigene Tochter zu verlieren. Je näher die Soko den wahren Hintergründen kommt, desto stärker gefährdet sie das Leben des Mädchens – wogegen Ruppert mit allen Mitteln kämpft.

Der Wundennäher

Anonyme Anrufe, Blumen auf der Fußmatte, spätabends ein Klopfen an der Tür. Svenja hat Angst vor einem unheimlichen Verehrer und verkriecht sich. Trotzdem geschieht das Unvorstellbare, als sie eines Tages einem Nachbarn die Tür öffnet. Sie wird zur Gefangenen in ihrer eigenen Wohnung und erleidet grausame Qualen. Svenjas einzige Chance ist ihre Freundin Irina, der sie von den unheimlichen Vorkommnissen erzählt hat. Als Irina endlich versteht, warum sie ihre Freundin nicht mehr erreicht, hängt auch ihr Leben am seidenen Faden.

Robert Drosten und Lukas Sommer jagen den besonders brutalen Serienmörder, doch der scheint ihnen immer einen Schritt voraus zu sein. Es gelingt ihm sogar, die Polizei in eine tödliche Falle zu locken. Aber dann wendet sich das Blatt und der Mörder gerät unter Zugzwang. Den Polizisten bleibt nicht viel Zeit, um das Schlimmste zu verhindern.

Der Schädelbrecher

Vanessa kennt sich aus mit Gewalt. Ihre Mutter ist Kriminalkommissarin, ihr Vater war Profiler beim LKA. Die Studentin berichtet in den sozialen Medien über Schwerverbrechen und hat unzählige Fans. Als eine ehemalige Schulfreundin niedergemetzelt wird, erweckt dies großes Interesse auf Vanessas Kanälen. Kurz darauf bekommt sie einen blutverschmierten Würfel zugespielt und beschließt, auf eigene Faust zu recherchieren.

Weitere Morde geschehen. Lukas Sommer und Robert Drosten übernehmen die Ermittlungen, ahnen jedoch nicht, dass die junge Frau wichtige Hinweise zurückhält. Denn sie will endlich aus dem Schatten ihrer Eltern treten und den Schuldigen eigenmächtig überführen. Doch genau darauf hat der Mörder spekuliert.

Blut und Zorn

Marko denkt sich zunächst nichts dabei, als er eine Person aus seiner Vergangenheit zufällig wiedertrifft. Doch am nächsten Abend steht sie unerwartet vor seiner Tür. Sekunden später ist Marko tot. Niedergemetzelt in rasender Wut. Aber das ist erst der Beginn eines Strudels der Gewalt: Wochen später stirbt ein zweites Opfer auf die gleiche Weise.

Lukas Sommer und Robert Drosten finden heraus, dass die beiden Toten Jahre zuvor für dieselbe Firma gearbeitet haben. Was hat beim Täter den Wunsch nach Vergeltung ausgelöst? Ist ein ehemaliger Mitarbeiter der Mörder? Sommer und Drosten bleibt nicht viel Zeit, um die Hintergründe aufzuklären, denn der Rachedurst des Täters ist noch lange nicht gestillt.

Die TodesApp

Alexandra starrt fassungslos auf den Bildschirm ihres Laptops. Aus dem Lautsprecher erklingt eine Stimme, auf dem eingefrorenen Bildschirm erscheint ein Totenkopfsymbol. Alle Versuche, den Virus zu entfernen, scheitern. Der Hacker verlangt für die Freigabe des Computers kein Geld, sondern lediglich einen Gefallen. Zögerlich geht sie darauf ein.

Robert Drosten und Lukas Sommer stoßen auf eine bizarre Mordserie an drei jungen Frauen, die sich mit einem Unbekannten an verlassenen Orten getroffen haben. Aus ihrem Besitz fehlen jeweils Handy und Laptop. Als die Polizisten die Nachforschungen vorantreiben, nimmt der Täter das nächste Opfer ins Visier. Unterdessen finden Drosten und Sommer heraus, dass die Ermordeten das Programm einer kleinen Softwarefirma benutzt haben. Können sie den Wahnsinn stoppen, bevor weitere Morde geschehen?

Muttertränen

Melanie Drosten läuft besorgt übers Schulgelände und ruft Danas Namen. Doch sie entdeckt ihre Pflegetochter nirgendwo. Dabei hatte sie das Mädchen nur kurz unbeobachtet gelassen, um mit einer Lehrerin zu reden. Ihr Mann Robert stößt hinzu, aber auch nach einer intensiven Suche finden sie keine Spur. Niemand hat etwas gesehen. Ist Dana verschwunden, weil sie wegen des Lehrergesprächs Ärger befürchtet hat? Zu Hause erfahren die Drostens die grausame Wahrheit. Ein Mann hat das Mädchen verschleppt und stellt seine Forderungen. Sie werden zu Gefangenen im eigenen Haus. Der Entführer zwingt sie, neun Tage ohne Kontakt zur Außenwelt durchzuhalten. Danach verspricht er ihnen die wohlbehaltene Rückkehr des Kindes. Robert ahnt jedoch, dass der Unbekannte ein viel schrecklicheres Ziel verfolgt. Er sieht nur eine Chance, seine Familie zu retten. Dank einer List schickt er Lukas Sommer heimlich eine Nachricht. Während Sommer im Alleingang das Schlimmste verhindern will, spielt der Entführer die Ehepartner brutal gegeneinander aus. Und die Zeit, die für ihre Rettung bleibt, tickt erbarmungslos herunter

Todesschimmer

Lukas Sommer und Robert Drosten jagen einen Mörder, der seine Opfer erwürgt und ihre Haut mit einem Stern verziert. Als ein junges Paar dem Verbrecher zufällig in die Quere kommt, flieht der Mann Hals über Kopf. Die Polizisten identifizieren anhand der zurückgelassenen Beweise den berühmten Schauspieler Leander Hell als Verdächtigen. Bevor sie ihn verhaften können, verschwindet der Prominente spektakulär von der Bildfläche. Von nun an kennt er nur noch ein Ziel: Er will sich an seinen Verfolgern rächen. Während Hell ein Massaker vorbereitet, läuft den Polizisten die Zeit davon. Beobachtet von der Öffentlichkeit fragen sich Sommer und Drosten, wie man einen Mann fängt, den seine Fans bedingungslos unterstützen – selbst wenn das am Ende ihren eigenen Tod bedeutet.

Vaters Rache

Lautlos dringt der Mörder in die Wohnung ein und horcht. Schlafzimmer oder Kinderzimmer? Wo soll er zuerst zuschlagen? Er bringt den Tod über die friedlich schlafende Familie.
Robert Drosten und Lukas Sommer ermitteln in einer grausamen Mordserie und werden von ihrer neuen Kollegin Verena Kraft bei der Aufklärung unterstützt. Verena kämpft zur gleichen Zeit gegen Dämonen aus der Vergangenheit, denn ihr Ex-Partner akzeptiert die Trennung nicht. Mit allen Mitteln versucht er, sie zurückzugewinnen. Als sich die Ereignisse dramatisch zuspitzen, teilt sich das Team auf, um unterschiedlichen Spuren zu folgen. Jeder auf sich allein gestellt, schweben die Polizisten selbst in höchster Gefahr. Können sie die nächste Blutnacht noch rechtzeitig stoppen?

Rachekrieger

Wenige Tage nach seinem Gefängnisausbruch entführt ein Serienmörder die frisch verheiratete Frau des Leipziger Hauptkommissars Maik Keller. Er zerrt sie in seinem Unterschlupf vor eine Kamera, drückt ihr eine Pistole an den Kopf und schießt. Dann stoppt das Video abrupt.

Der im Internet veröffentlichte Film verbreitet sich rasend schnell. Währenddessen stellt sich der Polizei die quälende Frage: Wurde die Braut wirklich getötet, oder handelt es sich um einen raffinierten Trick?

Lukas Sommer und Robert Drosten versuchen mit ihren Leipziger Kollegen, das Versteck des Mörders aufzuspüren. Doch der greift auf ein Netzwerk an Helfern zurück und kann sich dem massiven Fahndungsdruck entziehen. Sein Rachedurst ist durch die Entführung noch lange nicht gestillt. Er will all jene Menschen bestrafen, die ihn hinter Gitter gebracht haben. Und er ist dafür bereit, erbarmungslos über Leichen zu gehen.

Der Geisterfahrer

Ohne Vorwarnung verwandelt sich das Leben einer Familie in einen Albtraum, als ein Maskierter in ihr Haus eindringt. Er überwältigt seine Opfer und quält sie erbarmungslos. Am Ende der Tortur stellt er den Vater vor die Wahl: Entweder tötet er sich selbst durch einen Geisterfahrerunfall, oder er sieht hilflos bei der Hinrichtung seiner Frau und seiner Kinder zu.
Lukas Sommer und Robert Drosten jagen den skrupellosen Serientäter. Ein überlebender Familienvater versorgt sie mit wichtigen Informationen. So stoßen die Polizisten auf eine Gemeinsamkeit bei den Opfern, die zwei Jahre zurückliegt. Unterdessen beobachtet der Täter die nächste Familie, um in der Nacht über sie herzufallen und eine tödliche Entscheidung zu verlangen. Schaffen es die Ermittler rechtzeitig, den Wahnsinn zu stoppen?

Nesthäkchens Schrei

Ein unerwarteter Besuch vor Lukas Sommers Haustür wühlt den Hauptkommissar und seine Familie auf. Carla Holtzmann, die ihn vor einigen Jahren beinahe getötet hat, steht vor ihm und hegt einen schrecklichen Verdacht: Ein skrupelloser Täter verschleppt alleinerziehende Mütter und deren kleine Kinder, um die Frauen zu versklaven. Die Unversehrtheit der Kinder dient ihm dabei als Druckmittel.

Obwohl die Vermisstenfälle bislang wegen mangelnder Beweise für ein Verbrechen ohne Priorität behandelt werden, vertraut Sommer dem Instinkt der jungen Frau, die als Teenager ein ähnliches Schicksal erlitten hat.

Sommer und seine Kollegen nehmen die Fährte des Entführers auf. Als der Täter in den Fokus der Fahndung gerät, werden die in seiner Gewalt befindlichen Opfer zum Ballast. Die Zeit arbeitet erbarmungslos gegen die Polizisten. Gelingt es ihnen, das Schlimmste zu verhindern, oder müssen die Entführten sterben?

Printed in Germany
by Amazon Distribution
GmbH, Leipzig

17338426R00179